琴帝

典藏版

16

唐家三少 著

CNS PUBLISHING & MEDIA 中南出版传媒
湖南少年儿童出版社
HUNAN JUVENILE & CHILDREN'S PUBLISHING HOUSE

图书在版编目（CIP）数据

琴帝 ： 典藏版. 16 / 唐家三少著. -- 长沙 ： 湖南少年儿童出版社，2018.12
ISBN 978-7-5358-8014-7

Ⅰ. ①琴… Ⅱ. ①唐… Ⅲ. ①长篇小说－中国－当代 Ⅳ. ①I247.5

中国版本图书馆CIP数据核字（2018）第264726号

QIN DI DIANCANG BAN 16

琴帝 典藏版16

唐家三少 著

责任编辑：阳 梅 梁 洁 刘青蓝
特约编辑：孙宇程 邹 帆
装帧设计：张 鼎

出版人：胡 坚
出版发行：湖南少年儿童出版社
社址：湖南省长沙市晚报大道89号 邮编：410016
电话：0731-82196340（销售部） 82196313（总编室）
传真：0731-82199308（销售部） 82196330（综合管理部）
常年法律顾问：北京市长安律师事务所长沙分所 张晓军律师

经销：新华书店 印刷：湖南天闻新华印务有限公司
书号：ISBN 978-7-5358-8014-7
印张：18 字数：260千字
开本：710 mm×1000 mm 1/16
版次：2018年12月第1版
印次：2018年12月第1次印刷
定价：29.80元

目录

CONTENTS

目录

CONTENTS

第三百一十七章
郁闷的神圣巨龙

深渊位面。

已经进入深渊位面的龙崎努斯联军正在不断地努力。

工匠们负责建造要塞，精灵们负责改善环境，其他各族战士则负责守卫要塞。龙崎努斯联军中实力最强的军团，甚至是法蓝的塔主们都在前线。

这几天以来，不断有深渊生物出现在丘陵地带附近，但都被巡逻的龙崎努斯联军迅速铲除了。令大家感到担忧的是，直到现在，深渊位面也没有行动，而且没有高等深渊生物反攻他们的阵地，着实有些奇怪。

几天的时间虽然不长，但也不算短了。

龙崎努斯联军进攻深渊位面，就相当于一个国家攻打另一个国家，如果过了几天的时间，被攻击的一方还没有做出反应，这怎么可能是正常的情况呢?

值得高兴的是，精灵族的行动十分顺利，生命之树快速生长着，它释放出浓郁的自然气息，丘陵地带的环境已经有了显著改善，原本污浊的空气被不断净化，空间中逐渐出现了各种自然元素。

生命之树的生长速度仍在加快。此时，它的高度已经超过了三十米，再过不久，就会进化为远古之树。

只要生命之树成功进化为远古之树，那么，它便可以持续净化丘陵地带的空气，让战士们生活在适宜的环境中。

在龙崎努斯联军的精锐战士到达要塞之后，叶音竹没有继续调遣军队进入深渊位面，而是将补给物资调了过来，其中包括琴城的巨大的岩石和各国提供的守城级重弩、粮草，各种各样的物资陆续运至要塞。

之前，琴帝号上的中级魔导炮一齐发射，不仅将通道附近的那些双头憎恶、男巫、女巫消灭了，而且将这片丘陵地带的中心区域夷为了平地，这样便于龙崎努斯联军在此处驻扎，至少他们行动时不需要翻越丘陵了。

这片丘陵应该改个称号，此时，它看上去更像一个盆地，只不过与真正的盆地相比，此处最外围的丘陵还是矮了些。

尽管如此，那些外围的丘陵还是有三四百米高，如果将其改造成要塞的城墙，对防御必定极有利。

在这几年的时间里，叶音竹他们已经仔细地研究了深渊位面的整体地形，当然知道该如何发挥优势。有了充足的准备，改造工作进行得极为顺利。

和各种补给物资一同到达深渊位面的，还有龙崎努斯大陆各国的工匠。

这些工匠不会加入战斗，他们来到这里，是为了在最短的时间内帮助联军建起要塞。有了这座要塞，龙崎努斯联军才能展开进一步的行动。

如果只有十万名琴城工匠，想要建设这样的一座要塞，需要花费很长的时间。而此次从龙崎努斯大陆八国调集的工匠总人数超过百万，上百万人一齐努力，还有地精撕裂者、比蒙巨兽这样强大的家伙从旁辅助，建设要塞的工作进行得极为迅速。

此时，丘陵地带的四个方向都开始建防御工事了，有些丘陵的山头上已经开始安装从琴城运来的魔导炮和各国提供的重弩了。

琴帝号并没有继续在空中巡逻，毕竟，它飞行需要消耗大量的能量，而现在没有大量敌人出现，没必要这样做。

作为琴城传统的侦察军团，角鹰骑士团接下了这个任务，负责监视丘陵地带周围深渊生物的动向。

神圣巨龙霍华德带着龙族的巨龙们郁闷地待在角落里，没有人对它们发号施令，更不会有人要求它们帮助工匠建设要塞，甚至没有人理会它们。此时，龙族的骄傲和过人之处完全体现不出来，这令霍华德十分烦闷。

曾经，在龙崎努斯大陆上，龙族是强大的象征，所有人都以能够成为一名真正的龙骑士而骄傲。

可现在看来，哪怕是一名普通士兵，他们最大的梦想也不是成为龙骑士，而是加入琴城，成为一名琴城战士。

当霍华德看到那些向琴城投诚的族人身上有魔法装备时，作为龙族族长的它就不禁嫉妒起来。

要知道，巨龙的身体那么大，为其打造魔法装备要耗费很多钱财。

霍华德原本认为，这些背叛了龙族的族人再见到它，一定会无地自容，最起码会满面羞惭，可现在看来，那些投诚的巨龙反而有高人一等的感觉，偶尔与自己这边的巨龙交流时，脸上都带着骄傲的神情。显然，它们在琴城生活得比原来更好。

琴城！霍华德一想到这两个字眼中就燃起了熊熊怒火，它对那个叫叶音竹的男人恨之入骨。

尽管龙族之前数千年不曾出现神圣巨龙，可是，其在龙崎努斯大陆上的地位也十分稳固，而当它这条神圣巨龙出现之后，龙族却日渐衰落，这绝对不是霍华德希望看到的。

它从不在意族人如何看待它，它心里也清楚，族人们是因为忌惮它的实力才承认了它的族长身份。要说尊敬，简直是天方夜谭。

龙族大军，听起来是一支强大的队伍，这样的军队固然拥有强大的力量，但没有凝聚力，又有什么用呢？

突然，霍华德灵光一闪，它清晰地看到，一道窈窕的身影从琴帝号中走了出来，顿时计上心头。

霍华德第一次看到琴帝号时，就被琴帝号震撼住了，之后便将自己对叶音竹的不满藏在了心底。

琴帝号给人的视觉冲击力实在太大了。作为神圣巨龙，霍华德能感受到琴帝号内部蕴含着庞大的能量。

大量高等魔晶产生的能量波动，普通人或许感觉不到，作为神圣巨龙的霍华德又怎么可能感觉不到呢？

琴帝号战斗群，这支队伍的力量是何等的恐怖！而琴帝号的护卫竟然大多都曾是龙族中人，霍华德当然心里不平衡。

这几天，它的心思都放在了这艘琴帝号上，它一直在想，如果这艘琴帝号能够归属龙族，先不论其威力有多大，单是这笔财富就抵得上龙族千年的积蓄了。

此时，看着琴帝号中走出的那道身影，霍华德摇身一变，变成人形，迎了上去。

“离杀，我的孩子，你还好吗？”

不得不说，霍华德的声音在龙族中算十分动听的了，身为神圣巨龙，他身上散发出的神圣巨龙气息足以镇住任何一名族人。

从琴帝号走出来的，正是银龙公主离杀。

离杀突然看到霍华德，不禁愣了一下，下意识地答道：“爷爷，我很好。”

离杀神情淡漠，看着霍华德，并没有表现出什么情绪。

霍华德呵呵一笑，故作慈祥地道：“那就好，只要叶音竹没有虐待你和族人，我也就放心了。”

离杀看着霍华德，感觉有些奇怪。她跟霍华德一起生活了数千年，她太了解霍华德了。

七龙城攻打琴城之前，她对霍华德无比尊敬，甚至可以说是崇拜，而在大战的最后时刻，霍华德利用她当掩护，毫不犹豫地逃走了，从那一刻起，离杀的心就冷了，这也是她心甘情愿地留在琴城，不再留恋龙族的重要原因。

离杀淡然地道："爷爷，如果您没事的话，我要走了，我还要去向西多夫元帅汇报琴帝号的情况。"

听到"琴帝号"三个字，霍华德的眼睛顿时亮了，他将目光投向那深蓝色的庞然大物，道："这大家伙叫琴帝号吗？它是琴城造出来的？"

离杀眉头微皱，但还是点了点头。

霍华德眼中流露出几分鄙夷之色。

"体积大并不代表战斗力强，琴城这根本就是哗众取宠。与其浪费众多珍贵的材料建造这大家伙，还不如把材料拿来造武器。"

离杀强忍着心中的怒火，道："爷爷，这艘琴帝号，是矮人族和地精部落的大师们与众多人类工匠花费了数年才造出来的机器。普通武器怎么能和琴帝号相提并论？"

霍华德心中暗暗冷笑：丫头，你还是太嫩了，难道我还不了解你的性格吗？

霍华德故作姿态，面露不屑，道："这大家伙能干什么？它的体积这么大，每次飞行都得消耗很多能量吧？"

离杀冷然地道："付出的和得到的总是成正比的。琴帝号的威力如何，在之后的战斗中您自然能够看到。"

霍华德道："那你在琴帝号中做什么呢？"

霍华德的问题一个接着一个，离杀有些招架不住了。虽然面前的人是自己的爷爷，但琴城和龙族的关系向来疏远，离杀还是颇为小心的。

"对不起，爷爷，我不能告诉您，这是琴城的秘密。如果没有其他的事，我就先走了。”说完，不等霍华德回答，离杀快步离去。

看着离杀渐渐远去的身影，霍华德冷笑一声，狠狠地看了一眼琴帝号，计上心头。

这几天以来，龙崎努斯联军都在密切地关注要塞附近的情况，毕竟，对他们来说，这深渊位面是一个陌生的世界。

新的一批人类工匠加入之后，要塞的建设工作速度大增，要塞已经渐渐有了雏形。一座规模如此之大的要塞，即便是百万人一起努力建造，也不是一两天就能建好的。

为了这场生存之战，法蓝可以说是倾其所有，龙崎努斯大陆各国都派出了众多精锐士兵，这一战绝对不能失败。所以，在行动前的会议中，高层们明确表示了这一战要以稳妥为主，哪怕这样会让深渊位面中的四个国家有更多的准备时间，龙崎努斯联军也不能草率，要先在这里扎稳根基，然后徐图良策。

这新建起的要塞，就命名为龙崎努斯。

在接下来的一个月里，龙崎努斯联军不断将物资运至深渊位面，叶音竹也将各国大军陆续调入了龙崎努斯要塞之中，将他们分别安排在不同的方向上守护要塞。

龙崎努斯要塞中的兵力已经达到了三百万，防御力量十分雄厚。

大部分联军战士都到达了深渊位面，叶音竹手头的事情便减少了一些。他和小龙女几年前就到过深渊位面，对情况更加了解，前线需要他。所以，叶音竹将后续的任务交给了奥利维拉和克鲁兹两位副统帅，自己则与小龙女跟随第一阶段的最后一批联军进入了深渊位面。

但是，意想不到的是，在这一批联军中，叶音竹见到了一个人。

“香鸾，你怎么会在联军之中？”

叶音竹呆呆地看着身穿魔法袍，坐在独角兽背上的香鸾，大为吃惊。

令叶音竹吃惊的是，香鸾身为米兰帝国的公主，身份尊贵，她竟然也成了联军中的一员，而且，重要的是，香鸾的实力并不是很强。

经过多年的修炼，香鸾的神音魔法才达到青级中阶，不过，因为西尔维奥的父亲是琴宗宗主秦殇，香鸾拥有东龙血脉，通过通道时，实力能够提升三阶，但提升之后，她也只是蓝级中阶的神音师。

神音师要想在战场上起作用，要么就像叶音竹那样，拥有超强的实力；要么就集结多人之力战斗，人数多，自然威力大。香鸾孤军奋战，在战场上对敌人的杀伤力并不大，自身的安全也无法得到保证。

香鸾看着叶音竹，淡然一笑，道："我也是龙崎努斯大陆的一员，身为米兰帝国的公主，难道我不应该和自己的子民并肩战斗吗？"

又过去了三年，香鸾看上去并没有什么变化，她还是那么美丽。但是，叶音竹每次见到她，心中都会有种特殊的感觉。

不说别的，叶音竹认识香鸾这么久了，从未听说香鸾青睐哪位王子，而且，她现在依旧独身一人，米兰帝国皇室也没有催促她。难道，香鸾想要孤老终生吗？

叶音竹不知道香鸾的想法，只不过每次看到香鸾的时候，就会隐约地感觉到这事与自己有关。每当他想到香鸾迟迟未嫁时，心中都有些酸涩。

"香鸾，不要闹了！这次的生存之战非同儿戏，我们要面对的，是残忍、邪恶的敌人。万一你遇到了危险，出了事，我该如何向西尔维奥叔叔交代？"

叶音竹的声音有些急切，香鸾却不为所动，她缓缓地道："你不需要向我父亲交代什么，这是我自己的决定，在来之前，我就已经做好了一切准备。放心吧，我没那么容易死的。何况，我身为魔法师，肯定不会冲在最前面，不会有什么危险的。"

叶音竹苦笑着，看着香鸾，脸上的表情不知是喜还是忧，最终，他还是拗不过香鸾，不得不妥协。

尽管叶音竹是龙崎努斯联军统帅，可是，香鸾是米兰帝国的公主。他可以调兵遣将，却不能阻止她加入这场战斗。

叶音竹心中暗道：算了，香鸾执意要去就让她去吧。我指挥的时候留心一点，不将她派到前线，应该不会有什么问题。

“那好吧。既然如此，香鸾公主，我命令你，进入深渊位面后，加入神音战斗团，听从我的调遣。”

香鸾的美眸含着笑意，她道：“神音战斗团，听起来似乎不错。不过，我怎么没听说过琴城还有这个军团？”

叶音竹微微一笑，道：“琴城还有很多秘密是你不知道的。”

小龙女一直站在叶音竹身边，他和香鸾交谈的时候，小龙女的目光始终落在香鸾身上，不知道在思索什么。

神龙王去世之后，小龙女比以前更少开口了，大多数时候，她都默默地跟在叶音竹身边，偶尔眼神呆滞地看着某个地方，好像在思考什么问题。

很快，香鸾就见到了叶音竹所说的神音战斗团。

到达深渊位面后，叶音竹第一时间把香鸾带到了海洋面前，香鸾成了琴帝十二乐坊的候补成员。

论神音魔法的造诣，香鸾并不逊色于任何一位蓝精灵，加入神音战斗团也算合适。但令香鸾郁闷的是，琴帝十二乐坊身处琴帝号之中，受伤的可能性非常小，她这个候补真的有机会上场吗？

当然，叶音竹没有给她拒绝的机会，把她塞给海洋之后，叶音竹便立刻消失了，香鸾想抗议都找不到人。

海洋好不容易和香鸾相见，绝对不会让她离开自己身边。叶音竹暗中交给海洋的任务，便是保护好香鸾，不让她踏出琴帝号半步。

尽管深渊位面十分危险，可只要香鸾待在琴帝号上，她的安全还是可以得到保证的。哪怕是深渊魔王出现，想要攻破琴帝号的防御也绝非易事。

将香鸾交给海洋之后，叶音竹立刻投身于工作之中。他召集联军高层，在这座已经初见规模的龙崎努斯要塞中，召开了第一次会议。

参加这次会议的，都是集团军团长以上级别的将领，还有法蓝的塔主们和龙崎努斯联军的几位副统帅。

会议在要塞中心的临时指挥部召开，叶音竹坐着，眼看人员已经到齐，便立刻宣布会议开始。

“西多夫元帅，请您汇报一下我军目前的情况。”

这里是联军指挥部，在这种地方，只有上下级之分。

西多夫点了点头，他永远都是那么刚毅、沉静。他缓缓地道：“进入深渊位面后，我军守卫着龙崎努斯要塞，同时，对周边进行了一次军事行动。在这次行动中，共计消灭三万余个深渊生物，我军损失很小，可以忽略不计。

“我军目前总兵力三百二十万，其中，法蓝骑士团十二万，魔法师军团一万，琴城死神龙狼骑士团三百，琴帝号战斗群六千左右，兽人族紫晶军团一万五千。这些军团都具有很强的战斗力。目前军队士气高昂，一切状态良好。每天除了必要的训练和巡逻之外，其他时间战士们都在营帐中休息。等要塞外围的防御工事完工之后，工匠们将开始在要塞内建造军营。

“后勤补给的物资充足，并且正源源不断地运往要塞之中。各方面情况正常。后勤补给由克雷斯波元帅负责，具体情况将由他来向您汇报。”

叶音竹的目光转向克雷斯波，克雷斯波立刻详细地汇报了后勤补给的情况。

之前的准备做得非常充分，运送过来的物资可以支持联军长时间作战。只要通道能够正常开启，物资就能源源不断地运送到深渊位面来。

尽管参加这场战争的龙崎努斯联军超过了五百万人，其中还有食量极大的兽人战士，可是，有龙崎努斯大陆的资源作为后盾，物资绝对不会出现短缺的问题。

听了两位副统帅的汇报后，叶音竹将目光投向安雅，道：“精灵族现在的工作进展如何，环境改造得怎么样了？生命之树还要多久才能进化成远古之树？”

安雅道："生命之树大约还需要十天才能进化。有了生命之水中的能量，生命之树生长的速度很快。尽管这里的环境原本极为恶劣，可现在已经有了明显的改善。只要战士们处于要塞范围内，就不会受到深渊位面恶劣环境的影响。等到生命之树进化成远古之树后，战士们和魔法师们就可以在这里修炼，恢复自身能量。"

"苏拉。"叶音竹喊了自己的妻子一声。

叶音竹不在的时候，琴帝号战斗群是由苏拉全权指挥的，所以她也参加了这场会议。

夫妻本就心意相通，不需要叶音竹发问，苏拉就明白了他的意思，快速地答道："根据我们的侦察，距离要塞最近的几处领地上的深渊生物，不但没有反扑我军，而且在大约十五天前放弃了领地，朝着后方退去。因为要塞外的环境恶劣，所以我们的角鹰德鲁伊并没有深入侦察，以免中计。"

叶音竹缓缓点头，道："根据眼前的形势来判断，深渊位面的四国国主比我们想象中要沉稳得多，至少四国没有盲目地发起进攻。我们来得突然，它们却能够在这么短的时间内想出对策，撤走要塞附近的深渊生物。这就意味着，我们的敌人绝对不简单。请各位今后小心防范，计划不变。角鹰德鲁伊继续巡逻，所有军团做好随时战斗的准备。"

"是！"营中众将领恭敬地应诺。

"统帅大人，我有话要说。"正在这时，一个高大的身影站了出来。

此人是个光头，身上散发着强大的气息，他从众人中走了出来，向叶音竹微微行礼。

众人的目光都落在光头男子身上，叶音竹看着他，平静地道："霍华德族长，你要说什么？"

站出来的正是神圣巨龙霍华德，他毕竟是龙族族长，自然有资格参加会议。

霍华德此时看上去很平静，似乎已经忘记了龙族和琴城之间的仇恨："统帅大人，自从进入深渊位面以来，我龙族一直是一支独立的军队，而且没有参加过任何行动，寸功未立。我请求统帅大人，将我们编入战斗序列。身为巨龙，我们应该为龙崎努斯大陆而战。”

“哦？”叶音竹看着大义凛然的霍华德，不禁有些意外，“那族长希望龙族加入哪个军团呢？”

霍华德想也没想，道：“我们龙族能够长时间飞行，对于复杂环境的适应能力很强，深渊位面的环境虽然恶劣，但对我们来说根本不算什么。我看到琴帝号战斗群中有龙族族人，我想，如果我们加入琴帝号战斗群，这个军团将变得更加强大，琴帝号也会更加安全。我们跟随琴帝号出现在前线，也可以发挥我们龙族的作用。”

看着霍华德，叶音竹没说话。

别人或许不知道霍华德在想什么，叶音竹却知道。

自从得到了神龙王的灵魂之力后，叶音竹的灵魂变得比以前更加敏锐了。他很快便发现，霍华德说话的时候，情绪中隐藏着一丝贪婪。

尽管霍华德表现得很好，可还是没有逃过叶音竹的感知。

“不行，我拒绝。”开口的是苏拉。

苏拉冷冷地看了霍华德一眼，道：“琴帝号战斗群的战士们已经配合很长时间了，突然加入新的成员，不但无法增强战斗力，反而会被拖累。”

霍华德怒道：“你说我们龙族会拖累你们？难道你可以凭借裙带关系统率琴帝号战斗群，我们龙族就不能凭实力加入吗？”

苏拉冷冷地道：“你说谁凭借裙带关系？”

霍华德不屑地撇了撇嘴。他虽然没有说话，但余光先后扫过叶音竹和苏拉，谁都明白他的意思。

苏拉刚想说话，却被叶音竹阻止了。

叶音竹微笑着从帅位上站起身，缓步走到霍华德面前，道：“好，既然霍华德族长对这次的大战如此上心，我又怎么能拒绝呢？从今天开始，您和您的族人都将加入琴帝号战斗群，听从苏拉艇长的调遣。不过，之前您所说的‘裙带关系’，我不希望再听到。我想，您能明白我的意思。”

刹那间，叶音竹的双眼变成了银色的。霍华德骇然发现，自己的身体竟然已经无法动弹。

叶音竹并没有使用魔法力或斗气，这纯粹是精神封印，他竟然用精神力瞬间封印了霍华德精神之海内的灵魂烙印。

霍华德的身体仅被禁锢了几秒，很快就恢复了正常，就这一下，这位强大的神圣巨龙出了一身冷汗。

他已经变得如此强大了吗？霍华德的心颤抖了一下，惊惧交加。

“霍华德族长，您听到我的话了吗？”

在场众人中，只有少数几人感觉到了这一人一龙的变化。

霍华德心中暗想：反正我的目的已经达到了，现在退让几分也不算什么。

他恢复镇定，道：“是的，统帅大人。我和族人会听从苏拉艇长的命令。”

叶音竹缓步走回帅位，沉声道：“下面，按照原计划，我们进行防御部署。”

一座巨大的沙盘被十二名强壮的战士抬了上来，沙盘展示的正是目前龙崎努斯要塞的雏形。众将领站在沙盘周围，叶音竹细致地安排着龙崎努斯要塞每一处的防御工作。

一切早就烙印在叶音竹的脑海之中，一道道命令接连下达，就连法蓝的六位塔主也接到了明确的任务。

会议持续了整整四个小时才结束。

当众将领分别领命而去后，帅帐中就只剩下站在沙盘前思索的叶音竹和他背后的小龙女了。

“那蜥蜴根本就没安好心，难道你看不出来吗？”小龙女淡淡地道。

小龙女的灵魂之力比叶音竹强，叶音竹能够感觉到的，她自然也能感觉到。

小龙女虽然是神龙王的女儿，但她并没有向叶音竹索要任何职位。在备战的几年中，她已经明确了自己的位置。她的想法很简单，叶音竹是龙崎努斯联军统帅，他的安危至关重要，她负责保护叶音竹。

所以，名义上小龙女地位极高，实际上，她充当着叶音竹的侍卫。

叶音竹淡然一笑，道："他又能掀起多大的风浪呢？他在算计我，我不是也在算计他吗？你说得对，他只是区区蜥蜴，这些西龙大陆所谓的龙族，也该放下他们的高傲了。"

小龙女愣了一下，道："你准备怎么做？"

叶音竹摇了摇头，道："我什么都不用做。一切顺其自然就足够了。"

在接下来的三个月里，龙崎努斯联军除了派出角鹰骑士团侦察以外，没有任何打击深渊生物的行动，也没有向外扩张阵地，战士们都在抓紧建设龙崎努斯要塞。

自从抵达深渊位面以来，已经过去了四个多月的时间，远古之树的效果已经完全发挥出来了。

不论外面的环境多么恶劣，龙崎努斯要塞丝毫不受影响，就像一道天然的屏障，将一切毒素隔绝在外，浓郁的自然气息甚至缓缓地改善着要塞外的环境。

龙崎努斯要塞内部的环境，已经和人类世界的环境没有什么不同了。

在上百万工匠的共同努力下，龙崎努斯要塞已经建造完成了，各种防御工事全部完工。大部分工匠都已撤回龙崎努斯大陆，只有来自琴城的十万名工匠留在要塞内，进行日常维护和加固。

深渊位面的国主们很能忍耐，叶音竹更能忍耐。

这几个月以来，已经有不少军团长建议联军主动出击，却都被叶音竹驳回了。

他究竟在等什么呢？

霍华德和龙族族人全部加入了琴帝号战斗群。刚开始的时候，霍华德还大为得意，觉得自己终于可以名正言顺地接近琴帝号了。只要自己能够将琴帝号拿下，把琴帝号变成自己的东西，龙族在龙崎努斯大陆的地位必定会提升。所以，霍华德在等待机会。

在龙崎努斯要塞中，霍华德自然做不了什么。他不是傻子，这要塞中有几十万琴城大军，他吃过大亏，自然不会轻易动手。

他在等待战争开始，只要战争开始了，局势混乱，一切都有可能。所以，这段时间以来，最期待战争、最提倡主动出击的，便要数霍华德了。

但是，随着时间的推移，霍华德发现情况变得有些不对了。

他发现，族人们似乎和那些琴城的巨龙走得很近。本来它们彼此就很熟悉，甚至有些还是亲戚，走得近也无可厚非。

霍华德渐渐发现，自己的族人每天都吃着最好的食物，身上也多了些防御装备。他很不解，几番追问，才得到答案。族人们的回答很简单，说是琴帝号战斗群中的巨龙赠送的。

最令霍华德郁闷的是，族人们每天吃的东西都比他吃的东西好得多。看着族人们吃着从龙崎努斯大陆送来的鳕鱼，而自己吃的东西像残羹冷炙一般，霍华德心中的怒火就不断升腾。但霍华德身为族长，总不能跟自己的族人抢食物吧。对此，他只能向自己的顶头上司，琴帝号战斗群的艇长——苏拉抗议。

苏拉的回答很是绝妙：“您都是神圣巨龙了，还吃那么好干什么？不如把好的食物留给有进化潜力的族人。而且，作为族长，您也应该带头吃苦，做好榜样啊！”

霍华德很想问问苏拉吃的是什么，但苏拉吃饭、休息都在琴帝号内，他根本进不去，自然也看不到。

自从霍华德加入琴帝号战斗群之后，苏拉身边就多了两名护卫——两个白金比蒙。叶音竹对此的解释很简单：琴帝号至关重要，身为艇长的苏拉的安全更加重要，所以应该由神兽保护。

霍华德虽然很相信自己的实力，但还没盲目自大到觉得自己能够与两个白金比蒙抗衡，所以对于这件事，他只能咬咬牙，忍下来。

霍华德郁闷是有理由的。

没有加入琴帝号战斗群的时候，他的待遇和其他各族战士没有什么区别；加入琴帝号战斗群之后，身为龙族族长的他，待遇竟然还不如普通巨龙。霍华德的个性如此高傲，又怎么承受得了？但他又偏偏没有发作的理由，怒火中烧却无计可施。

为此，他亲自找过叶音竹，但叶音竹的回答很简单：琴城的巨龙的伙食和装备并不是联军供给的，而是琴城提供的。他的那些族人得到的好处，自然也不是联军给的，而是琴城的巨龙赠予的。至于为什么没有人将食物和装备赠予他这位族长，叶音竹只能无奈地告诉他，不知道，反正身为联军统帅的自己也无法改变这种情况，潜台词就是“你霍华德人缘太差，所以没人送你东西，这能怪谁？”

琴帝号战斗群。

正在休息的巨龙们彼此交流着。

某琴城银龙对一条龙族银龙道：“兄弟，给你一点。”

琴城银龙一边说着，一边把一个精美的水晶瓶递了过去。

龙族银龙好奇地接过来，只见透明的水晶瓶装满了金黄色的液体，它激动地道：“大哥，这是什么东西？看上去真漂亮啊！”

“不知道了吧？这东西叫阿拉斯加深海鱼油。据说，阿拉斯加鳕鱼只生活在极北荒原最北端的极寒之海中，这鱼油便是从鳕鱼中提炼出来的，价格比同等重量的黄金更加昂贵。它对我们银龙的大脑有极大的好处，可以增强我们的精神力。”

“比黄金还要昂贵？那你是怎么得到的？当初，你们被琴城俘虏后，财物不是都留在银龙城了吗？”

琴城银龙不屑地哼了一声，道：“那点财产算什么，现在给我我都不稀罕。当初刚被琴城俘虏的时候，我确实很愤怒，心情也很忐忑，不知道琴城会如何对待我们。后来，琴城劝我们投诚的时候，我也以为琴城必定是想要奴役我们。后来我才明白，被琴城俘虏是一件多么幸福的事！”

“什么？被俘虏了还感到幸福？”龙族银龙不解地看着琴城银龙。

“我就知道你不明白。嘿嘿，我们琴城有钱啊，现在在龙崎努斯大陆上，谁不知道我们琴城有钱，恐怕连法蓝也比不上琴城。这深海鱼油，所有琴城的银龙都分到了。我还有不少，你放心吃就是了。

“兄弟，不是我自夸，我们在琴城的生活不知道比以前好了多少倍！不但更有乐趣，而且高层非常体恤我们。虽然训练的时候辛苦一点，但我们现在吃的东西，是以前想都不敢想的。在琴城，我们每天吃的珍贵食物几乎都不重样。

“别的不说，记得当初我还在龙族居住地时，你的等级还要比我高一阶吧。你看看，现在我身上的银鳞都开始变紫了，我的实力提升了很多。你呢？过去几年了，还是老样子。说句不客气的话，你要是在战场上遇到我，只能成为我的手下败将。”

琴城银龙一边说着，一边晃了晃自己身上的装备，坚硬的龙爪上都戴着镶嵌了魔法宝石的爪套，脖子以及心脏的位置都有着特殊的铠甲。

这些铠甲上刻着相同的魔法阵，那魔法阵是专门为龙族设计的。在魔法阵的作用下，银龙施展魔法时，只会消耗原来所需的三分之二的魔法力。

龙族银龙看着自己族人身上那亮晶晶的装备，心中充满了羡慕，苦叹一声，道：“你也知道，霍华德那老家伙抠门儿得很，有什么好东西都弄到自己的巢穴去了，甚至还会搜刮我们的财物，指望那老家伙是不可能了。早知道，当初我就不应该跑得那么快，跟你一起被俘虏了多好！”

“嘿嘿，这就是同族不同命啊！在琴城的生活是何等的美妙，所有族类都不会受到歧视，大家都是伙伴，比起以前各自为政，甚至互相提防的族人强太多了。我们的琴帝大人可是龙崎努斯联军的统帅，等生存之战结束后，我们琴城的地位肯定又会提升，到时候，恐怕法蓝都比不上琴城了。

“你看到我们护卫的琴帝号了吗？那可是我们琴城的超级武器。它的威力非常大，等战争打响之后，你就明白了。霍华德那老家伙对我们琴城的敌意还是那么强，哼！我看，龙族在那老家伙的带领下只会走向衰落。要是哪天那老家伙一冲动，和我们琴城大军打起来，别怪我没提醒你，兄弟，到时候你可得赶快逃命啊！单是凭借一艘琴帝号，就足以剿灭整个龙族了。”

“琴帝号真的那么恐怖吗？”

“估计不久后你就能看到了。我说多了也没什么意思，耳听为虚，眼见为实。我现在已经想开了，琴帝大人虽然是外籍神圣巨龙，但那也是神圣巨龙，在我们琴城龙族的心中，他才是我们的族长。只有在琴帝大人的带领下，我们龙族才会变得更加强大。”

潜移默化之中，龙族族人们的内心已经产生了一些细微的变化，而这一切完全在苏拉的掌控之中。

统帅大帐。

叶音竹脸色阴沉地站在中央，他的周围，站着联军的五位副统帅以及法蓝的六位塔主。他们这些人，都是龙崎努斯联军高层。

光明塔主奥布莱恩忍不住道：“音竹，我们来到深渊位面已经快五个月了，这么长的时间，深渊位面没有做出任何反应，好像不知道我们来了一般，这很不正常。我们是否要主动出击，哪怕只是试探性的出击？”

叶音竹摇了摇头，沉声道：“目前的形势对我们很不利，也是我们预测中最坏的情况。如果我猜得不错，深渊四国一定达成了什么协议，在这段时间内调兵遣将，准备向我们发起总攻。这些深渊生物比我们想象中的更聪明。

“有两种情况对我们是很不利的，一种就是在我们立足未稳之时，深渊四国集中优势兵力进行攻击。我们来得突然，没有给它们这个机会。它们发现无法阻止我们建立要塞，又没有足够的兵力击退我们，便开始调兵遣将。既然它们没有浪费自身的力量，那么它们就是要集中兵力，一击定胜负，这就是对我们不利的第二种情况。六位大师，通道就要麻烦你们镇守了，以防深渊魔王暗中破坏。”

奥布莱恩点了点头，道：“这是我们应该做的。只是，这样僵持下去也不是办法。如果深渊四国一直不向我们发起攻击，我们这样等下去，会消耗大量人力、物力。几百万大军，每天消耗的物资数量都是天文数字。目前，我军的防御工事都已经完成了，深渊生物却没有发起攻击，这样下去，就算我们有龙崎努斯大陆的资源作为保障，恐怕也支撑不了很长时间。”

叶音竹道：“这些我都想到了，但深渊四国只会比我们更加着急。如果我们贸然出击，只会增加我军的损失。要塞好不容易建成了，远古之树可以净化这里的环境，我们的战士能够发挥出最强的战斗力，一旦出击，我们就放弃了好不容易拥有的优势。虽然深渊生物比我们想象中的更难对付，但是，计划不能改变，我们还是得等下去。”

西多夫和克雷斯波这两位副统帅同时点了点头。

西多夫道：“我支持统帅。深渊生物不急，我们更不能急。我们的战士一旦伤亡，就会被敌人吞噬，增强它们的力量，到时候我们的处境会更加危险。”

克雷斯波道：“我也支持统帅，可是，统帅，我们能否想些办法，让深渊生物不得不向我们发起攻击呢？毕竟，我们现在虽然占据了通道的位置，但是并没有影响到深渊生物的根本利益，只是成了深渊位面的一颗钉子而已。”

叶音竹颔首道：“这一点我也考虑过。既然深渊生物不攻击我们，那好，我就给深渊生物制造点惊喜。从明天开始，我们要让远古之树释放自然气息，扩大自然气息覆盖的范围。我就不信，在这种情况下，深渊四国的国主还能够镇定自若。”

第二天，半个月前就已停止生长的远古之树再次开始生长。这一次，它释放出的自然气息不断增强，浓郁的自然气息轻松地越过了丘陵，朝着四面八方迅速蔓延。

没错，远古之树又开始进化了，一旦它进化成为永恒之树，那么，它释放的自然气息覆盖的范围将扩大到之前的十倍，也能更快地改善环境。

虽然远古之树不能像法蓝那样，提供大量魔法元素供魔法师们修炼，但改善后的环境适合人类生活，所有战士，尤其是精灵族战士的战斗力都将大幅提升。

很快，远古之树就进化成了永恒之树，所用的时间甚至比前一次进化的时间更短。原因很简单：这次进化，有叶音竹的生命能量支持。

叶音竹拥有了神龙王的灵魂之力后，已经可以凭借自身的精神力来控制体内的生命能量了，他不需要像以前那样，将血液融入远古之树，现在他只要调动精神力，便可以将生命能量注入远古之树，帮助其进化。

进化过程持续了十天的时间。

十天后，要塞周围变成了一片乐土。

远古之树进化成了永恒之树，在永恒之树释放的自然气息的笼罩范围内，空气是清新的，就连天空的颜色也产生了一些变化，一切都变得更加和谐了。地面那些多年被暗元素侵蚀的黑色岩石也开始转化成类似于金刚石的石头。这一发现令各国将领大为惊喜，这可是一笔巨大的财富啊！

攻击深渊位面本来是不会获得任何利益的，但这些金刚石突然出现，让龙崎努斯联军获得了许多资源。

一时间，原本因为几个月的整军而有些低落的士气突然高涨。

永恒之树不愧是精灵族的本源，它进化完成后，对于环境的改善效果极为明显。就连外界的混浊空气进入被自然气息笼罩的范围后，也会立刻被净化。

负责侦察的角鹰德鲁伊们发现，即使在自然气息笼罩的范围之外，只要不是距离太远的地方，空气也非常清新。

第三百一十八章
敌军终至，第一战

这一发现也充分说明，凭借着永恒之树，龙崎努斯联军已经将这里变成了自己的主场，只要他们身在此处，深渊位面的恶劣环境就影响不到他们。

但是，深渊四国的军队依旧没有出动的迹象，几大魔王的忍耐力比他们想象中更强。

当叶音竹再次得到角鹰德鲁伊的汇报时，不禁嘴角上扬，露出一丝冷笑，心中暗道：好啊！你们不是能忍吗？那好，我倒要看看你们能忍到什么时候！

一天后，迪达凭借着分身千万的能力，在要塞城墙外百米处种下了第二棵生命之树。有了要塞中的那棵永恒之树的支持，这一次，迪达不需要叶音竹的生命能量，也可以令生命之树快速地生长。

此时，迪达的能力充分展现出来了。

在三天的时间内，迪达凭借着自己的分身，在要塞的四个方向分别种下了一棵生命之树，那四棵生命之树都在快速地生长，它们释放的自然气息以惊人的速度向外扩散着。

或许是因为要塞内空气清新，所以尽管深渊位面中没有太阳，可仅凭月光，生命之树也生长得极为茂盛，就连天空也在自然气息的影响下变成了淡淡的蓝色。

一棵生命之树和五棵生命之树比起来，改善环境的效果是完全不同的。那些自然气息扩散开来，对深渊位面造成了极大的影响。

浓郁的自然气息对深渊生物的影响，就相当于瘟疫对人类的影响。如果深渊位面的环境中没有了死灵能量，那么，深渊生物最大的优势也就消失了。

叶音竹的做法很简单，也很有效，只要深渊生物不出现，那么，他就将一直种植生命之树，让其影响深渊位面的环境。

不过，单凭迪达的力量，无法持续种植生命之树，有了叶音竹的生命能量之后，一切就不一样了，短时间内，迪达便可以快速恢复能量，继续种植生命之树。

过了三天，当迪达又种下了四棵生命之树的时候，深渊位面终于有了反应。

“报——”

一名精灵弓箭手飞快地跑入帅帐，向叶音竹躬身行礼。

人类以外的各族战士，不需要向非本族的联军高层行跪拜礼，这是由叶音竹提出的一项人性化的条例。

“说。”

叶音竹和几位副统帅正看着沙盘。

“报告，深渊生物出现了。”

精灵弓箭手的声音有些急促，但更多的是兴奋。他们已经等待了将近半年的时间，大战终于要开始了。

精灵弓箭手的话立刻吸引了以叶音竹为首的六位联军高层的目光，叶音竹有些激动，道：“该来的终于要来了吗？它们有多少人？”

“不计其数。”精灵族弓箭手的回答令六位高层的心颤抖起来。

角鹰德鲁伊之所以能够成为优秀的侦察兵，一方面是因为角鹰德鲁伊的飞行速度极快，甚至可以与风系巨龙媲美；另一方面就是因为精灵的视力是所有族类中最好的，他们能够在高空中观察到远方的情况。连他们都无法得知敌军的数量，可见来了多少深渊生物。

西多夫皱眉道：“说得详细点。”

精灵弓箭手深吸了一口气，平复了一下自己的情绪，道：“敌人从四面八方出现，目前距离要塞大约还有三百里，敌人行军的速度不算很快，离要塞还很远的时候就被我们发现了。但是，敌人的数量极多，那队伍一眼望不到边际，它们以包围之势缓缓朝着要塞前进。我们隐约可以看到，这些深渊生物上方凝聚着大量的黑灰色气流，应该是它们释放的瘟疫。敌人的空军数量非常多，同样是黑压压的一片。”

叶音竹点了点头，道：“果然，深渊四国组成了联盟。这应该是深渊位面四个国家联合派出的大军，所以才会有这样的规模。恐怕，敌人的数量应该是我军兵力的数倍。再探，你们按照我发下去的深渊生物图谱，尽可能地辨认出各种深渊生物，统计它们的数量，至少要给我一个大概的数字。”

“是。”精灵弓箭手领命离去。

克雷斯波敬佩地道：“统帅果然神机妙算，不断种植生命之树，让敌人不得不展开攻势，实在令人敬佩。”

叶音竹淡然一笑，道：“就算我不采取措施，我想深渊四国也应该会有反应了。这么久了，它们完全可以调动优势兵力来攻击我们。深渊位面中没有平民，每一个深渊生物都可以踏上战场。所以，敌军的数量肯定非常惊人。我们的优势在于魔法和科技装备。战争终于要开始了，我们也要立刻整军，进入战备状态。各位，我们按照原计划行动。”

“是！”

五位副统帅同时向叶音竹行了一个军礼，大步离去。

叶音竹阴沉着脸，道："来吧，你们这些混蛋，我们报仇的时刻终于到了。我会让你们知道，龙崎努斯要塞的厉害。"

龙崎努斯要塞内的气氛空前的紧张，要塞的城楼之上站满了精锐战士，龙崎努斯联军中几个强大的军团也在最短的时间内集合完毕，静静地等待着。

尽管龙崎努斯要塞内的大军总数超过了三百万，可行动起来并没有丝毫混乱的感觉，这就是几年以来在极北荒原练兵的成果。除了紫以外，另外四名副统帅分别守卫着要塞的一方。

角鹰骑士团的侦察能力完全展现出来了，消息不断传入要塞之中。要塞内的各项准备工作也到了最后阶段，各军团集结完毕，叶音竹命令他们原地待命。

叶音竹站在要塞南面的城楼上，遥遥眺望。

此时，虽然还看不到敌人，但远处天空那黑灰色的气流给人带来了极大的压迫感，那是大量死灵能量聚集的表现，气流聚集起来，遮天蔽日，可见敌人数量之多。

小龙女静静地站在叶音竹身边，她的表情依旧那么冰冷、平静，仿佛眼前发生的一切都与她无关。

时间一分一秒地过去，联军的压力也变得越来越大。城楼上的战士们整齐地排列着，将武器对着要塞外。

敌人终于出现在战士们的视野之中。首先出现的，是数量众多、遮天蔽日的深渊空军。

那是来自深渊位面的天鬼大军，放眼望去，它们飞行的时候，就像大片的乌云在空中移动，缓缓地向要塞逼近。

从天鬼的数量来看，单单这一个兵种，数量就超过了两百万。

尽管龙崎努斯联军对自身的实力和要塞的防御力很有信心，可当他们看到数量如此之多的敌人时，还是不禁倒吸了一口凉气。

要知道，接下来他们要面对的，是整个深渊位面的敌人。

天鬼下方，不计其数的食尸鬼和恶镰不断向前逼近，这些低等深渊生物就像一片黑压压的蝗虫。

深渊大军所到之地，空气变得十分混浊，各种毒素在空中扩散，随着它们的前进，刺耳的沙沙声不断响起。

空中那惨绿色的月亮被蒙上了一层暗红色的云，混浊的空气仿佛能够滴出腐蚀性的毒液，敌军的队伍宛如海浪一般徐徐前进，一眼望不到边际。

经过近半年的等待，深渊位面没有让龙崎努斯联军“失望”，出现在他们眼前的敌人，绝对能以千万为单位来计算。

叶音竹一直十分冷静，通过地精部落研究出来的通信系统，他随时可以将命令传到要塞的四方城楼之上。过了几个月的平静日子，他早已料到，眼前这一幕必将来临。身为统帅，他必须保持冷静。

深渊大军逐渐逼近，生命之树似乎也被它们影响了，自然气息逐渐收敛，要塞外围的光线变得更加昏暗。

一声声尖叫不时从深渊大军中传出，叶音竹知道，那是深渊大军中的高等深渊生物在下达命令。

当深渊大军距离要塞还有五十里的时候，在阵阵尖叫声中，最前端的恶镰、食尸鬼混合部队停了下来。

天鬼飘浮在半空之中，它们闪着白光，远远看去，倒有些像萤火虫在空中闪烁。

不同位面的两支大军，终于在战场上相见了。双方根本就没有交流的必要，除非一方全军覆没，否则这场生存之战便不会结束。

“传我命令，城上守军，准备迎敌。”叶音竹下达了命令。

听到命令，战士们纷纷举起了手中的长枪，铁甲碰撞声响起，伴随着阵阵轰鸣，战士们的士气大涨，敌军带来的压力仿佛减小了几分。

站在叶音竹身边的，是负责守卫南面城楼的副统帅克鲁兹，他是蓝迪亚斯帝国的元帅。

“要不要让魔法师准备战斗？”克鲁兹低声问道。

叶音竹摇了摇头，道：“真正的决战尚未来临，魔法师是我们的王牌，不到关键时刻，绝对不能轻易参战，要保存他们的魔法力。这是一场持久战，谁先坚持不住，谁就将成为失败者。谁的底牌更晚揭开，谁就有可能获得最后的胜利。”

敌军的阵营中开始出现暗红色的光芒，在食尸鬼和恶镰队伍的后方，一个个暗红色的光环从深渊大军中飘出来，落在队伍前方的地面上。

紧接着，恐怖的一幕出现了。大地开始剧烈地震动，一只只惨白的骨爪从地下探出，食尸鬼和恶镰不断从地下爬了出来。

这些食尸鬼和恶镰与深渊大军最前方的炮灰部队不同，它们完全是由魔法召唤出来的，本身并没有灵魂，死灵能量也是从深渊位面的空气中吸收的。

不用问，那发出暗红色光环的，就是深渊大军中的男巫了。

叶音竹的瞳孔收缩了一下。

只是南面这一个方向，从地下爬出来的食尸鬼和恶镰的数量就超过了二十万，也就是说，深渊大军中的男巫召唤出来的低等深渊生物总数接近百万。尽管对龙崎努斯联军来说，这些低等深渊生物不算什么，可这样的召唤能力还是很惊人的。

不论是龙崎努斯联军，还是深渊大军，都害怕消耗兵力。任何一方，每损失一名战士，实力便会被削弱一分。龙崎努斯联军失去的是战士，而深渊大军失去的则是死灵能量。

伴随着一阵刺耳的尖啸声，刚刚被召唤出来的食尸鬼和恶镰都行动起来，朝着龙崎努斯要塞狂奔而来。

尽管要塞规模极大，可百万敌军发起冲锋，看上去还是威势惊人。

恶镰的速度明显要比食尸鬼的速度快不少，很快它们就冲在了最前面，挥舞着两柄镰刀，朝着要塞扑了过来。

叶音竹没有命令远程攻击部队发起攻击，只是让所有战士原地待命，准备开始肉搏。

面对数量达到千万的深渊大军，他反而十分冷静。身为统帅，在这个时候，他的命令会起到决定性的作用。

一道道命令通过通信器不断传出，龙崎努斯要塞内的战士们都忙碌起来，各军团听从叶音竹的指挥，来到指定的位置，静静地等待着。

此时，敌军冲在最前面的是刚刚被召唤出来的恶镰大军，它们已经来到了要塞的城墙下方，这些恶镰立刻展现出了它们的能力。

尽管是最低等的恶镰，可它们的弹跳力十分惊人，纵身一跃就能达到五米的高度。虽然恶镰的镰刀无法刺入坚固的城墙，但它们可以用锋利的镰刀在城墙上借力，再次跳跃，朝着数百米高的城墙上方冲刺。

食尸鬼们紧随其后，朝着城墙冲来，密集的沙沙声响起，给人一种惊心动魄的感觉。

尽管这些攻城的都是最低等的深渊生物，死灵能量很少，可它们的邪恶气息还是在空气中弥散，每一名龙崎努斯的战士都能感受到。

战斗终于开始了。

第一批恶镰飞速完成了最后一次跳跃，朝着城楼扑来。

此时，站在城楼上的，正是八国的精锐步兵。

为了取得这场生存之战的胜利，龙崎努斯大陆各国不惜血本。这些步兵身上都穿着钢铁打造的甲胄，他们拿着长矛刺向恶镰。

普通恶镰的镰刀长度只有一米五，不够坚硬，也不够锋利，不足以破坏钢铁甲胄。

当第一批恶镰跃向城楼的时候，将领们高昂的声音已经传遍了整个城楼。

“杀——”

龙崎努斯要塞的城楼上同时响起了战士们的呐喊声，钢铁长矛重重地刺出，刺穿了恶镰的身体，硬生生地挡住了它们的冲锋。

当然，有些恶镰的动作很快，躲开了长矛的攻击，但很快就被后面的战士消灭了。

断裂的骨骼不断从要塞城楼落下。被击溃的恶镰，其骨骼还没落到地面，就已经化为一团团黑气消失了。

这些被召唤出来的深渊生物是没有灵魂和生命的，它们根本不知道什么是痛苦和死亡。

恶镰们宛如潮水一般，不断向城楼发起冲击，凭借着它们那锋利的镰刀，在龙崎努斯战士们的兵器和盔甲上留下一道道痕迹。

“树妖德鲁伊准备。”叶音竹飞快地下达了命令。

此时，随着恶镰大军的冲锋，食尸鬼军队也来到了要塞城墙下方。虽然它们攀爬的速度比恶镰的速度慢一些，但这些食尸鬼的防御力明显要比恶镰的防御力强。大片食尸鬼跟着恶镰向城楼爬去。

一个又一个树妖德鲁伊出现在城楼之上。与以往的战斗方式不同，这些树妖德鲁伊并没有摆出密集的阵形，不过它们手中仍举着那标志性的长矛，且每一个树妖德鲁伊身上都闪耀着一层淡淡的绿色光芒，那是自然气息的光芒。

这次跟随精灵族来到深渊位面的树妖德鲁伊总数达到了三千，是琴城树妖德鲁伊一族全部的战斗力量。

此时，树妖德鲁伊们分散开来，站在城楼之上，彼此之间的距离都超过了百米，它们静静地等待着叶音竹的命令。

眼看最后一批食尸鬼也已经来到城墙下方，准备向要塞发起攻击，叶音竹终于下达了命令。

“树妖德鲁伊，驱散。”坚定的声音突然传了出来。

叶音竹没有使用通信器。

在强大的灵魂之力的作用下，他的声音就像一个瞬间扩散的神音光环，清晰地传到了每一个树妖德鲁伊耳中。

树妖德鲁伊们举起了手中的长矛，一声声嗡鸣接连响起，每一个树妖德鲁伊身上的绿色光芒都突然变亮，呈扇形向前方射出。

绿色光芒向外扩散，眨眼间已经射出了数百米，树妖德鲁伊前方的城墙也被绿色光芒覆盖了。

要塞四方城墙上的树妖德鲁伊同时释放出绿色光芒，只见一个绿色光环不断向外扩大。

不论是恶镰还是食尸鬼，那些被召唤出来的深渊生物一接触到绿色光芒，身体便瞬间被击碎，化为一股黑气消失了。

百万敌军，竟然在这一瞬间化为乌有了。

完成了任务的树妖德鲁伊们后退几步，原地休息，吸收着永恒之树释放的自然气息来恢复自己的魔法力。

当琴城的远古之树进化成为永恒之树后，这几年以来，精灵族不仅培养出了几个强大的兵种，而且，德鲁伊的能力也都发生了一些变化。这名为驱散的能力，就是在永恒之树出现之后，树妖德鲁伊们才掌握的。

这种能力看上去并不是很强，效果也比较单一，就是驱散一切负面魔法，对深渊生物有奇效。驱散的强度根据敌人的魔法效果而定，有一定的上限。

当叶音竹得知树妖德鲁伊拥有这种能力的时候，大喜过望。

尽管驱散对男巫、女巫那样的高等深渊生物没有太大的作用，可对一些低等深渊生物，尤其是被召唤出来的深渊生物，能够造成毁灭性的打击。

叶音竹曾经亲自释放亡灵魔法，请树妖德鲁伊们施展驱散，他发现只要是黄级以下的召唤生物，都无法承受这绿色光芒。而对于各种负面的辅助魔法，这驱散也有着极大的作用。

这种能力，用来对付深渊生物再合适不过了，至少可以大大地削弱男巫、女巫释放的辅助魔法的力量。

所以，树妖德鲁伊这次跟随大军来到深渊位面，它们不再属于远程攻击军团，而是属于魔法师的队伍，还是这个队伍中极为重要的力量。

它们不但可以克制敌人，而且还有一个很大的优势，那就是在要塞内的永恒之树的作用下，它们恢复的速度要比其他魔法师恢复的速度快得多。这也是叶音竹直接派它们来对付那些深渊生物的原因。

一圈绿色光环散开，刚刚热闹起来的战场瞬间归于平静。

双方都知道，这只是一次试探性的攻击，真正的对决还没有开始。

深渊大军停滞不前，暂时没有下一步的行动，只是虎视眈眈地包围着要塞，不知道是在等待叶音竹出手，还是在商议进攻的方法。

眼看树妖德鲁伊的驱散魔法取得了预期的结果，叶音竹不禁紧紧地握了一下拳头。如果没有树妖德鲁伊的魔法辅助，敌人不断地召唤低等深渊生物，想必会给龙崎努斯联军带来很大的压力。

而现在，这些深渊生物想要攻破龙崎努斯要塞，就必须凭借自己的力量。

龙崎努斯联军中，对深渊位面了解最深的就要数叶音竹了。他知道，深渊生物被消灭以后，死灵能量也会随之消失，这样，深渊位面的实力就会被削弱。眼前这被动防御的策略，是他经过深思熟虑后才定下来的。

被动防御有几大好处：

第一，实行这种防御策略，龙崎努斯联军的战斗力就能充分发挥出来，永恒之树源源不断地释放着自然气息，战士们不会受到恶劣环境的影响。

第二，被动防御可以让己方的伤亡人数降到最低。哪怕有战士战死，也可以立刻将其送回要塞内，不会让他成为深渊生物的食物，壮大它们的力量。从表面上来看，这场战争是龙崎努斯要塞对抗整个深渊位面，可实际上，龙崎努斯联军背靠通道，有着龙崎努斯大陆的全力支持。在这场消耗战中，龙崎努斯联军依靠己方强大的防御能力，必定能够对深渊生物造成极大的伤害。

第三，选择这样的防御方式，目的就是要将敌军的主力全部吸引过来，削弱它们的力量，只有这样，才能让计划顺利地进行下去。

首战告捷，欢呼声在城楼之上响起，树妖德鲁伊们成了这一战的英雄。

叶音竹冷静地观察着敌军的动向，接连下达了几道命令。尽管首战告捷，可他没有放松半分。

敌军的数量那么多，它们之所以还没有发起全面进攻，应该是在思考何种攻击方式能够取得最好的效果。

正在这时，深渊大军的空军突然动了。不计其数的天鬼突然加速飞行，从四面八方朝要塞聚集过来。

叶音竹沉声道："火系魔法师准备，烈焰焚城。"

所有魔法师都在要塞内部，而不在城楼上。魔法师是龙崎努斯联军最珍贵的资源，叶音竹曾与法蓝大军交手，他深知这些魔法师的力量是难以想象的。所以，不到万不得已的时候，他绝对不会让魔法师在前线迎敌。

天鬼大军突然加速，朝着要塞冲了过来，密密麻麻，宛如大片的乌云，将天空中的月牙完全遮挡住了。

它们此时飞行在千米的高空之中，只是一会儿的工夫，整座要塞的上空就布满了天鬼。

叶音竹并没有下达攻击的命令。千米高空之上的敌人，可不是什么魔法都能攻击得到的。

他研究过深渊位面的兵种。这些天鬼看上去恐怖，可实际上，它们那类似于冲击波的攻击，只能伤到百米内的敌人。以目前这个高度，它们根本无法对要塞内部造成任何威胁。

但是，令人意想不到的事情发生了。

聚集在要塞上空的天鬼并没有向下俯冲，也没有发起攻击。它们背上出现了大片大片的生物，从地面看去，那些生物就像一个个小黑点，在空中盘旋、滑翔，朝要塞落下。

由于天鬼的数量达到了数百万之多，它们从空中释放那些滑翔的生物，就宛如下了一场黑色的雨，令气氛变得非常压抑。

叶音竹的心颤抖了一下，他没想到，深渊生物居然会有这样的攻击方法。

他清晰地看到，那些从天鬼身上飘下来的，正是低等恶镰。

这些恶镰并不是刚才从地下召唤出来的那种恶镰，而是真正的恶镰。和召唤出来的恶镰相比，这些低等恶镰的攻击力更强。

数百万恶镰同时从天鬼背上飞下，落向要塞，这种方法无疑可以巧妙地避开坚固的城墙。释放了所有的恶镰之后，数百万天鬼同时俯冲，扑向要塞。

与此同时，包围着要塞的深渊大军动了。

食尸鬼、深渊魔蛛为先锋，大量的憎恶、男巫、女巫等深渊生物紧随其后，数以千万计的深渊生物全速前进，朝着要塞冲了过来。

深渊大军指挥者的能力比叶音竹想象中要强得多。

这一轮攻击，深渊生物想里应外合，一举击溃要塞的防线。不管是天鬼大军，还是食尸鬼大军，只要任何一方攻破了要塞，龙崎努斯联军都将承受毁灭性的打击。

克鲁兹看着叶音竹，他十分焦急。虽然身为蓝迪亚斯帝国元帅，但他从未遇到过这种大决战，而且敌人都是不熟悉的深渊生物。眼看千万敌军发起了攻击，克鲁兹不禁有些慌乱。

但是，克鲁兹看到叶音竹的那双眼眸依旧冰冷，没有任何情绪波动。

“城楼上的战士准备迎敌，树妖德鲁伊施展驱散，攻向城外。利爪德鲁伊，施展咆哮技能。火系魔法师，目标天空，烈焰焚城，发动。”

叶音竹利用强大的灵魂之力发出命令。

命令简明有力，战士们不再迷茫。城楼上的战士们拿起了武器，高大的利爪德鲁伊出现在树妖德鲁伊身边。

伴随着一声声愤怒的咆哮，一个个黄色光环罩在战士们身上。利爪德鲁伊施展了咆哮技能。

在永恒之树的作用下，咆哮技能的威力比以前更大了，战士们的力量增强了百分之二十，攻击力增强了百分之三十。被黄色光环笼罩的战士，其攻防能力都提升到了极限。

树妖德鲁伊们毫无保留地释放了驱散技能。

为了不让驱散技能影响到攻防能力大增的己方战士，树妖德鲁伊们在施展魔法的时候，都先原地跳起，再向城下释放驱散魔法。

尖锐的鸣叫声在敌军阵营中响起，此起彼伏。一个个暗红色的光环随之出现，罩在冲向城墙的深渊生物身上。

男巫、女巫不断释放着嗜血、加速等辅助技能，好像不需要耗费死灵能量一般，将其施加在三大主战兵种——食尸鬼、魔蛛和憎恶身上，三大主战兵种飞速地朝着要塞逼近。

其实，三大主战兵种的攻击并不是最具威胁性的，毕竟，城楼上还有装备精良的人类大军，他们可以挡住敌人。

对于龙崎努斯联军来说，从天而降的数百万恶镰才是致命的威胁。

尽管这些低等恶镰无法将联军消灭，可它们一旦落入要塞之中，必将破坏要塞的设施，也会让战士们措手不及，给敌军可乘之机。

其实，叶音竹不知道的是，这空投恶镰的战术，还是他想出来的。

在三年前的妖王更迭大会上，被叶音竹原身夺舍的高斯芭，控制着一个黄金恶镰攻击妖王，那黄金恶镰曾挥动两柄黄金镰刀，做出了滑翔斩杀的动作。

低等恶镰虽然没有黄金恶镰那么强大，但是，两者的身体构造、比例是完全一样的。

低等恶镰借助镰刀，从空中降落，也可以完成滑翔的动作，缺点是下降的速度较慢。这真是出奇制胜的一招!

叶音竹当然不知道这些，此时情况紧急，他也没时间细细思考。

眼看着恶镰大军盘旋下降，食尸鬼疯狂地扑过来，要塞内的魔法师们终于行动了。

在叶音竹下令准备的时候，火系魔法师们就拿起了他们的魔法杖。眼看敌军已经到达城楼，咒语吟唱声在要塞内响了起来。

空投恶镰这一招固然巧妙，但恶镰不能像天鬼那样直接俯冲，所以，当天鬼降落的时候，恶镰离地面还有一段距离。

就在这个时候，城楼出现了大片红色光芒，整个天空变得一片火红。

强大的火系魔法攻向敌军。

这些火系魔法师大部分来自法蓝，不需要叶音竹的指挥，他们释放的火系魔法在空中爆发，几乎覆盖了整座要塞。

烈焰焚城，这是一个级别接近禁咒的火系魔法，它的攻击力并不算很强，但胜在覆盖的面积够大。

一名蓝级高阶魔法师施展烈焰焚城，烈焰能够覆盖上千平方米的土地。当要塞内所有的火系魔法师同时释放这个魔法的时候，烈焰覆盖了要塞四分之三的空域。

第三百一十九章

水火合璧克天鬼

从空中落下的恶镰和天鬼们，就像飞蛾扑火一般，撞向了烈焰。凄厉的惨叫声在空中回荡，恶镰和天鬼们就在那烈焰中燃烧。

叶音竹看也不看城内的情况，就立刻下达了第二道攻击命令：“所有水系魔法师准备，水幕天华。”

恶镰和天鬼的防御力都不强，当烈焰焚城攻向它们的时候，大部分天鬼及时反应过来，快速飞起，躲过了变成烤天鬼的命运。

可是，恶镰们就没那么幸运了。它们无法飞行，只能借助镰刀滑翔而已，但不论怎么滑翔，它们的身体还是在缓缓下降，免不了受到烈焰焚城的影响。

恶镰那脆弱的身体在烈焰中翻腾、燃烧，最后化成了飞灰。

少数几个恶镰实力比较强，勉强熬过了烈焰的灼烧，可当它们落地时，已经受了重伤，攻击力大减。城楼上等着它们的，是负责要塞“清扫工作”的人类最强兵种——龙骑兵。

锋利的龙枪，强壮的马奇诺铁龙，速度飞快的埃里克敏龙，成了这些幸存者的梦魇。在龙骑兵的攻击下，这些实力较强的恶镰纷纷殒命，它们只不过是比伙伴们多活了一段时间而已。

这就是低等深渊生物的结局。

在深渊生物中，不论是实力还是地位，天鬼都远超恶镰。

一部分天鬼降落的速度太快，在烈焰焚城的魔法中殒命，队伍后方的天鬼眼看这魔法如此恐怖，又感受到了烈焰的温度，纷纷快速逃离，升入半空之中。它们的身体或多或少都被烈焰灼伤了，毕竟热浪在不断翻涌、上升，而那时候它们正在俯冲，不受波及是不可能的。

龙崎努斯要塞上方的天空，完全被那烈焰染红了，灼热的气流在要塞中扩散，甚至令人暂时感受不到永恒之树释放的自然气息和深渊位面混浊的空气。整座龙崎努斯要塞就像是一座正在喷发的火山，释放着自己的怒火。

正面战场上，敌军已经发起了攻击。

食尸鬼攀爬着要塞的城墙，魔蛛则不断喷吐出一根根坚韧的蛛丝，蛛丝连接着城楼，憎恶们便将其当成了桥梁。

如果是几只魔蛛喷吐的蛛丝自然不算什么，可是魔蛛很多，它们不断吐丝，最后竟然真的好像在地面和城楼之间架起了一座蛛丝桥。

憎恶肥胖的身体已经跃然而上，蛛丝有着一定的黏性，憎恶不至于滑落，而且憎恶可以保证身体不被蛛丝粘住，它们一步步朝着城楼冲了上来。

绿色的瘟疫从憎恶身上释放出来，它们还没有到达城楼，那难闻的恶臭已经扩散开来，令人作呕。

尽管树妖德鲁伊的驱散能力效果非凡，可以令男巫、女巫的辅助魔法威力大减，可是，它们的驱散能力对瘟疫是没有任何作用的。

很快，食尸鬼和憎恶就冲上了城楼。

食尸鬼还不足以对人类战士构成威胁，它们的骨爪的攻击力还不如恶镰的镰刀，就算附加了嗜血的效果，也没有多大的杀伤力。食尸鬼唯一的优势就是数量众多，可真正能够冲上城楼的少之又少。不断有大量的食尸鬼摔向地面，有的落在蛛丝上被粘住，有的则直接掉下城楼，摔得粉碎。

但是，当憎恶这个主战兵种出现在要塞城楼上的时候，龙崎努斯联军知道，第一场苦战到来了。

最普通的憎恶，其身高也达到了六米，至少是人类战士身高的三倍。它们拥有着恐怖的力量，绝对不是普通战士能够抗衡的。

当十万个左右的憎恶冲上城楼的时候，人类战士便开始出现伤亡了。

憎恶挥舞着自己的大钩子，给人类战士造成了很大的伤害，但人类的武器很难对它们产生致命的伤害。

一时间，战斗进入了白热化阶段。

烈焰焚城的效果渐渐消失了，除了灼热的空气和大量被烧焦的恶镰以外，已经找不到其他的痕迹了。

数百万恶镰，真正能够降落到地面的，还不到总数的三分之一。

降落到地面的恶镰大多失去了攻击的能力，龙骑兵甚至不需要挥动龙枪，只要坐骑施展践踏的技能，就足以将它们消灭。

恶镰们纷纷丧命，要塞内出现了大量恶镰的骨骼和破碎的镰刀。

天鬼们飞翔在半空中，数量仍有原本的五分之四。

不知道是否接到了深渊大军指挥者的命令，天鬼派出了三分之一的兵力，直接朝着下方的要塞冲了过来。

叶音竹一直注视着在空中盘旋的天鬼们，眼看对方仅仅出动了三分之一的兵力，他神色淡然，命令道："城内所有驻军原地防御，琴城远程攻击军团自由攻击。"

既然天鬼仍保留了三分之二的力量，那就不能派魔法师出战。

魔法师们的魔法力是有限的，尽管要塞内的永恒之树不断释放着自然气息，可是，魔法师在深渊位面的恢复速度终究要比在龙崎努斯大陆时慢一些。

琴城远程攻击军团已经扩编到了五万人。在佩贾的带领下，战士们出现在要塞内的各个防御工事中，当那些天鬼从空中冲下来的时候，首先迎接它们的就是一场箭雨。

几十万个天鬼同时释放出冲击波，攻向要塞。

天鬼发出的冲击波类似于月牙形光刃，冲击波的切割力强，同时还有一定的腐蚀效果。

可惜，当天鬼冲下来的时候，五万名远程攻击军团的战士一齐射出长箭，那些天鬼还没落地，就受到了箭雨的洗礼。

琴城战士最大的特点就是全体修炼了斗气，尤其是吸收了神龙王的能量之后，军团战士的整体实力提升了三阶。

他们射出的箭矢中注入了斗气，具有很强的攻击力，完全可以攻破天鬼的防御。

所以，尽管天鬼发出了冲击波，可队伍中至少有三万个天鬼被远程攻击军团射出的箭矢击落，逃回去的天鬼有少数受了箭伤，只是没有伤到要害而已。

不过，琴城中，远程攻击能力极强的，可不仅是佩贾领导的远程攻击军团。

琴城的所有族类中，有一个族类的天赋便是精准的射击能力。他们有着极佳的视力，运用弓箭的能力是任何族类都无法比拟的，这个族类就是精灵族。

精灵弓箭手们都隐藏在要塞的角落里，这是叶音竹早就安排好了的。

面对深渊生物，龙崎努斯联军最大的劣势是什么？就是空军数量不多。

这也是要塞建立后，叶音竹一直选择防守的重要原因。

说到机动性，任何兵种都无法与空军相比。如果龙崎努斯联军贸然出击，敌方的空军必定会穷追不舍，不断攻击他们。尽管联军拥有琴帝号战斗群，可是，所谓蚁多蝼死象，面对数百万个天鬼，叶音竹绝对不会让琴帝号贸然出击，毕竟，在这场生存之战中，琴帝号是龙崎努斯联军取得胜利的重要保证。

所以，为了抵御敌人的空军，叶音竹刻意将魔法师与远程攻击军团都留在了要塞内部，也早早地命令精灵弓箭手们做好准备。

精灵弓箭手没有远程攻击军团人多，加上角鹰德鲁伊，不过才一万五千人左右。但是，精灵弓箭手有人类弓箭手无法媲美的能力，那就是射击精准且速度极快。

一名人类弓箭手射出一箭的时间，足够精灵弓箭手射出三箭，而且是极其精准的三箭。

天鬼的反应极快，它们再次发出了冲击波，对要塞的防御工事造成了一定的破坏，也损坏了龙骑兵的盔甲。

它们发起攻击之后便立刻往空中飞去，所以，人类战士只来得及射出一箭。

早已做好准备，等待着天鬼的精灵弓箭手们，却在天鬼俯冲的时候，判断好敌人下落的位置，发起了攻击。

一万五千名精灵弓箭手，每人都射出了四箭。而且，它们的箭术高超，令人叹为观止。

箭矢疯狂地射向敌人，几乎每一箭都准确地命中了天鬼的要害。

精灵弓箭手瞄准的部位也是绝妙，那便是天鬼的眼睛。无论身体多么坚实，眼睛都是十分脆弱的，哪怕是深渊生物也不例外。

当这一轮攻击结束之后，那俯冲的几十万天鬼，数量锐减，只剩三分之二了。而和它们的损失相比，这一轮攻击它们取得的成绩微不足道。

如果对手是没有防御力的普通人类，天鬼的冲击波绝对能够大杀四方。但是，早在敌军出现的时候，龙崎努斯要塞内的工匠们就已经进入了防空洞中。这些防空洞都是由土系魔法师们辅助建造的，十分坚固，除非敌军攻入要塞，否则这些工匠就是安全的。

虽然要塞内的人类大军承受了天鬼的火力，但身穿铠甲的战士们受到的伤害并不大，只有少数战士被大量天鬼瞄准，承受了多道冲击波，失去了宝贵的生命。

天鬼这一轮攻击，带走了七百余名人类战士的生命，而它们却损伤了十几万的兵力。

战斗的惨烈令众人十分吃惊，那些飞回天空的天鬼也产生了惊恐的情绪。

就在这时，空中一个格外巨大的天鬼背上传出一声嘹亮的鸣叫，天鬼的新一轮攻击开始了。

这些天鬼的任务，就是拖住龙崎努斯要塞内的人类大军，尽可能地破坏要塞。

尽管在前一轮的攻击中，天鬼一方伤亡惨重，可是，天鬼凭借着它们极好的视力看清了远程攻击军团隐藏的位置。

这一轮的全力攻击，它们的目的就是将所有远程攻击军团的战士消灭，不论要付出多大的代价。

随着憎恶大军不断攻上城楼，联军战士的伤亡人数正在快速地增加。虽然他们凭借着钢铁之躯不断地攻击憎恶，但憎恶的防御力实在惊人，它们身体表面厚实的肥肉挡住了战士们的刀剑，没有绿级以上的斗气，很难伤害到它们。

此时，城楼上的战斗进入了胶着状态。

就在这时，利爪德鲁伊们加入了战斗，它们再次释放了咆哮魔法。

尽管利爪德鲁伊比憎恶矮小不少，可这些化身为巨熊的德鲁伊战士们天生神力，强壮的它们和憎恶碰撞之后也没有落于下风，它们的力量甚至比憎恶的力量更加强大。

虽然在数量上，利爪德鲁伊并不占优势，但有了它们的加入，城楼的联军战士们就像是找到了主心骨一般。

战士们配合着利爪德鲁伊，发挥出了极强的战斗力，顿时稳住了城楼上的局势。

就在这时，德鲁伊部队中另一个强大的族类——猛禽德鲁伊也加入了战斗。

猛禽德鲁伊的数量要比利爪德鲁伊的数量多得多，虽然猛禽德鲁伊的身体弱小，但当它们加入战斗后，局势立刻改变了。

一股股狂风在城楼上刮起。永恒之树同样令猛禽德鲁伊的能力进化了，以前它们无法控制龙卷风，现在可以了，每一股龙卷风都能卷起一个或几个憎恶，把它们甩下城楼。

哪怕憎恶的防御力再强，从这几百米高的城楼上摔下去，也难逃折断筋骨的命运。

同时，一团团紫色的光芒不断从猛禽德鲁伊身上释放出来，这些紫色的光芒不仅可以对憎恶造成一定的伤害，而且附带伤害加深的魔法效果。凡是被紫色光芒命中的憎恶，其防御力都会大幅减弱。

这是猛禽德鲁伊的新技能，名叫精灵之火。精灵之火能在攻击敌人的同时，有效地减弱敌人的物理防御力，对付憎恶这种皮糙肉厚的敌人再合适不过。

伤害加深的魔法效果令利爪德鲁伊的杀伤力大增，龙卷风肆虐，不断将一个个憎恶抛下城楼，稳住了城楼上的战局。

不过，接踵而来的憎恶大军数量众多，魔蛛和食尸鬼也跟随着憎恶踏上了城楼，对龙崎努斯联军展开攻势。

战斗变得比之前更加惨烈了。

尽管深渊生物的伤亡数量是联军死伤人数的数倍，可深渊生物数量极多，它们疯狂地冲向人类战士。

就在这时，天鬼也已经从空中冲了下来。

尽管接连受到了两次打击，可这支天鬼大军的数量还有一百多万。

一百多万个天鬼同时俯冲，就像一大片黑压压的云压下来，极其惊人。

只要它们下降到距离地面百米的范围内，天鬼同时释放冲击破，必定具有极强的破坏性。哪怕是龙骑兵，也很难抵挡这样的攻击。

但是，身为联军统帅的叶音竹会给它们这样的机会吗？显而易见，答案是否定的。

水蓝色的光幕出现在距离地面两百米的空中。

两百米的距离，超出了天鬼的攻击范围。

水幕天华这个魔法和烈焰焚城不一样。烈焰焚城是大范围攻击魔法，而水幕天华则是大范围防御魔法。

耀眼的水蓝色光芒瞬间笼罩了整座要塞，浓郁的水元素向上升腾，变成氤氲的水汽，看上去华丽异常。在惨绿色月亮的照耀下，光幕闪烁着淡淡的青色光芒。

水幕天华的防御力极强，天鬼一旦撞在这光幕上，就会立刻粉身碎骨。

水元素疯狂上升，朝光幕聚集，水幕天华附带的寒冷效果发挥作用了，地面上的龙崎努斯联军感觉到了阵阵寒意。

对于天鬼毁灭性的打击终于开始了，然而这打击并非来源于水幕天华，尽管水幕天华的防御力惊人，可如果天鬼同时发起攻击的话，还是可以摧毁这防御的。

可惜，那些天鬼已经没有机会了。

深渊位面中没有水元素，深渊生物当然不认识它。

当这些水元素出现之后，天鬼的身体便开始变异了。

之前，在第一轮攻击的时候，烈焰烘烤了天鬼的身体，尽管大部分天鬼快速飞起，逃到了空中，可它们的身体还是受到了伤害，尤其是那脆弱的翅膀。而此时，大量水元素升空，与之前侵蚀着天鬼身体的火元素碰撞，天鬼终于承受不住了。

脆弱的翅膀先经过火烤，又遇到寒冷的水，更是情况不妙，天鬼不断拍打着翅膀，越来越难以保持平衡。

天鬼不断撞击在水幕天华之上，宛如下雨一般，发出阵阵“砰砰”声。

只有那些在第一轮的攻击中受到较小冲击，并且反应迅速的天鬼才来得及快速升空。

可惜，天鬼与要塞的距离只有两百米，它们早已进入了远程攻击军团战士们的攻击范围。

有了水幕天华的保护，远程攻击军团的战士们还会犹豫吗？大量的箭矢腾空而起，瞄准了那些准备飞起，或者还未撞击在水幕天华上的天鬼。

一万五千名精灵弓箭手，五万名琴城远程攻击军团的战士，每一轮射击，都会夺走无数天鬼的生命。

当光幕消失的时候，天鬼的尸体像雨点一般从天空中掉落。

在这最后一轮的攻击中，能够逃出生天的天鬼，数量不到十分之一。

站在城楼上的叶音竹暗暗松了口气。

不管城楼的战斗多么激烈，都不足以影响到他的心态，那些从空中袭击的天鬼，才是这场战斗的关键。

要是让那些天鬼充分发挥出实力，对远程攻击军团造成伤害，那么，在接下来的战斗中，龙崎努斯联军必将处于不利的境地。而此时，他巧用战术歼灭了百万天鬼，对龙崎努斯联军来说，无疑是一场巨大的胜利。

同时，这一战也让叶音竹清楚地认识到了法蓝的强大。

水、火两系魔法师，在法蓝中是最多的，这两系魔法师先后释放魔法，可以产生如此恐怖的效果，想想便令人心惊。

这就是法蓝真正的实力。一旦让这些魔法师充分发挥出实力，那么，对任何敌人来说，都是一场噩梦。

尽管龙崎努斯大陆各国都认为琴城的实力已经足以和法蓝抗衡，可叶音竹清楚得很，龙崎努斯大陆上最强的依旧是法蓝。

十二万法蓝骑士或许不算什么，但法蓝中那上万名魔法师是一股极其恐怖的力量。琴城要想与法蓝抗衡，除非派出琴帝号偷袭，让魔法师们没有用武之地，否则，琴城肯定不是法蓝的对手。更何况，法蓝还有六位塔主，六位强大的次神级魔法师。

空中的危机解除，剩余的天鬼逃命似的飞走了，城楼上的战斗仍在继续。

尽管要塞的城墙非常坚固，可其承载能力终究还是有限的。

此时，城楼上挤满了双方的战士。人类战士不断从要塞内冲出来增援，而敌人也不断地爬上城楼。

猛禽德鲁伊不断释放魔法，但攻城的敌人数量实在过多，它们也只能抵挡住对方的攻击。龙崎努斯联军的伤亡人数呈几何倍数增长着。

克鲁兹焦急地道："统帅，是不是应该派出我们的主战军团了？再这样下去，我们要耗不起了。深渊生物还有很多后备力量，它们的总数至少是我们的十倍啊！"

叶音竹注视着城楼上的战斗，目光坚定。此时，战火还没有蔓延到他身处的指挥所中，叶音竹摇了摇头，道："还没到时候。"他的回答险些令克鲁兹口吐鲜血。

"还没到时候？那你告诉我，何时才算到时候了？难道你看不见，我们的战士正一个接一个地倒下？那是一条条生命啊！你知道我们培养一名战士需要耗费多少资源吗？他们的家人还在等着他们回去团聚呢！"

叶音竹眉头一皱，道："克鲁兹元帅，请您注意您的身份。在这里，我才是联军统帅。我所做的一切，都是为了取得最后的胜利。在战场上，如果因为己方将士出现伤亡而心软，那么，结局必然是我方惨败。将军难免阵上亡，这个道理难道您还不懂吗？"

克鲁兹的眼睛有些红了，守卫在这方城楼上的，都是蓝迪亚斯帝国的精锐战士，他眼看自己手下的战士们在深渊生物的攻击下一个个倒地，有的战士还沾染上了瘟疫，被那些憎恶吞噬着。

“好，你不肯下令，那我去。”克鲁兹猛地冲了出去。

不过，他并没有违抗叶音竹的命令，只是单枪匹马冲入了战场。

他充分释放出了自身的紫色斗气。

强者，或许无法改变一场大战的结局，但是毋庸置疑，强者加入战斗可以大大提升己方士气。

紫色斗气化作惊天长虹，瞬间取了三个憎恶的性命。克鲁兹刚加入战斗，便大开杀戒。

尽管正处于愤怒之中，可克鲁兹的大脑还算清醒，他没有攻向食尸鬼和魔蛛，因为联军战士可以对付它们，他专挑防御力惊人的憎恶下手。

一会儿的工夫，已经有几十个憎恶被克鲁兹消灭了，这方城楼上的战士们轻松了许多。

深渊生物的数量实在太多了，哪怕是充当炮灰的食尸鬼，也是不计其数的。十几个食尸鬼同时冲向一名联军战士，便能够对其造成致命的伤害。

每倒下一名联军战士，立刻便有另一名战士代替他加入战斗。如果不是树妖德鲁伊拥有驱散的能力，可以让这些深渊生物身上的附加效果消失，战况会对龙崎努斯联军更加不利。

叶音竹心中暗叹一声，眼中流露出一丝寒意，他下达了另一条命令：“比蒙军团，出战。”

魔法师的魔法力是有限的，现在要保存实力，不能大量消耗魔法力。在这种时刻，想要扭转战局，就必须对敌人进行强力打击。

在没有魔法辅助的情况下，派出陆战无敌的比蒙巨兽应战显然是最正确的选择。最关键的是，比蒙巨兽的防御力够强，抵抗不利环境的能力也极强，最适合此时出战。

一个个高大的身影出现在要塞的城楼之上。

哪怕是最矮小的狂暴比蒙，也比憎恶高大许多，它们强大的力量是憎恶无法抗衡的。

两千个比蒙巨兽分散开来，出现在要塞的四方城楼上。它们一出现，便释放出嗜血的气息，那气息渐渐弥散开来。

利爪德鲁伊和比蒙巨兽已经不是第一次配合了。这些比蒙巨兽出现的那一刻，城楼响起了无数声咆哮，利爪德鲁伊的咆哮技能及时施加在了比蒙巨兽身上，令它们的攻击力大增。

比蒙巨兽分散开来，每一个比蒙都守着一段两百米左右的城楼。它们落在城楼上的那一刻，城楼都为之颤抖起来。

“轰——”

一个比蒙巨兽出现在叶音竹附近，这是一个白银比蒙，它直接撞上了一个憎恶，将那憎恶撞得远远地飞了出去。

紧接着，这个比蒙飞快地旋转一周，灵巧的动作和它那庞大的身体很不相称，比蒙巨兽伸展开百寸利爪，将周围的一些魔蛛和食尸鬼撕成了碎片。

白银比蒙的步伐迅速而稳健，它从四个憎恶身边掠过，挥动利爪，所过之处，剩下的只有憎恶的残骸。

叶音竹眼神冷厉，他心中暗道：果然是比蒙会武术，谁也挡不住！这个白银比蒙有着强壮的身体和强大的力量，尽管在一对一的情况下，它敌不过克鲁兹元帅，可是，在这样的混战中，白银比蒙能够发挥出极强的战斗力，克鲁兹元帅完全无法与之相比。

比蒙巨兽所过之处，要塞城楼一片狼藉，就像是被飓风席卷了一般。

在比蒙巨兽面前，防御力极强的憎恶竟然和食尸鬼、恶镰、魔蛛没什么区别，它们同样无法阻挡比蒙巨兽，三两下就被解决了。比蒙巨兽将撕碎的憎恶重重地摔下了城楼。

进入狂化状态的比蒙巨兽眼中闪耀着嗜血的光芒，疯狂地攻击着身边的敌人。

比蒙巨兽受到了咆哮的影响之后，攻击力变得极其恐怖。

不过十几秒的时间，城楼上的联军承受的压力就小多了，原本如潮水一般的深渊生物变成了大片的尸体。深渊生物支援的速度甚至还比不上这些比蒙巨兽攻击的速度。

为了让比蒙巨兽尽可能地发挥出它们的实力，联军战士，包括三大德鲁伊在内，全部后退，将更大的空间留给比蒙巨兽。

比蒙巨兽也没有辜负战士们的期望，它们那强壮的身体就像战车一般，在城楼之上驰骋，所向披靡。

克鲁兹身上沾满了鲜血，他返回叶音竹身边，感受到比蒙巨兽恐怖的战斗力，心中不禁打了个寒战。

这里足足有两千个比蒙巨兽啊！不愧是陆战无敌的兽人族战士，它们的战斗力着实惊人。

最令克鲁兹吃惊的是，这些比蒙巨兽发出的攻击并不是杂乱无章的，而是很有规律的。它们似乎在施展一种特殊的武技，不用消耗太多能量便能取得最好的效果。

比蒙巨兽也学会武技了吗？

克鲁兹苦涩地笑了笑，他现在终于明白，为什么马西莫会将叶音竹与苏拉的儿子立为太子了。

只要有叶音竹在，兽人族就会是琴城强大的后盾。试问，在蓝迪亚斯帝国中，又有哪一支军队能够抵挡住比蒙军团呢？

更何况，兽人族中还有九大神兽和那战斗力十分恐怖的紫晶军团，得罪琴城，绝对是最不明智的做法。

城楼上的战局对龙崎努斯联军越来越有利。比蒙巨兽加入了战斗，深渊生物再想踏上城楼已经变成了极其困难的事情，深渊生物越来越少，战斗呈现了一面倒的局势。

尽管深渊生物仍在前赴后继地冲锋，可是，和之前相比，它们已经无法重创龙崎努斯联军了。

“格拉西斯。”叶音竹的声音响起。

“琴帝大人，我在。”浑厚的声音从要塞内部响起，一道身影眨眼间来到了叶音竹身边。

格拉西斯看着叶音竹，眼中满是希冀，当他的目光落向战场的时候，他更是产生了无限的兴奋之情。

“去吧！从现在开始，比蒙军团听你指挥。不得深入敌方阵营，攻击范围为要塞外十里。”

“得令！琴帝大人，您就瞧好吧。嘿嘿。”

格拉西斯大喜过望，看着城楼上那激烈的战斗，他早已经跃跃欲试。战争巨兽就是为了战争而生的。

一声震耳欲聋的咆哮从格拉西斯口中传出，紧接着，他那巨大的身体猛地腾空而起，朝着城外扑去。

所有的比蒙巨兽听到格拉西斯的怒吼声之后，也发出了吼叫，回应着战争巨兽，随后，比蒙巨兽们都朝着城下扑去。

叶音竹的动作很快，当格拉西斯从城楼上腾空而起的时候，他的双手就已经抬起，伸出食指，堵住了自己的耳朵。

一开始克鲁兹还不太明白叶音竹为何要这样做，后来，落向地面的格拉西斯告诉了他答案。

格拉西斯在半空中现出了本体。身长百米的恐怖巨兽，直接朝城下落去。

克鲁兹赶忙学着叶音竹的样子，堵住了自己的耳朵，不过，他的动作还是慢了一些。格拉西斯实在太重了，变回本体之后，它很快就落在了地面上。

第三百二十章
格拉西斯也疯狂

“轰——”

巨大的轰鸣声响起，整座龙崎努斯要塞都为之颤抖。

大地在晃动，格拉西斯身后的城墙都震动了一下，仿佛下一秒就将倒塌。

叶音竹没好气地喝道：“格拉西斯，你要是把城墙震倒了，到时候你自己来堵这个缺口！”

格拉西斯可不管自己落下的地方周围有什么建筑，它一想到马上可以大战一场就兴奋得不行，甚至没有听到叶音竹的话。

战争巨兽已经不是第一次上战场了，很多人都知道它战斗力惊人。当格拉西斯落在地面上的时候，它就使出了天赋技能——战争践踏。

伴随着那巨大的轰鸣声，以格拉西斯为中心，庞大的能量呈半圆形向前扩散。

不论是防御力较弱的食尸鬼、恶镰、魔蛛，还是防御力极强的憎恶，只要是格拉西斯前方五百米范围内的深渊生物，都被震得飞了出去。

就算是肥胖的憎恶，也被震得飞起十米高。

下一刻，由战争践踏引发的冲击波已经传了出去。

相对而言，食尸鬼和恶镰是幸运的，因为它们的身体被震飞的那一刻就已经成了齑粉，而魔蛛和憎恶就没那么幸运了，强大的冲击波扫过，格拉西斯前方五百米范围内的所有深渊生物全部丧命，它们口中喷出了某种物质。

喷出的物质是什么？那物质中有死灵能量，有血肉，还有它们的灵魂。

格拉西斯的攻击力何等的恐怖！这强壮的家伙狂笑一声，立刻疯狂地发起了冲锋。

同样的一幕再次出现在要塞周围，当然，这一次，场面没有格拉西斯使出战争践踏时那么震撼人心。

比蒙巨兽也能施展战争践踏，只不过威力比格拉西斯施展的威力小得多。尽管如此，比蒙巨兽从高空落地所产生的冲击波，也绝对不是恶镰和食尸鬼能够抵挡的。

阵阵轰鸣声响起，低等深渊生物就像是被割下的麦子一般，应声倒地。

虎入羊群是一种怎样的景象？

深渊位面的指挥者绝对无法想象，作为主战兵种之一的憎恶，居然变成了任人宰割的对象。比蒙巨兽就像是出闸猛虎一般，不断消灭着深渊生物。

格拉西斯施展战争践踏产生的杀伤力不仅震撼了敌军，同时，也感染了所有的比蒙巨兽，身处要塞其他方向的比蒙巨兽们，也清晰地听到了格拉西斯的咆哮声，所以，当比蒙巨兽们落在地面上的时候，它们纷纷进入了狂化状态。

比蒙巨兽为什么对叶音竹那么信服，甚至甘愿加入琴城？除了有紫的命令之外，另一个重要的原因就是叶音竹对比蒙巨兽的帮助很大。

叶音竹传授它们东龙武技，使得它们的实力大大提升。更重要的是，叶音竹弹奏的琴曲有奇效，能够令比蒙巨兽狂化之后仍然保持清醒，这就让这支部队真正做到了“陆战无敌”。

狂化后的比蒙巨兽发起了反攻。尽管和数以千万计的深渊生物相比，比蒙巨兽的数量是那么微不足道，可它们攻击时的架势，只有“所向披靡”这个词能够形容。

比蒙巨兽施展着东龙武技，不停地在空中挥舞百寸利爪。

其实，比蒙巨兽并不需要斗气来辅助，它们已经强大到足以与任何使用斗气的战士对抗。

或许，论武技，它们无法与真正的东龙战士相比，但它们在武技的辅助下，凭借着强健的体魄，发挥出了极强的战斗力。尤其是狂化后的比蒙巨兽，其攻击力更加惊人。

一连串尖啸声在深渊大军中响起，男巫又施展出了召唤之术。

大量低等深渊生物被召唤出来，如潮水般向要塞扑去，之前因为距离要塞较远而幸免于难的憎恶们，此刻也像不要命一般，疯狂地冲向比蒙巨兽，后退的只有那些男巫和女巫。

看到比蒙巨兽恐怖的攻击方式，这些高等深渊生物已经产生了深深的恐惧。尽管在男巫、女巫族群中，这些高等深渊生物不算实力很强的成员，可其生命显然要比那些普通战斗兵种珍贵得多。

所以，在这第一轮的战斗中，憎恶发起冲击的目的只有一个，那就是保护所有的男巫、女巫退回深渊大部队之中。

被男巫召唤出来的那些低等深渊生物也肩负着同样的使命，它们的任务也是掩护男巫、女巫撤退。

叶音竹露出一丝冷笑，道：“角鹰骑士团，出击！剿灭男巫、女巫，一个不留，不得恋战。如果敌方空军出动，你们便快速撤退。”

龙崎努斯联军的空军部队在这场战斗中首次出动，五千个角鹰德鲁伊升入半空之中，飞速朝着深渊大军前进。

之前所剩无几的天鬼已经退回至深渊大部队之中，此时空中并没有任何敌军阻挡角鹰德鲁伊。

格拉西斯恐怖的实力在战场上展露无遗，无城不破、无人可挡的战争巨兽可不是白叫的。

它根本不需要做出任何攻击的动作，只要在战场上疯狂地奔跑，所到之处，敌军便性命不保。

在奔跑的过程中，格拉西斯不断用脚狠狠地跺地面，效果相当于施展战争践踏，甚至连比蒙巨兽都不敢靠近它。

那些憎恶想要阻挡格拉西斯追击男巫、女巫，向格拉西斯发起自杀式攻击，在比蒙巨兽看来，那些憎恶对于战争巨兽而言只是个笑话。

憎恶们只要碰触到格拉西斯的身体，立刻就会被震飞，全身骨骼断裂而亡。

一会儿的工夫，格拉西斯就离男巫、女巫很近了。

此时，掩护男巫、女巫的炮灰部队距离男巫和女巫还有近千米，根本来不及保护他们。

女巫们害怕极了，立刻给自己套上了反魔盾，男巫们则给自己和女巫施加了魔法，他们的速度大大加快，但是，他们速度再快也无法逃出格拉西斯的掌心。

眼看格拉西斯就要追上这些男巫、女巫了，而且，炮灰部队还来不及保护他们，此时，格拉西斯却停下了。

格拉西斯咧了咧大嘴，不屑地看着面前这些敌人。

熟悉格拉西斯的兽人战士看到它咧嘴的样子便会明白，格拉西斯此时是在嘲笑它的敌人。每当这种表情出现的时候，就是它算计敌人的时候。

男巫、女巫们当然不知道格拉西斯为什么停下来，他们感到十分庆幸。眼看炮灰部队已经追上来了，他们顿时大为放松，在撤退的同时，还不忘将嗜血、疯狂等魔法施加在炮灰部队的深渊生物身上，让那些深渊生物更好地保护他们。

但是，他们只轻松了几秒钟，因为很快，他们的灵魂就永远地消散了。

格拉西斯只做了一个很简单的动作——抬起右前蹄，再落下。

“轰——”

这看似简单的一脚，却闪耀着乳白色的光芒，其中蕴含着次神级强者的能量。

在震耳欲聋的轰鸣声中，大地出现了不规则的裂缝，裂缝向前方不断延伸，冲击波随着轰鸣声产生，向四周蔓延，如同海啸一般，很快便赶上了男巫、女巫和冲上前来的炮灰部队。

格拉西斯看都没看那些男巫、女巫一眼，便转身朝另一个方向冲了出去。

炮灰部队毕竟是炮灰部队，就算它们身上有男巫、女巫施加的辅助魔法，它们的命运也不会改变。

哪怕是拥有强大力量的比蒙巨兽，也不敢与格拉西斯正面对抗，更何况是这些弱小的深渊生物。

只是几秒，那些试图逃走的男巫、女巫和炮灰部队就已经被震飞了出去。炮灰部队中的深渊生物都已化为黑气，男巫、女巫的灵魂都被震碎了，没有一个能够保住性命。

比蒙巨兽实力虽强，但到底无法与格拉西斯相比。尽管那些憎恶不是它们的对手，可还是在一定程度上拖慢了它们前进的速度。战场上，憎恶不顾一切地阻挡着比蒙巨兽，其他方向上的男巫、女巫们都飞速向后退去。

就在这时，角鹰骑士团出现了。

角鹰骑士团分散开来，每五十个角鹰德鲁伊为一组，角鹰德鲁伊的速度比天鬼的速度更快，眨眼间就到达了战场。

看到角鹰骑士团出现的时候，深渊大军便立刻派出了天鬼部队，试图截击角鹰德鲁伊，可是，角鹰德鲁伊的速度太快了，角鹰德鲁伊背上的精灵弓箭手们已经射出了箭矢。

虽然男巫、女巫对魔法的抵抗力很强，但是，对于精灵弓箭手射出的箭，他们束手无策。

不论是已经被炮灰部队保护在内的男巫、女巫，还是靠自己的力量飞速撤退的男巫、女巫，在精灵弓箭手面前，都只有一个结局，那就是死亡。

深渊大军似乎被激怒了。

隔得很远，龙崎努斯联军就能看到一个又一个方阵接连出现在深渊大军之中。

那些深渊生物迈着整齐的步伐朝要塞逼近，它们前进的速度虽然不快，但给龙崎努斯联军带来了极大的压力。

深渊大军派出的几十万天鬼部队距离角鹰骑士团越来越近了。

身为琴城侦察兵的角鹰德鲁伊观察力何等敏锐，眼看天鬼飞速靠近，角鹰德鲁伊遵照叶音竹的命令，不再恋战，飞快地朝着要塞撤退。而下方的比蒙巨兽和格拉西斯依然在奋勇杀敌，死在它们手中的深渊生物不计其数。

叶音竹的心颤抖了一下，他清楚地看到，这次深渊大军派出的方阵不再是炮灰部队，那些深渊生物分明就是守护通道的双头憎恶。

尽管双头憎恶的数量明显要比普通憎恶的数量少得多，可是，深渊大军毕竟集结了四个国家的兵力，双头憎恶的数量还是很多。

放眼望去，光叶音竹所在的方向，深渊大军就派出了二十万左右的双头憎恶，也就是说，深渊大军总共派出了近百万双头憎恶。

深渊位面的实力，在这一刻才真正地展现出来。

那些双头憎恶缓缓前进，它们的身体高达十米，身上不断散发出浓郁的绿色毒雾。

“撤退。”叶音竹果断地下达了命令。

叶音竹的命令并不是给比蒙巨兽的，尽管这些比蒙巨兽处于狂化状态时也能保持清醒，可它们毕竟属于兽人族，如此激烈的战争已经彻底唤醒了它们的本性，哪怕是叶音竹也没把握命令它们撤回要塞。

接到叶音竹的命令的，是一道紫色的身影，他明白叶音竹的意思。

一声有力的长啸突然响起，听到这声长啸，所有比蒙巨兽都抬起了头，望向要塞的方向。它们快速消灭了身边的敌人，恋恋不舍地朝要塞退回。

格拉西斯也停下了前进的脚步，有些无奈地转过头，望向要塞，嘟囔道：“老大发话了，只能回去了。”

在兽人族中，紫拥有绝对的权威。叶音竹的命令正是下达给紫的，凭借着紫晶比蒙的威势，这才将比蒙巨兽们召回了要塞之中。

眼看比蒙军团撤退，缓缓前进的双头憎恶大军也停下了脚步。没想到，它们竟然朝着深渊大军退去，没有继续向要塞逼近，叶音竹惊讶极了。

难道不打了？叶音竹脑海中出现了这个疑问，但很快他就不再思考这个问题了，立刻下达命令：“清点伤亡人数，打扫战场。不管是敌军尸体，还是我军尸体，一律焚烧。沾染瘟疫的战士到指定地点集合，水系魔法师清洗盔甲、消除瘟疫。”

叶音竹飞快地下达了一连串命令，各级将领指挥战士们进行清扫工作。叶音竹站在城楼，静静地观察着外围的情况。

从表面上来看，这一战，自然是龙崎努斯联军获得了胜利，而且是压倒性的胜利。

联军的损失不到敌军的十分之一，战果无疑是辉煌的，尤其是斩杀敌方空军的方法和攻击男巫、女巫的战术，着实巧妙。

虽然这一战赢了，但叶音竹很清楚，这一战仅仅是这场战争的开端而已。

就在叶音竹准备退下城楼，召集几位副统帅开会的时候，突然，他看到敌军之中，大量双头憎恶又走了出来。

这次，这些双头憎恶没有排成整齐的方阵，而是分散着走出来的，它们从地上捡起同类的尸体，在两军交战的战场上开始了吞噬。

吞噬就能够进化。

对于深渊生物来说，就算自己丢了性命，只要身体被其他深渊生物吞噬，它们的死灵能量就有了用处。

叶音竹顿时眉头紧锁，他无法判断，眼前的这一幕究竟是深渊生物的本能，还是深渊大军诱导他派兵攻击的阴谋。

叶音竹一时间心乱如麻，陷入了沉思之中。

在之前的战斗中，龙崎努斯联军一方除了人员伤亡之外，猛禽德鲁伊和树妖德鲁伊的魔法力几乎消耗殆尽，急需时间进行恢复，而且，利爪德鲁伊的魔法力也消耗了很多，剩余的魔法力不能支撑它们再次出战了。火系魔法师和水系魔法师各进行了一轮攻击，虽然消耗的魔法力不算很多，但他们的恢复速度比德鲁伊们的恢复速度慢多了，而水系魔法师还肩负着给战士们清洗盔甲的重任。

这些瘟疫绝对要消除，一旦瘟疫在军队中蔓延，后果是难以想象的。所以，尽管所有战士都配备了地精部落研发的防毒面具，装备内部也有皮革隔绝毒素，可瘟疫的腐蚀性很强，战斗结束之后，战士们还是要在第一时间将盔甲交给水系魔法师清洗。

经过这一战，龙崎努斯联军需要时间休整。

怎么办？任由那些双头憎恶吞噬并进化吗？

战场上的尸体那么多，如果任由那些双头憎恶吞噬，那么，先前龙崎努斯联军消灭的敌人都会变成高等深渊生物的补品，除了那些死在要塞内的天鬼，其他的尸体都会被它们吞噬。这绝对不是叶音竹想看到的。

如果费尽心机铲除的敌军化为死灵能量令双头憎恶进化，那么，龙崎努斯联军之前的一番苦战就相当于在做无用功。

这样下去，龙崎努斯联军要消耗不起了。

想到这里，叶音竹深吸一口气，沉声道：“紫晶军团准备出击，所有火系魔法师上城。”

为了不让之前的努力变成徒劳，现在，叶音竹也顾不了这么多了。龙崎努斯联军还有几大撒手锏没有施展，只要拖延些时间，让战士们恢复魔法力就行了。毕竟，敌方也不知道联军的魔法师们要怎样才能恢复魔法力。

在深渊位面中，火系魔法师显然是恢复得最快的，并没有受到影响，而他们的火系魔法也是净化深渊生物最好的工具。

紫落在叶音竹面前："音竹，你准备怎么办？"

叶音竹注意到的问题，紫自然也注意到了。

叶音竹神情凝重地道："不能任由那些双头憎恶吞噬、进化，哪怕那些只是低等深渊生物的尸体。如果一直让它们吞噬下去，我们之前的努力就白费了。要塞二十里范围内的尸体交给魔法师们处理，这个范围之外的那些尸体，就交给你了。"

紫点了点头，道："用我们训练时的那种能力？"

叶音竹颔首道："只有如此了。这次行动过后，紫晶军团立刻返回龙崎努斯大陆，通过传送门回到冰森恢复自身能量。按照我的估算，最多两天，紫晶军团就能完全恢复战斗力，返回战场。深渊大军虽然数量众多，但想在短时间内攻破要塞也是不可能的。"

紫道："放心吧，交给我了。"

紫色的身影一闪，紫晶比蒙已经飘然而去。

十分钟后，那些双头憎恶正吞噬得不亦乐乎，要塞城门突然打开，一个由一万只魔兽组成的军团出现在了战场上，这便是紫晶军团。

在兽人族中，紫晶军团与比蒙军团齐名，实力极其强大，紫晶军团中的魔兽全都是七阶以上的高阶魔兽。

站在紫晶军团前方的，是兽人族的领导者——紫。

紫缓缓举起手中的紫晶剑，下达了命令："紫晶所属，冰封战场。"

"紫——晶——"紫晶军团的魔兽们同时咆哮起来，向前狂奔。

奇怪的是，这些魔兽并没有聚在一起，而是分散开来，朝着深渊大军冲了出去。

留在紫身边的只剩下山岭巨人明、三位白金比蒙王、龙狮诺云、闪、雷等神兽。

紫沉声道："我们掩护族人，每人负责一个方向，不必吝惜能量，以保护族人为重。我负责南方，你们分别负责西南、西北、东南、东北、东、西、北七个方向。走！"

神兽们同时应诺一声，飘然而起，朝着七个方向疾速飞去，他们都是次神级强者，都拥有飞行的能力。

眨眼间，神兽们已经飞到各自守护的方向上了，朝着正在吞噬的双头憎恶逼近。

在这广阔的战场上，一万大军显得十分渺小。

紫晶军团刚刚出现的时候，深渊大军并没有注意到它们。直到神兽们同时升至空中，朝着双头憎恶加速飞去的时候，深渊大军才反应过来。

正在吞噬的双头憎恶，占了深渊大军中双头憎恶总数的十分之一。虽然战场上尸体众多，但毕竟都是低等深渊生物，对双头憎恶的帮助不大，哪怕双头憎恶吞噬的是普通憎恶，它们都无法在短时间内进化。

深渊大军中传出了一连串的尖叫声，这些双头憎恶听到叫声后便缓缓抬起头，当神兽飞至它们上空时，所有双头憎恶同时喷出了吐息。

和普通憎恶相比，双头憎恶要强大得多。它们身体强壮，也拥有一定的魔法力，论实力，只是稍稍逊色于普通的狂暴比蒙。

当然，普通的狂暴比蒙是指那些没有学过东龙武技，也没有任何武器装备的狂暴比蒙。现在，比蒙军团中已经没有这样的存在了。

关键是，双头憎恶的数量众多。要知道，数量多才是深渊生物最恐怖的地方。深渊位面中，这种强大的双头憎恶有上百万个，数量实在惊人！就算只有十分之一的数量，每位神兽都要面对万余个双头憎恶。

虽然众位神兽飞在空中，但每位神兽还是受到了千道吐息的攻击。双头憎恶吐息的攻击距离甚至比天鬼发出的冲击波的攻击距离更远。

位于要塞南方的紫看着那扑面而来的吐息发出一声冷笑，接着突然加速，向下飞去，空中只留下了一道残影。

下一刻，紫出现在了双头憎恶的阵营中，用力挥出了那柄紫晶剑。

“噗——”

一个双头憎恶的身体被紫拦腰斩断，紧接着，紫现出本体，它那比双头憎恶还要强壮的身体如闪电般行动着，它不断地攻击着双头憎恶，心中暗道：你们不是喜欢吞噬吗？好，我看你们现在怎么吞噬！

紫晶剑所及之处，一具具紫色的晶石雕像出现在战场上。如果有人碰触这些雕像，雕像便会立刻化为齑粉，随风飘散。

别说是死灵能量，这战场上甚至连深渊生物的渣滓都不会剩下。深渊生物都化为了齑粉，双头憎恶自然无法将其吞噬。

对于普通战士来说，双头憎恶是噩梦般的存在，可是，此刻这些双头憎恶面对的并不是普通的战士，而是强大的紫晶比蒙，几大神兽之首。

很快，双头憎恶就发现了问题，位于要塞南方的双头憎恶们立刻朝着紫围了过来。

双头憎恶的防御力确实很强，它们释放的瘟疫的腐蚀性也比普通憎恶释放的瘟疫的腐蚀性强，奈何它们面对的是紫，力量、速度都无与伦比的紫晶比蒙。在紫的眼中，双头憎恶的这些能力都不值一提。

眼看聚集在自己身边的双头憎恶越来越多，紫不惊反喜。

尽管消灭这些大家伙会消耗紫的能量，可这点消耗短时间内不会对紫造成任何影响。

紫已经被大量的双头憎恶包围了。尽管紫仍在不断攻击，一具具紫晶雕像接连出现，随后化为齑粉，可还是有数以万计的双头憎恶朝它聚集，包围过来的双头憎恶只会比死去的更多。

其他神兽遇到的情况也差不多，他们的目的就是要吸引这些双头憎恶的火力。

闪和雷是最令双头憎恶们头疼的。

这两个漂亮的小家伙一直飞在高达五百米的空中，根本就不降落到地面上，双头憎恶的吐息无法达到那样的高度。而且，这两个小家伙的杀伤力并不小。

淡淡的金光在闪、雷背后的金银魔纹双翼中缓缓凝聚，金光围绕着闪、雷的身体，从背后的翅膀一直蔓延到胸前，随后，乳白色的光球一颗接一颗地飘然出现。

那看上去异常漂亮的光球落在战场上，产生了非常恐怖的效果。

虽然那些光球的威力没有格拉西斯的战争践踏的威力大，但还是像一颗颗炸弹一样。每落下一颗，方圆三百米内就会产生剧烈的爆炸，那是双头憎恶也无力承受的爆炸。

自从完成了进化、破茧成蝶之后，身为金甲禁虫的闪和雷便再也不需要为补充能量而发愁了。

受到菲尔杰克逊灵魂之火的影响，闪和雷的恢复能力变得极强。哪怕是在这深渊位面之中，她们也和叶音竹一样，利用无元素，没有受到恶劣环境的影响，恢复速度奇快无比。

眼看一颗颗光球从天而降，炸得双头憎恶暴跳如雷，双头憎恶却拿她们没有任何办法。

凡是有双头憎恶想要朝紫晶军团的魔兽冲去，它们就会遭到无元素炸弹的袭击。

三位白金比蒙王和山岭巨人明的战斗方式差不多，它们的攻击方式简单而直接——正面打击，类似于紫的攻击方法。

相对而言，明的攻击力稍弱一些，可它的身体强壮，防御力也十分强，双头憎恶的攻击落在它身上，就像是挠痒痒一般。

三位白金比蒙王的攻击力可就恐怖了，甚至并不比紫逊色。它们那高达二十五米的身体在战场上活动，就像是一架战争机器，吸引着双头憎恶的注意力。

龙狮诺云是唯一利用技巧周旋于双头憎恶之间的人。

龙狮诺云悄然袭击着一个个双头憎恶，使它们化为飞灰消失，根本不给敌人纠缠自己的机会。

在神兽们的努力下，所有双头憎恶都不再吞噬，将注意力集中在了神兽身上。

此时，深渊大军才反应过来，之前撤退的天鬼大军再次出现，分别朝着八大神兽所在的方向飞去。

显然，深渊大军的指挥者也感觉到了八大神兽带来的威胁，指挥者的目的，就是要毁掉八大神兽，至于那些紫晶军团的魔兽，指挥者还没把它们放在眼里。

而此时，紫晶军团的魔兽已经分散在了战场上，一万只魔兽等距离分开，淡淡的蓝色光芒在它们身上绽放，低沉的念咒声不断从它们口中响起。

一般说来，魔兽施展的魔法都属于它们的天赋技能，很少有通过咒语施展魔法的，只有高阶魔兽才能通过咒语施展魔法，比如龙族施展龙语魔法。

此时，这些高阶魔兽同时吟唱起咒语，可见接下来它们要施展的魔法，威力绝对不小。

淡淡的蓝光变得越来越耀眼，战场上的温度似乎都变低了许多。

天鬼大军正在飞速地靠近。天鬼大军中，甚至还出现了八条巨大的阴龙。

战斗到了这个阶段，深渊位面中最强大的力量终于出现在了战场之上。

叶音竹站在城楼，他清晰地看到，八条阴龙背上端坐着男巫、女巫，还有两种他从未见过的深渊生物。

一种深渊生物身材高大，身高超过五米，全身被黑色的浓雾遮盖，旁人看不到它真正的样子。

另一种深渊生物身材极为矮小，非常纤瘦，通体呈雪白色，手中还拿着一根长度是身高三倍的雪白魔法杖。

不用问，这两种深渊生物应该就是影魔和月魔了。

八条阴龙背上的八名魔主级强者此时出现，显然是为了彻底毁掉八大神兽，大大削弱龙崎努斯联军的实力。

可是，消灭八大神兽真的是那么简单的事情吗？

叶音竹脸上露出一丝冷笑，飘然而起，飞向空中。他现在所处的位置，是龙崎努斯要塞的正上方。

半空之中，天鬼大军扑向战场。

这些天鬼最大的优势就是速度极快，它们可以在最短的时间内锁定敌人并集中打击敌人。

冰蓝色的光芒亮起，紫晶军团的魔兽们释放出了自己强大的魔法。

所有的魔法都是冰属性的，刹那间，这从来没有水元素的深渊位面竟然下起了大雪。寒气令周围的一切都冻住了，包括地面上的尸体。这寒气令习惯黑暗与热浪的天鬼大军停滞了片刻，不敢上前。

以龙崎努斯要塞为中心，要塞外的战场都闪耀着冰蓝色的光芒。

一万只高阶魔兽一齐施展同属性的魔法，那种场面极为恢宏，温度仍在飞速降低，地上的尸体冻成了冰块。

冰封战场，这就是之前紫提到的冰封战场，也是紫晶军团在极北荒原练兵时练习的特殊战术。

当然，这只是前奏，或者说，冰封战场才进行到一半。

刺耳的尖啸声再次响起，停滞了片刻的天鬼大军在这尖啸声中继续发起了冲击。它们看都不看紫晶军团的魔兽们，直接朝着八大神兽冲了过去。

显然，深渊大军忌惮的是八大神兽。

“风卷残云。”一声大喝从叶音竹口中传出，代替紫给紫晶军团下达了命令。

冰蓝色的光芒渐渐消失，紫晶军团的高阶魔兽周围出现了无数风元素。

魔兽们毫不吝惜地消耗着自己的魔法力，顿时，空间中的元素剧烈地波动起来。

此时，天鬼大军已经飞到了八大神兽上方。

在众多天鬼的簇拥下，那八条阴龙死死地盯着下方的八大神兽。

紫已经被大量敌人包围了。

尽管紫灭敌的速度奇快无比，可双头憎恶的数量实在太多了，上万个双头憎恶将紫围了起来。

空中的天鬼大军已经赶到，看上去，紫的处境非常危险，但紫的神色依旧十分平静，并没有因为不利的局面而动摇。

紫晶比蒙是那么容易被毁掉的吗？

第三百二十一章

八大神兽的出击

闪、雷的反应很快，眼看天鬼大军逼近，两个小家伙突然加快飞行速度，宛如两颗流星一般朝叶音竹飞去。

看到两个小家伙飞来，叶音竹脸上露出一丝淡淡的微笑，朝着闪、雷的方向飞出数米。同时，那精致无比的超神器枯木龙吟琴也出现在他面前。

龙狮诺云停了下来，任由双头憎恶包围自己。

龙狮诺云仰头看了一眼升入高空的叶音竹，缓缓地闭上了眼睛。此时，冰蓝色火焰突然从她身上燃起，将附近十余个双头憎恶烧成灰烬。

火焰不断变化，眨眼间，已经从冰蓝色变成了乳白色，一声疯狂的咆哮声响起。

突然，诺云现出了本体，它仰天怒吼着，身体周围的乳白色火焰极为恐怖，它拍打着双翼，迎着天鬼大军而去。

那些试图阻止它的双头憎恶们都只有一个结局——在那乳白色的火焰中消失。

“嗡——”

低沉的嗡鸣声从超神器枯木龙吟琴中传出，一圈乳白色的光芒覆盖在叶音竹身上，给他增添了几分神秘的色彩。

闪和雷已经悄然融入叶音竹体内，金银魔纹双翼在叶音竹背后展开，无数元素化为点点光芒朝他汇聚。

七声嗡鸣来自七根琴弦，嗡鸣声响起时，六个光环同时飘出。

尽管距离很远，可那六个光环依旧准确地笼罩了紫、三位白金比蒙王、龙狮诺云和山岭巨人明。

紧接着，六道耀眼的乳白色光芒同时绽放，六声怒吼震天动地，神兽的气势在叶音竹琴音的作用之下提升到了巅峰。

紫第一个行动了。

此时，紫这个方向的双头憎恶都聚集在它身边，前赴后继地扑向它。

本来单手握着紫晶剑的紫改为双手握剑，下一刻，紫晶奥义出现了。

巨大的紫色旋涡夹杂着乳白色的光芒出现在战场上，紫仿佛化为了死神，在琴音的作用下快速移动。

双头憎恶甚至连化为紫晶雕像的机会都没有，就在这巨大的旋涡中化为齑粉消失了，紫晶奥义——旋风激光斩又岂是它们所能抵挡的？

紫的实力已经达到了次神级四阶，再加上紫晶比蒙的天赋技能，它在战场上就是纵横无敌的存在。

旋风激光斩爆发的一瞬间，上千个双头憎恶突然消失，随着旋风激光斩的移动，这个数字正以几何倍数增加着。

半空中的天鬼大军反应还算快，朝着那旋涡发出了数万道冲击波。

可惜，此时的紫，除了精神攻击以外，可以对一切攻击免疫，那些冲击波根本无法进入紫色旋涡之中，直接被能量乱流击散了。

一些冲击波落在包围着紫的那些双头憎恶身上，给它们造成了一定的伤害。

叶音竹的双手快速拨动着琴弦，他的精神力成了连接六位神兽的桥梁，与众神兽的身体紧密结合在一起，将增幅效果施加在神兽身上。

这是一曲《金戈铁马》，可以激发己方的战斗力。

琴曲在六位神兽耳中响起，令神兽们战意大增。

叶音竹弹奏的琴曲拥有的增幅效果，又岂是深渊位面那些男巫、女巫的魔法效果所能相比的?

领悟了琴曲真谛的叶音竹，全身心投入到演奏之中。

在叶音竹的辅助下，神兽们的实力得到了提升。

此时，天鬼大军的攻击已经全面展开，无数道冲击波朝着神兽攻去。

紫凭借着旋风激光斩抵挡着天鬼的攻击，而其他神兽的应对方法则各不相同。

龙狮诺云燃起的乳白色火焰似乎可以燃烧一切，不论是能量还是物体，在乳白色的火焰面前，都失去了攻击力。

乳白色火焰飞向天鬼大军，凡是接触到火焰的天鬼都立刻化为飞灰，很快，上千个天鬼就在这乳白色的火焰中消失了。

不过，任何防御都是有极限的。尽管诺云的速度奇快无比，真正能够命中它的冲击波只有总数的百分之一，可就是这百分之一，令它的动作慢了几分。

在几大神兽之中，诺云的实力无疑是最弱的，目前仍是次神级一阶。幸好它有琴曲的帮助，在琴音的影响下，乳白色火焰燃烧得更加旺盛，强行挡住了天鬼的冲击波。

接收到叶音竹传来的精神波动，诺云飞快地喷出几口火焰，朝着要塞疾飞而去。

诺云的防御力并没有几位白金比蒙王的防御力那么强，叶音竹为了保证它的安全，第一时间让它撤退。

就在这个时候，这个方向的天鬼大军中，那条巨大的阴龙动了。它喷出一口冰蓝色的吐息，让其追上诺云。

正在弹琴的叶音竹脸色一变，他当然知道这冰蓝色的吐息是什么，那是阴龙唯一的能量攻击手段——太阴之火。

尽管太阴之火不像女巫施展的太阴冰环，不能令能量聚集在小范围内爆发，可是，这些阴龙释放的太阴之火是极为恐怖的。

在阴龙大范围的攻击之下，诺云根本无法闪躲，它身上的乳白色火焰不再那么旺盛，速度也降为了原来的三分之二。

太阴之火不仅有着很强的攻击力，而且可以大幅降低敌人的速度。幸好诺云身上的火焰与太阴之火有着异曲同工之妙，又有琴曲的辅助，速度才没有减慢太多。

但是，紧接着，新一轮攻击又追上了诺云。

冰蓝色的光环出现在诺云脚下，下一刻便爆发了。

这一次，诺云的速度降至了原来的一半，它发出一声痛苦的怒吼，显然是受伤了。

叶音竹看得很清楚，他发现自己竟然认识端坐在这条阴龙背上的深渊生物，那正是黑妖国的三妖王——薇牙。

不好！

叶音竹心中一紧。他和薇牙交过手，深知薇牙是女巫中的顶尖强者，其实力不在诺云之下，甚至比诺云强。

如果是在冰森战斗，或许诺云还可以与之抗衡，但这里是深渊位面，可以说是薇牙的主场。

一旦被薇牙的太阴冰环缠住，诺云想要脱身可就难了。那数量接近十万的天鬼大军可不是闹着玩的，一轮齐射便可以对诺云造成巨大的伤害。

叶音竹虽然想到敌人可能会拦截神兽，但没想到深渊大军会派出薇牙这个级别的深渊强者出战。

叶音竹很清楚，若是任由薇牙攻击的话，诺云绝对不可能活着回来。

身为统帅，要做的就是掌控全局，原本双手弹奏的叶音竹改成了单手弹奏。神奇的是，尽管他单手弹奏，琴曲的效果也丝毫没有减弱。

与此同时，一团蓝紫色光华出现在叶音竹的右手之中，他毫不犹豫地将其挥了出去。

半空之中，一声雷霆般的轰鸣响起，传遍战场，天空突然亮了一下，仿佛是一道闪电从天而降。

几秒的工夫，那团蓝紫色的光华就越过了诺云的身体，直奔薇牙而去。

雷霆一击，雷神之锤的附带技能，能够以天雷之力干掉敌人。

以叶音竹的实力，他抛出这件超神器，其攻击力之强可想而知。

雷神之锤的天雷之力产生了神奇的牵引作用，将天鬼第二轮攻击释放的冲击波全部带偏，给诺云争取了时间。

准备再次发起攻击的薇牙突然感觉全身一紧，一阵麻痹的感觉瞬间传遍全身，薇牙感到不妙，毫不犹豫地停止了对诺云的攻击，朝后方飞去。

与此同时，薇牙胯下的阴龙口中喷出了一团太阴之火，朝着蓝紫色光华冲去。

“轰——”

雷鸣之声再次震撼全场，在极具破坏性的雷力面前，太阴之火毫无作用。

阴龙的身体被雷霆一击震碎，就连阴龙附近的天鬼也纷纷下坠，它们的身体被震得麻痹了，失去了行动的能力。

诺云毕竟是次神级的强者，有了这短暂的喘息时间，它成功摆脱了太阴冰环的负面影响，骤然加速，回到了龙崎努斯要塞之中。

就在双方强者交手、诺云遇险时，紫晶军团也完成了魔法。

战场上狂风大作，那些想要冲过来的双头憎恶也很难靠近，无数龙卷风出现了，遮天蔽日。

之前结冰的大地被狂风卷起无数冰碴，那些冻成硬块的尸体被龙卷风卷起，不停地旋转、碰撞，化为了冰雪风暴中的尘埃。

这些尸体被冰与风摧毁，其中的死灵能量也消失了，不可能再被深渊生物吞噬了。

紫晶军团的高阶魔兽来自冰森，它们的族人已经在那里生存了数千年，冰系与风系魔法早已成了它们的天赋魔法。

叶音竹和紫在极北荒原练兵的时候，仔细讨论过紫晶军团在这场生存之战中的作用。

叶音竹首先想到的，就是阻止敌人吞噬尸体，紫晶军团的魔兽们掌握了冰与风两系魔法，正好可以做到这一点。

冰封战场，风卷残云。先以冰冻住敌人的尸体，再以狂风席卷尸体，令其化为尘埃，这就是让深渊生物无法通过吞噬而进化的最佳方法，也是削弱深渊大军整体实力最有效的方法。

当然，这样的战术，也会大量消耗魔兽的魔法力，所以之前叶音竹才对紫说，清理战场之后，让紫晶军团返回冰森，恢复魔法力。在深渊位面之中，魔兽恢复的速度实在太慢了。

施展魔法之后，紫晶军团立刻按照原计划飞速后退。神兽们的掩护工作也已经完成了，只有闪和雷撤离得比较早，这两个方向的双头憎恶追了上来。

紫晶军团当然不会惧怕双头憎恶，只是，如果它们被双头憎恶缠住的话，空中的天鬼大军便可以集中攻击，那么，紫晶军团的伤亡在所难免。

紫晶军团是兽人族的王牌军团，叶音竹当然不希望看到其有所损伤，所以，他扔出雷神之锤后，立刻转向这一边，弹奏起了超神器枯木龙吟琴。

一道道半月形的高频音刃在空中扩大，化为一个个音符朝这两个方向飞去。

眼看阴龙在自己面前化为碎片，三妖王薇牙大惊失色，心中暗道：那是什么样的力量？如果我与之硬拼，结局会不会和阴龙一样？

当叶音竹从要塞中升空的时候，薇牙就看到他了。

虽然距离很远，看不太清楚，但薇牙能感觉到，此人颇为危险，除了危险，薇牙还感觉到了几分熟悉。尤其是当他弹着琴、释放精神力的时候，薇牙更是感觉在哪里见过他。

薇牙敏锐的感知力让她对叶音竹很感兴趣，当然，薇牙是想吞噬他。

身为高等深渊生物，薇牙极为聪明，她明显感觉到，对方那几个强大的怪物听从这个人的指挥。

原本薇牙打算杀死诺云后就攻向叶音竹，立个大功，但当雷神之锤将阴龙消灭之后，这个想法就烟消云散了。

一连串的轰响在魔兽背后响起，高频音刃产生的爆炸力，虽然不能像旋风激光斩那样对双头憎恶造成毁灭性的打击，但也可以阻止双头憎恶继续追击。

从加入战斗的那一刻起，叶音竹就掌控了战局，他先以琴音辅助八大神兽，紧接着用雷神之锤化解了诺云的危机，再以高频音刃阻挡敌军追击，他成功地稳住了战局。

旋风激光斩的效果终于消失，紫的周围，连一个活着的双头憎恶也看不到了。

紫晶剑依旧闪耀着夺目的光彩，紫看了一眼空中的天鬼大军，随后便化为一道残影，朝着要塞撤退。

但是，就在这个时候，紫突然感觉全身冰冷，周围的温度仿佛瞬间降低了很多，它的动作也变得迟缓了许多。

紧接着，那冰冷又转为火热，紫的防御力如此之强，依旧能感觉到痛苦，它的身体仿佛麻木了一般，速度还在变慢。

怎么回事？

紫抬头向空中看去，正好看到了那条巨大的阴龙。

阴龙背上，端坐着一名绝色女子。那女子看着紫，眼中并没有恨意，反而充满了好奇，似乎对紫很感兴趣。

看到这个女人，紫的眼神突然变得冷厉起来，紫明显能够感觉到，这个女人的实力很强，甚至可以与自己抗衡。

紫的视线很快就被冰蓝色的阴龙吐息所遮挡。吐息覆盖的范围很广，紫无处闪躲，更何况，紫的速度已经减慢了许多。

紫晶剑护在紫的头顶上方，硬生生地挡住了阴龙的吐息，紫的速度也因此再次减慢了一些。此时，空中的天鬼大军也已经集体发起了攻击。

如果叶音竹的目光落在这个方向，他一定会发现，紫正面临着极大的危机，因为，出现在紫这个方向的深渊魔主，竟然是黑妖国中实力和地位仅次于深渊魔王的大妖王——细牙。

无数道冲击波落下，刚刚挡住阴龙的吐息的紫，只能凭借紫晶剑抵挡天鬼的攻击。

近十万个天鬼同时释放冲击波，绝大部分都落在了紫晶剑带起的光幕之上。

紫闷哼一声，在众多敌人的联合攻击下，它也吃亏了。

紫没有停留，尽管受到太阴冰环攻击，可它的恢复速度还是要比诺云的恢复速度快得多。阴龙的吐息没有再次附加迟缓的效果，紫借机加速，不退反进，瞬间移动到了半空之中，钻入了天鬼大军之中。

紫手中的紫晶剑旋转一周，大量天鬼随即摔落地面。

紫不但没有选择逃走，反而凭借过人的反应速度，钻入了天鬼数量最多的地方。它的目的很简单，就是不给天鬼和细牙同时攻击自己的机会。

紫晶比蒙的防御力极强，就算有少量的冲击波，再加上细牙的太阴冰环，也不可能在短时间内对紫造成致命的伤害。

龙崎努斯联军有所保留，深渊大军也不例外，这次出现的八名深渊魔主也并非都是次神级强者。

除了诺云和紫，还有一位神兽也抵挡着次神级强者的攻击，但它应付起敌人来，要比紫更轻松，这位神兽就是明。

出现在明这个方向的深渊魔主，正是实力在薇牙和细牙之间的黑妖国二妖王——静牙。

静牙的技能同样是太阴冰环，可惜，她的对手和其他神兽区别很大。

明或许没有紫那么强的攻击力，没有格拉西斯纵横无敌的霸气，但是，经过菲尔杰克逊灵魂之火的煅烧之后，明的防御力甚至比格拉西斯的防御力更强。

石化皮肤、抗魔皮肤、金属皮肤，三大抗性能力同时出现在明身上。尽管静牙是次神级二阶强者，可她的太阴冰环并没有对明造成什么影响。

明的速度本就不快，再附加点迟缓效果也没什么。虽然明那巨大的身体像靶子一样承受着天鬼和双头憎恶的攻击，但对它来说，这些攻击就像是挠痒痒一般。

论攻击力，明或许不如静牙，但论防御力，在这战场上，没有谁能比明更强。哪怕是小龙女和深渊魔王那种实力达到次神级巅峰的强者，也比不上山岭巨人明。

明的动作很简单——拳打脚踢，山岭巨人的力量根本不是双头憎恶所能抵挡的。

对明来说，地上的这些双头憎恶，连绊脚石都算不上，它不管不顾地大步向前，反正撞上它后被震飞的双头憎恶，下场就是筋骨折断。

虽然明的攻击力不强，但它的防御力实在惊人，它的身体就像一座移动的堡垒。

双头憎恶一点也没伤到明，甚至根本没在它身上留下痕迹，天鬼的冲击波落在它身上甚至会被反弹。

沐浴在天鬼的冲击波中，明就像是在洗澡一样，根本连眼睛都不眨一下。

如果不是因为那些深渊生物听不懂明的话，它恐怕会告诉那些天鬼：再加把劲啊！按摩的力度不够!

当然，明也不是完全没有攻击目标的，当静牙释放的第一个太阴冰环落在它身上的时候，它就找到了攻击目标。

明毫不在意天鬼和双头憎恶，它锁定了静牙。明的眼中蓝紫色光芒一闪，一道闪电就轰了出去。

静牙的反应很快。太阴冰环在空中与闪电碰撞在一起，只听一声轰然巨响，明的身体纹丝不动，但静牙感到一阵发麻。

其实，双方的攻击中蕴含的能量差不多，可静牙身为女巫，她的身体可比明的身体弱多了。

静牙的眼中凶光闪烁。明不像紫那么帅气，能够吸引细牙的目光，在静牙眼中，明就像个怪物。

静牙飘然而起，与阴龙分离，巨大的阴龙得到了命令，直接朝着明扑了过来。

光看身体大小的话，这条阴龙还真不比明小多少。

阴龙的利爪往下扑，直接抓向明的双肩，试图通过肉搏与明抗衡，同时，阴龙不断朝明释放太阴之火，以减缓明的速度。

想抓我？明毫不在意，它永远都是那么镇定自若，也不闪躲，任由阴龙的利爪抓在自己的肩上。

阴龙见自己抓住了明，便在静牙的命令下，立刻用力地拍打着翅膀，试图将明抓起来，飞到空中再将它扔下。

但是，阴龙接连拍打了十几下翅膀，惊讶地发现，明依旧站在那里，半步都没有移动。

明咧嘴一笑，抬起双手，稳稳地抓住阴龙的利爪，道：“我是山岭巨人，‘山岭’二字又岂是白叫的？我的体重，可不像看上去那么轻。”

明一边说着，一边双臂猛地用力。

恐怖的一幕出现了，阴龙那看上去和明一般大的身体，竟然被明甩了起来，最后重重地砸向地面。

明的体重是它最大的秘密，在神兽中，也只有紫和格拉西斯略知一二。

格拉西斯暗中和明较量过，如果给它全力冲锋的时间，格拉西斯可以凭借独角勉强攻破明的防御，而明却无法伤到它，所以，在四大神兽中，战争巨兽才会排在山岭巨人前面。

但是，格拉西斯也承认，想要消灭明，以它的力量是做不到的，或许加上紫，才可能成功。

其中的关键就在于明的身体。

明的食物是什么？是各种岩石和矿物。只看身体大小的话，它要比身长超过百米的格拉西斯小一些，但是，明的体重是格拉西斯的三倍之多，这绝对是山岳般的存在。

明的体重超过千吨，这也是明的防御力超强的重要原因。

论力量和防御力，连格拉西斯都略微逊色于明，眼前这连灵魂都没有的阴龙便更加敌不过明了。

“轰——”

阴龙重重地撞击地面，身体破碎，倒霉的双头憎恶被砸倒了一大片，眼看是没有几个能够活下去了。

明的独目中不断射出一道道雷霆之光，它也不去追速度奇快的静牙，只是发出雷霆之光，扫向半空中。每一次扫射，至少会消灭上百个天鬼。

明的想法很简单：反正这些深渊生物也拿我没办法，等能量消耗得差不多了，我走回要塞就是了。

山岭巨人就是这样的存在，静牙实在很无奈，任何魔法落在明身上，都跟搔痒一般，根本没有什么效果。若是太阴冰环落在明身上，不仅不会伤到它，反而会让它的身体变得更加坚固。

如果不是这大家伙缺乏攻击手段，速度又不快，静牙真的无法想象怎样才能对付它。

三大白金比蒙王也陷入了苦战，虽然它们不会任何魔法，力量和速度略微逊色于紫，但它们凭借着百寸利爪和强大的力量，杀起双头憎恶来毫不费力。

天鬼只能伤害到距离自己百米之内的敌人，而在这个距离内，白金比蒙王也恰好可以攻击到天鬼。

天鬼下落的时候，白金比蒙王便猛地跃起，消灭大量天鬼。白金比蒙王不断释放能量，爆发出了恐怖的杀伤力。

攻击三大白金比蒙王的不是女巫，而是男巫。

远远看去，三位白金比蒙王的毛发都被这些魔法染成了暗红色。但是，它们的实力实在太强了，力量更是强大无比，尽管这些魔法对它们造成了一定的影响，可这几名男巫都没有达到次神级，并不能压制它们。

命令传来，三位白金比蒙王和山岭巨人都开始缓慢地撤退，此时，紫晶军团的高阶魔兽已经完成了它们的任务，返回了要塞之中。

此时，叶音竹已经注意到了紫的情况。

薇牙追丢了龙狮诺云，又忌惮雷神之锤，因此不敢靠近要塞，便朝着细牙飞去。

这些深渊生物的感知力是非常敏锐的，她们已经发现，在八大神兽之中，最难对付的，地位最高的，就是紫。

跟丢了闪、雷的影魔和月魔被叶音竹的高频音刃阻挡了，加上它们并不属于黑妖国，因此并没有加入细牙与紫的战斗中。

尽管紫冲入天鬼大军中的行动，令它躲开了不少攻击，可细牙的实力极强，凭借着瞬间移动，她能很快出现在紫的身边，随即释放太阴冰环或沉睡魔法。

太阴冰环不算什么，只能减慢紫的速度，对它身体的侵蚀效果很差，但沉睡魔法令紫极为厌恶。

这个魔法虽然只能让它的动作停滞两秒左右，但它在这两秒内无法移动，会受到大量天鬼的攻击。

紫的双眼已经变成了紫黑色的，紫气不断喷出，从它的气息和那不断挥舞的紫晶剑，都能感受到它的愤怒。

看到细牙、薇牙两大妖王围攻紫，叶音竹的瞳孔收缩了一下，心中不屑地道：想要杀紫吗？哼！

叶音竹冷哼一声，立刻通过琴音连接紫的灵魂。

尽管在生命之水的作用下，两人之间的平等本命契约已经消失，可多年的默契让他们的灵魂可以短暂相连。

这样，他们就可以实现类似于平等本命契约的召唤效果，或者说是辅助瞬间转移。

正当叶音竹准备加入战斗，帮助紫解决危机的时候，突然，一道金色光芒从要塞内射出，直奔紫而去。

感受到有人从脚下掠过，叶音竹愣了一下，要知道，他是联军统帅，早已强调过，没有他的命令，任何人不得擅自出击，哪怕是己方陷入危机时，龙崎努斯联军也必须听从调遣。

是谁违抗他的命令，擅自出击呢？

很快，叶音竹就知道了答案。

金色光芒就像流星一般冲入战团之中，紫突然觉得压力减轻了许多，它身边多了一个人。

一圈金色的光环瞬间笼罩在紫身上，紫感到一阵温暖，身上的伤势竟然在痊愈，太阴冰环等魔法带来的负面效果全都消失了。

那人黑发黑眸，有着绝美的容貌。她抬起双手，两道耀眼的金光射向两大妖王。

光芒一闪，薇牙和细牙同时闷哼一声，快速后退。

慌乱之中，细牙强行扯过阴龙，将它挡在自己和薇牙面前。

恐怖的一幕发生了，阴龙那样强大的生物竟然在耀眼的金光中融化了。

没错，就是融化，就像是雪遇到了火，悄然消失，甚至没有发出任何声音。

消失的不仅是阴龙，还有周围大量的死灵能量。

生命气息不断涌入紫体内，令它感到很舒服，生命能量滋养着它的身体，它的伤口快速地愈合着。

第三百二十二章

最后一战的开端

那全身闪着金光的人没有看紫，双手收回，再缓缓从身体两侧抬起。顿时，她的身体就像金色的太阳一般亮了起来。耀眼的金光瞬间扩散，照亮了整个天空。

细牙和薇牙带来的天鬼全部被这金光笼罩在内，下一刻，那些天鬼都像之前那条阴龙一样，在金光中悄然融化。

它们形成的“乌云”顷刻间消散，天空也因此重新变得明朗起来。

一股淡淡的黑气骤然出现在细牙与薇牙面前，黑气聚成人形。那人冷冷地看向金色身影，黑青色光芒从那人身上释放，这才将金光挡了下来。

金与黑青，两色光芒在空中剧烈地碰撞，空间中出现了因碰撞而产生的特殊声响。

两色光芒瞬间爆发，一声剧烈的轰鸣声中，那两道身影同时飞速后退。

紫化为人形，金色身影拉住了紫的手，两人眨眼间便回到了叶音竹身边，另一边的黑色身影拉着细牙和薇牙后退，飘向深渊大军。

四人彼此对视，精神力相撞，激起了火花，发出噼啪声响。

这突然出现的金色身影，正是小龙女，而另一方的黑色身影，正是身穿四叉披风的黑妖国国主——深渊魔王萨琳娜。

小龙女抢先出手，萨琳娜紧随其后，她们在空中切磋，谁也没有占到便宜，不过至少将同伴安全地带了回去。

萨琳娜与小龙女对视，眼中流露出一丝杀意，她一转身，带着细牙和薇牙消失了。

小龙女神色不变，身上的金光却已经收敛了，松开了拉住紫的手。

紫还是第一次看到小龙女出手，感受到那剧烈的能量波动，身为紫晶比蒙的他也不禁暗暗吃惊，心想：如果刚才我独自面对那道黑影，能否全身而退呢?

紫一边想着，一边向小龙女点了点头，道："谢谢。"

小龙女轻轻地摇了摇头，没有说什么。

在联军之中，叶音竹唯一无法命令的，也只有小龙女了，更何况她是去救紫的，叶音竹自然不会责怪她。

空中的天鬼在魔主们的带领下停止了追击，缓缓后退，神兽们也相继返回要塞。

除了山岭巨人明和率先撤回来的闪、雷以外，其余的五位神兽都负伤了，其中，诺云的伤势最重，呼吸明显变得比平时急促多了。

紫的伤势本来也不轻，被细牙用太阴冰环偷袭，又承受了天鬼的攻击，虽然他的防御力惊人，但也伤了元气，幸好小龙女给了他生命能量，他才没有像诺云那样身受重创。

"紫，你没事吧？"叶音竹关切地问道。

紫摇了摇头，道："这些深渊生物比我想象中更强。音竹，这边交给你了。我先带紫晶军团返回冰森，两天内必定回来。比蒙军团留给你，三位白金比蒙王、闪、雷、格拉西斯和明也留下来帮你，诺云我带走。"

兄弟之间不需要解释太多，叶音竹向紫比出大拇指，紫便带着诺云离开了。

叶音竹没有急着回到要塞，而是在空中静静地注视着深渊大军。

他冷静地道：“小龙女，刚才出手的是萨琳娜吧？”

小龙女缓缓点头，道：“是她。”

叶音竹道：“如果是一对一，你有多大把握战胜她？”

“如果是在龙崎努斯大陆，我必胜；在深渊位面之中，在生命能量充足的情况下，我有六成胜算。她把死灵能量用得炉火纯青，确实已经达到了次神级巅峰，实力不比我弱。”

叶音竹扭头看向小龙女，眼中流露出一丝惊讶：“看来，我们的强者的整体实力与深渊生物的实力相比，仍有差距。毕竟，像萨琳娜这样的存在，深渊大军中还有三个，希望另外三个魔王的实力不要像她这么强才好。”

小龙女道：“我们的次神级强者人数要多于他们，只是等级没那么高。两名相差一阶的次神级强者，其实力的差距也是极大的。你也看到了，那两个妖王都达到了次神级，有一个还是次神级三阶或四阶的样子，可她们根本无法抵挡我的攻击。同样，如果对方的次神级巅峰强者遇上我们的次神级初阶强者，结果可想而知。”

叶音竹点了点头，道：“我明白。你可以对付一个魔王，我和四大神兽，应该可以挡住一个魔王。奥布莱恩大师达到了次神级八阶，出身于法蓝，拥有各种魔法神器，应该能够对付一个魔王。最后一个魔王，恐怕就要其他几位塔主联手对抗了。鹿死谁手，恐怕还要看运气。这就是目前双方的实力对比情况。”

小龙女道：“那你准备怎么办？就这么硬碰硬吗？”

叶音竹淡然一笑，道：“当然不是。如果这场战争要凭运气来定胜负的话，我就不会在这个时候率领联军来到深渊位面。打仗并不是只靠实力就行的，战术同样重要。看样子，那些深渊生物也需要休整一段时间才会开始下一轮攻击，想必，敌人也在分析我们的实力。走吧，我们回去。”

回到要塞内部，叶音竹立刻下达了一连串的命令：之前参战的战士撤回要塞，隐藏在地穴中的生力军登上城楼，角鹰德鲁伊随时监视深渊大军的动向。

下了命令之后，叶音竹立马召集除紫以外的四位副统帅、法蓝六位塔主和精灵女王安雅在帅帐中开会。

之前的战斗持续的时间其实并不长，前后不到六个小时，但是，战斗的激烈程度是任何人都没有想象到的。

短短的六个小时之内，龙崎努斯联军歼灭了数百万深渊生物。尽管这些深渊生物大多都是炮灰，可那也是深渊大军的力量。

可以说，这是龙崎努斯联军来到深渊位面之后的第一场胜仗。当然，这胜利也和小龙女的帮助有着密切的关系。如果之前紫出了事的话，那么，这一战的结果就不是胜利，而是失败了。

哪怕是心性沉稳的西多夫元帅，来到帅帐内时，也露出了兴奋的神色。

这场胜利极大地提升了联军的士气，战士们战意高昂。

比蒙军团、神兽们与敌军厮杀，叶音竹施展雷霆一击轰向深渊魔主，小龙女释放金光消灭数十万天鬼，这一切都令联军的士气提升到了极致。

四位副统帅的血液仿佛都在燃烧一般，他们已经很多年没有这种热血沸腾的感觉了。

他们都是身经百战的将领，此时的对手不是人类，而是深渊生物，消灭这些没有生命气息的怪物时，他们的情绪并没有很大的起伏。

看着叶音竹，四位副统帅都流露出几分钦佩之情。

在这场战争开始之前，没有人知道深渊生物将以何种方式发起攻击，就算是来过这里的叶音竹也不知道，他们都没有与深渊生物正式交战过。

今天这一战，从始至终，身为统帅的叶音竹都保持着头脑的冷静，合理地调派兵力。尽管这一战消耗了紫晶军团魔兽们的魔法力，可也重重打击了深渊大军，成功地阻止了它们吞噬死去的深渊生物，削弱了对方的实力。

八大神兽发起了攻击，紫和诺云让深渊生物灰飞烟灭，小龙女发出的金光也使得那些天鬼的身体融化，其他深渊生物自然没东西可吞噬。

这种消灭敌人的方式，无疑会使深渊大军的实力逐渐变弱。

“各位，汇报一下你们所负责的方向的损失情况。”叶音竹依旧那么冷静。

联军一方剿灭了大量敌军，叶音竹当然很兴奋，但最后紫遇到的危险，以及深渊魔王萨琳娜的实力让他警惕起来，所以，虽然他心中兴奋，但依旧保持沉稳。

西多夫身为第一副统帅，自然是第一个开口的：“我负责的那边，联军战士死亡两万一千人，重伤三千人，轻伤十二万六千余人。”

克雷斯波道：“我那边的压力相对小一些，死亡一万六千人，重伤千余人，轻伤九万余人。”

克鲁兹道：“我这边死亡人数两万五千人，重伤四千余人，轻伤十七万人左右。”

奥利维拉道：“我那边的伤亡最惨重，死亡的战士超过三万人，重伤者接近九千，轻伤者十四万。”

四位副统帅汇报完战士伤亡情况之后，也相继冷静下来，面面相觑，脸色有些难看。

他们也没想到，这一战的伤亡数字会如此巨大。死者和重伤者的人数相加，已经达到了十万。那可是十万条生命啊！

从双方的伤亡情况来看，对方损失近三百万深渊生物，己方损失十万名战士，按照比例来看，似乎龙崎努斯联军取得了极佳的战绩。但这个伤亡数字还是令几位副统帅清醒过来，十万人，这已经是己方要塞内三十分之一的兵力。

叶音竹听了汇报之后，只是微微点了点头，并没有加以评论。

他的目光先后从四位副统帅和法蓝大师们脸上扫过，沉声道：“我来分析一下目前的情况。

“今日这一战，是我们来到深渊位面后的第一战。深渊位面的作战方法比我们想象中更多，也就是说，它们的指挥者并不是不懂兵法的。指挥者利用数月的时间，调集深渊大军，才向我们发起攻击。

“现在我们还不知道敌人的总数，但保守估计，也有五千万之多，足足是我们兵力的十倍，这就是深渊位面的强大之处。深渊位面地域广阔，所有的深渊生物都可以踏上战场，低等深渊生物都被高等深渊生物控制着，而我们的可战之兵只有五百万。

“今日一战，看上去我们是获得了胜利，但通过刚才的数字，大家也知道了，我们的损失并不像想象中那么小。毕竟，这是一场双方兵力都达到百万的战斗，损伤在所难免。

“虽然这次双方的伤亡数字之比是一比三十，但请各位不要忘记，我们消灭的大多数都是低等深渊生物。对于五千万深渊大军来说，这根本不算什么，并没有伤到它们的元气。

“深渊大军聚集在这里，就是想一举将我们击溃，而当要塞中的防御力量降低到一定程度，魔法师们无法支援的时候，我方必定会损失惨重。所以，今天取得胜利我们不但不能放松，反而应该更加警惕才对。”

众位副统帅缓缓点头，认同叶音竹的话。

叶音竹继续道：“接下来的战争将变得更加困难，甚至更加惨烈。经过今天的战斗，深渊生物已经大致摸清了我们的实力，我们也了解了它们的实力。但我可以肯定，深渊大军的主力到现在都没有出现，只有最后出现的那八名深渊魔主才算得上高等深渊生物。深渊生物不会一直进行这种试探性的攻击，或许下一次，它们就会全力出击。

“数千万敌军同时发起攻击的场景，各位可以想象吗？我们所要面对的敌人数量就是如此庞大。禁咒或许能消灭一万个深渊生物，但是，在深渊位面的战场上，我们又有多少个禁咒能够发挥威力呢？深渊大军中也不乏魔法师，能够设法抵消我方施加的魔法效果，这也是这一战中，不到万不得已我绝对不派出魔法师的原因。我这么做不仅是为了节约魔法师的魔法力，而且是为了隐藏我方的实力，想跟深渊生物在决战中一较高下。”

克鲁兹有些汗颜，低下头道：“对不起，统帅，我不应该怀疑您的命令。”

叶音竹微笑摇头，道：“克鲁兹元帅，你没有错，大家的目的都是一样的。我想说的是，从现在开始，我们一刻也不能放松，尤其是在紫晶军团返回冰森补充能量的情况下。看来，我们的后备军团不能再等待了。奥利维拉元帅，稍后麻烦你返回龙崎努斯大陆，将我们剩余的两百万战士全部调入要塞，随时准备迎敌。”

“是！”奥利维拉的回答很简单，他看着叶音竹，坚定地点了点头。

叶音竹道：“深渊大军不会拖延时间，其指挥者肯定也注意到了生命之树对环境的影响，失去环境中的死灵能量，会令它们的战斗力大幅度减弱，所以，无论如何，它们肯定会在最短时间内展开下一轮攻击。而下一场战斗，绝对不会像今天这一战这么轻松了。但是，只要我们能够顶住下一轮攻击，那么，主动权就会掌握在我们手中。一切也都可以按照原计划进行了。”

说到这里，叶音竹眼中满含希望，他盯着众人，道：“因此，在接下来的战斗中，不论付出多大的代价，我们都一定要抵挡住敌人的攻击，尽可能地减小损失，不但要拖住深渊大军，而且要尽可能地削弱它们的力量。这场生存之战的关键，可能就是下一次的战斗。”

奥布莱恩道：“音竹，法蓝的魔法师状态正常。之前参战的魔法师，我已经让他们返回法蓝恢复魔法力了，大约十个小时就能返回。”

叶音竹点了点头，道：“接下来的这一战，魔法师军团将成为我们主要的战斗力，几位师兄，就麻烦你们指挥了。在之前的战斗中，我们尽可能地保存了实力，到了下一场战斗，不论深渊位面如何攻击，不论它们是否派出主力部队，我们都将全力以赴，务必重创、威慑敌军。”

“是！”四位副统帅恭声领命。

战斗暂时结束，要塞不但没有平静下来，气氛反而比战斗时更加紧张。要塞内所有深渊生物的尸体都被扔到了外面，慢慢地燃烧，顺便也让对面的深渊大军看着这些尸体在火焰中消失。

各军团都做好了战斗的准备。在之前的那一战中，联军的主力都没有出击，隐藏在要塞内，此时他们都从隐蔽的地穴中走了出来，装备齐全。哪怕是在休息的时候，他们也保持着警惕，准备随时开战。

因为没有人知道深渊大军的下一轮攻击何时展开，所以，随着时间的推移，气氛越来越紧张了。

深渊大军比想象中更能忍，一天的时间过去了，它们依旧没有任何动静。

正如叶音竹所说，数百万低等深渊生物的损失，对于深渊大军来说根本不算什么，并没有伤到其根本。放眼望去，深渊大军依旧是黑压压的一片，望不到边际。

连几位副统帅都有些羡慕这支深渊大军了。

尽管龙崎努斯大陆各族类的总数远远大于深渊生物的总数，可是，龙崎努斯大陆各国是不可能集结出这样一支军队的。

深渊生物不需要任何补给，只要它们体内的死灵能量没有耗尽，就可以发起攻击，而龙崎努斯联军的战士们都需要补给，如粮食、水源、武器装备等等，这是一笔巨大的开销。

龙崎努斯各国的财力只能养活五百万大军，这已经是极限了，还是在法蓝将全部家当都拿出来的情况下。如果继续增加战士人数，龙崎努斯大陆必将无法负荷。

深渊大军按兵不动，叶音竹也乐意看到这种情况，毕竟，紫和紫晶军团归来还需要时间。现在联军的队伍并不完整，没有紫指挥的兽人族大军，显然无法充分发挥出它们的实力。

所以，对于龙崎努斯联军来说，这样等下去是件好事。

一天的时间过去了，超过一百万的后备军团战士进入了要塞。

四位副统帅负责整军，将后备军团的战士们调到要塞的四个方向，随时准备应战。战士们仍源源不断地穿过通道，进入要塞之中。

由于战斗随时可能打响，因此，之前准备的所有物资都运了过来，让战士们充分补充能量，保持最强的战斗力。

身为统帅，叶音竹甚至连冥想时都端坐在城楼之上。小龙女没有返回龙崎努斯大陆补充能量，有了永恒之树，她的生命能量恢复得相当迅速，经过一天的休息，她的身体已经完全恢复了。

这一次，叶音竹给她单独下了一道命令：在对方魔王级别的强者出现之前，她绝对不能动手，保存实力。

一天，再给我一天的时间！叶音竹站在城楼之上，看着远方那黑压压的深渊大军，心中默默地祈祷着。

虽然叶音竹手中的王牌还有很多，但他更希望全力迎接敌人的进攻。

可惜的是，在叶音竹祈祷的时候，他的愿望就破灭了。

时隔一天，深渊大军动了起来。

大量食尸鬼、恶镰、魔蛛、憎恶缓缓前进，和上一次相比，这次深渊生物的数量更多，至少是上次的三倍。

这些低等深渊生物的数量超过了千万，缓缓朝着要塞逼近。它们数量众多，几乎覆盖了远方的每一寸土地。

尽管这些低等深渊生物只是炮灰部队，可是，它们的数量实在太多了。

与此同时，深渊大军的空军部队也出动了，五百多万个天鬼飞在炮灰部队上方。它们似乎长了教训，这一次没有直接朝着要塞飞来，而是配合着低等深渊生物们的步伐，缓缓向前逼近。

要来了吗？

叶音竹喝道：“全体戒备，听令反击。”

铿锵的铠甲摩擦声响起，原地休息的战士们都站了起来，拿起了武器，战意高昂。

对于很多战士来说，这一战或许会是他们生命中的最后一场战斗，但此时，没有任何一名战士退缩。站在这里的都是龙崎努斯大陆各国的精英，他们举起武器，等待着战斗的来临。

与此同时，在要塞内部，精锐军团已经做好了出击的准备：龙骑士们骑好了龙，战士们拿起了武器，魔法师们举起了魔法杖，站在早已刻画好的魔法阵中。

六位法蓝塔主缓缓升空，飘浮在通道上空，指挥着魔法师们。

来吧！叶音竹心中高呼一声。

双头憎恶位于炮灰部队的后方，双头憎恶后面还有一支混编大军，其中包括所有的深渊生物兵种。和前面的炮灰部队相比，它们的进化程度显然更高。

开始行动的深渊生物的总数超过了深渊大军总兵力的百分之九十，但叶音竹很清楚，这些深渊生物不是深渊大军中的精锐，真正的强者还没有出现。

还在保存实力，想伺机击垮我们吗？好，那你们就等吧。

叶音竹思索着，心想：隐藏实力固然必要，可若是到了某些关键时刻还继续隐藏实力，恐怕等到想要出击时，已经无法达到原本的目的了。

“琴帝号战斗群，升空。”叶音竹终于下达了这道命令。

无数风元素聚集，长达千米的琴帝号缓缓飘浮而起，升向高空。

伴随着琴帝号的升空，角鹰德鲁伊、骨龙、巨龙同时升上高空。尽管它们的数量和天鬼大军比起来少得可怜，可是，那巨大的琴帝号依旧震慑着敌军。

叶音竹并不知道，这时候琴帝号内部出现了一些问题。

苏拉有些焦急地道：“香鸾学姐呢？她怎么没在这里？”

海洋让琴帝十二乐坊先进入扩音舱，随后安慰苏拉道：“算了，时间来不及了，音竹已经下了命令。香鸾姐刚才说去看看米兰帝国的战士，她应该在要塞内部，西多夫元帅肯定会保护好她的。苏拉，你先操控琴帝号吧。”

正在这时，通信装置响起声音：“琴帝号，琴帝号，我是叶音竹，一切是否正常？”

苏拉知道此时不能影响叶音竹的心态，她咬了咬牙，朝海洋点了点头，答道：“一切正常。”

叶音竹的声音再次传来：“好，琴帝号进入战备状态，除寂灭之炮以外，其余魔导炮全部充能，听我命令，随时准备发射。”

“是。琴帝号中级魔导炮、高级魔导炮开始充能，火控手随时汇报情况。”苏拉暂时抛开心中的担忧，立刻下达了命令。

寂灭之炮是由离杀控制的，其他的魔导炮由火控手们操控。得到命令之后，所有火控手立刻开始为魔导炮充能，离杀也集中精力，跃跃欲试。

叶音竹的声音响起：“苏拉，命令所有巨龙准备魔法攻击，目标是空中的天鬼，准备完毕后向我汇报。记住，要施展禁咒级别的魔法。风、火两系巨龙在左侧，水、土两系巨龙在右侧，光明系巨龙在前，暗魔系巨龙在后。金属龙原地待命，守护琴帝号，准备肉搏。”

“是。”苏拉和叶音竹心意相通，接到叶音竹的命令后，她便立刻将其传至巨龙骑士团。

叶音竹之所以这样安排，就是为了让龙族的魔法能够充分发挥作用，不会出现魔法元素互相克制的情况。

数百条巨龙同时准备魔法，是何等震撼的场面！

琴帝号周围亮起了一片彩色光芒，琴帝号战斗群就像一片彩云一般徐徐升起。

叶音竹下达命令之后，心中起了杀意：来吧，你们这些邪恶的生物，你们的主力军不是还在隐藏吗？那好，我就在你们的主力军出动之前，让你们看看龙崎努斯联军真正的实力！

“死神龙狼骑士团、琴城骑士团，比蒙军团、白虎军团、黄金军团、暴熊军团、琴城四大步兵军团，龙骑兵第一军团，听我号令，做好出城攻击准备。利爪德鲁伊、树妖德鲁伊、猛禽德鲁伊，进入城楼战斗位置。”

这些军团都是龙崎努斯联军中的精锐军团，精锐军团中，只有法蓝骑士团没有接到命令。

“全方位魔导炮准备，目标是双头憎恶，调整射击角度，等我的命令。重弩全部开启，地精撕裂者上城，做好狙击准备。土系魔法师上城，地震波魔法准备。”

叶音竹下达了一连串命令，四位副统帅分别在要塞的四个方向上指挥行动。

刹那间，整座龙崎努斯要塞变成了一个巨大的刺猬，亮出了自己最锋利的尖刺。

随着石板的翻动，一根根炮管缓缓出现在城墙上，每一个方向上均有六十门魔导炮。这两百四十门魔导炮都是从琴城运过来的。

为了让这些魔导炮充分发挥作用，地精部落的大师们重新设计了魔法阵，矮人族大师将其刻画在了魔导炮内部。现在这些魔导炮的攻击方式已经不再是单体攻击了，而是大范围攻击。

上一场战斗中没有使用过的重弩也出现了。城楼上，每隔二十米，就有一把重弩。

这些重弩可以同时射出八根巨箭，杀伤力极为恐怖，对付憎恶那种敌人再适合不过。每一把重弩的弓弦上都装有滑轮，那重弩需要四名精锐战士合力，才能拉开。

地精撕裂者们纷纷登上城楼，一千个地精撕裂者分散在城楼上，它们身上的重弩甚至比城楼上的重弩威力更大，由地精操控重弩，射击时精准度也极高。

这才是龙崎努斯要塞真正的防御力量，上一战中没有现身的生力军此时全部出现在了城楼上。

凄厉的鸣叫声又一次响彻战场，恶镰大军开始加速，首先冲上来送死的还是它们，贴着地面飞快爬行的食尸鬼部队紧随其后，再后面才是魔蛛和憎恶，总数接近两千万的炮灰部队像蝗虫一般，朝着龙崎努斯要塞飞速冲来。

半空中的天鬼显然注意到了琴帝号战斗群，随着炮灰部队的冲锋，它们也朝着琴帝号飞了过来。每一万个天鬼为一组，飞快地向前冲着。

叶音竹喝道："开城门。死神龙狼骑士团、琴城骑士团，比蒙军团、白虎军团、黄金军团、暴熊军团、琴城四大步兵军团，龙骑兵第一军团，战争巨兽格拉西斯，三位白金比蒙王，山岭巨人明出城迎敌。攻击范围为要塞外五里。"

第三百二十三章

不再受限制的裁决神力

对炮灰部队中那些低等恶镰和食尸鬼，叶音竹是不会浪费联军火力的，所以，他将精锐军团派了出去。

由于龙崎努斯要塞面积很广，东西南北每一个方向都有四座城门，十六座城门同时打开，联军精锐部队从四个方向蜂拥而出，朝着敌人迎了上去。

四个方向的战斗力分配得很平均。格拉西斯在一个方向，明和一位白金比蒙王在一个方向，另外两位白金比蒙王守在一个方向，最后一个方向，则由死神龙狼骑士团守护。

格拉西斯带领着以速度和冲击力见长的龙骑兵第一军团。军团总兵力五万，他们跟在格拉西斯身后狂奔。

论战斗力，谁能和格拉西斯相比？所以，他率领的战士们的实力相对较弱。

另外三个方向分布着几大强势兵种。

速度最快的死神龙狼骑士团后方跟着比蒙军团，这个方向的战士数量虽然是最少的，但其实力最强，这两个军团可是琴城的两大王牌军团。

明和一位白金比蒙王带领的是琴城四大步兵军团，剩余的几个军团则跟着另外两位白金比蒙王。

龙崎努斯要塞十六座城门同时打开，所有精锐战士冲了出去，带着一往无前的战意出现在战场上。

此时，深渊位面的炮灰大军距离龙崎努斯要塞还有一里左右。

龙崎努斯精锐大军出击，正好利用这一里的距离发起了冲锋。

叶音竹对战局的把握恰到好处，龙崎努斯精锐大军正好在敌人即将到达又仍有一段距离的时候开始了冲锋。

战争巨兽格拉西斯首先冲了出去。

一天前的那场战斗，这些军团都没有参加。战斗力越强的军团，就越渴望战斗。一天前的那场战斗让他们感到热血沸腾，压抑了一天，此时终于上了战场，他们的战意都提升到了极限。

在几十名金星龙骑将和银星龙骑将的带领下，五万名龙骑兵紧紧跟随着格拉西斯。

一出城门，他们便立刻散开，摆出了燕翅阵形，这个阵形的防御力并不强，却有着很强的冲击力。

轰然巨响之中，战争践踏再次出现在战场之上。

震耳的轰鸣声、极强的冲击力给冲在最前面的恶镰部队造成了毁灭性的打击。那些恶镰根本没有机会挥舞镰刀，就被那恐怖的冲击波震成了碎片，随风消逝。

虽然恶镰的弹跳力惊人，但是战争践踏的攻击高度可达二十米，因此不管这些恶镰怎么跳跃，也不可能逃出这个范围。

单凭这一脚，格拉西斯就将前方五百米内的恶镰大军全部消灭了，大地也出现了无数道裂痕。要知道，深渊位面的地上都是坚硬的黑色岩石，比龙崎努斯大陆的土地坚硬得多。

另外三个方向也同时展开了战斗，明不会战争践踏，但他身边还有一位白金比蒙王。

彪悍的白金比蒙王腾空而起，全身闪耀着光芒，二十五米高的身躯飞至五十米的高空再落下，接着挥出一拳，重重地轰向地面。

这种攻击和战争践踏有着异曲同工之妙，虽然从攻击力来看，与战争践踏还有些差距，但白金比蒙王也是神兽，这一拳的攻击力也不弱，用来对付面前的恶镰足够了。

两位白金比蒙王所在的方向出现了相同的场景，它们联手发出重击，威力必然更大，在这猛烈的冲击之下，恶镰们纷纷殒命。

只有死神龙狼骑士团那个方向的恶镰们没有受到类似的攻击，不过，它们的境遇真的好吗?

耀眼的紫光从叶鸿雁身上绽放，死神龙狼骑士团已经很久没参战了。只有在真正的厮杀中，他们的战斗力才能完全发挥出来。

三百名死神龙狼骑兵同时发起了冲锋，宛如一支利箭直插敌军中心。两千个比蒙巨兽紧随其后，它们咆哮着，分散开来全速冲锋。

四方同时出击，立刻就取得了很好的效果，龙崎努斯精锐军团就像战斗机器一般，夺走了无数恶镰的性命。

尽管恶镰大军数量极多，可是它们遇到了龙崎努斯联军中战斗力极强的精英，就只能死去。

轰然巨响之中，大片大片的深渊生物在龙崎努斯精锐战士面前倒下，混战开始。

每一个军团都有一套自己的作战方法，琴城四大步兵军团在山岭巨人身边排成了四个旋转圆杀阵，就像四个巨大的圆锯一般冲入敌军阵营之中。

一圈圈的斗气光芒闪耀着，这些身穿铠甲的步兵不断变换着自己的位置，每一轮攻击都不需要使出全力，就可以轻松地将恶镰消灭。

最外围的步兵攻击完之后便立刻后退，原本处在第二圈的步兵马上顶上来，这样他们便有足够的时间恢复，保持战斗力。

白虎、黄金、暴熊三大兽人王牌军团也展现出了它们强大的战斗力，这三大族类都是兽人族中的皇族，无一例外，它们都拥有超强的力量。

虽然它们的个体战斗力无法和比蒙巨兽相比，但是，这三大军团的兽人总数有十五万之多，总体的战斗力绝对不会逊色于比蒙军团。

琴城骑士团的战士在兽人三大军团之间游走，往往会出现在敌人最密集的地方。

这些骑士都是由叶鸿雁训练出来的，虽然琴城骑士团的整体实力无法和死神龙狼骑士团相比，但琴城骑士团的战士们都修炼了东龙八宗的斗气，胯下的坐骑更是武装到了牙齿，琴城骑士团的战斗力绝对可以与龙骑兵军团媲美。

四个军团在两位白金比蒙王的带领下与敌人厮杀。

叶音竹站在城楼，冷静地观察着城外的情况。

显然，深渊位面的指挥者没想到，这场战斗刚开始，龙崎努斯联军就派出了精锐部队。

恶镰的身体实在太脆弱了，而龙崎努斯联军这些精锐战士的战斗力又实在太强了。

双方刚遇上，恶镰大军就折损了百万兵力。每一名精锐战士都斩杀了数个恶镰，而这只是大战的开端。

叶音竹派出的这几个军团，占了龙崎努斯联军近战兵力的一半，又岂是这些炮灰部队所能阻挡的。

只是一会儿的工夫，当男巫、女巫开始施展魔法的时候，冲锋速度最快的格拉西斯和死神龙狼骑士团便穿过了恶镰大军，进入了食尸鬼的阵营之中。

格拉西斯的杀伤力实在太恐怖了，尤其是对于这些脆弱的炮灰部队来说。

战争巨兽根本没有管自己身后的龙骑兵军团，它凭借着强壮的身躯，硬生生地冲入了敌军之中。

只要围在格拉西斯身边的敌人足够多，它立刻就会施展出战争践踏，每一次都能消灭数千个深渊生物。

在格拉西斯的战争践踏面前，不论是恶镰还是食尸鬼，都会被秒杀。

论杀伤力，死神龙狼骑士团自然无法和格拉西斯相比，但它们冲锋的速度还是比格拉西斯快。

紫色的斗气光芒在战场上绽放。死神三百吸收了神龙王的能量，实力大大提升，都已经达到了紫级。这也是死神龙狼骑士团人数不多，却始终是琴城第一骑士团的重要原因。

更加恐怖的是死神三百的杀意，哪怕是高等深渊生物，在他们面前，也会感到十分畏惧。

紫光扫过，深渊大军之中竟然出现了一条笔直的通道。

比蒙军团的杀敌速度已经很快了，但当死神龙狼骑士团深入食尸鬼大军中心的时候，后面的比蒙军团还在恶镰大军外围。

虽然恶镰和食尸鬼部队数量多，但那根本不起作用，此时的它们是那么脆弱，根本无法阻挡龙崎努斯联军的脚步，联军的整体损失很小。

叶音竹之所以首先派出精锐大军应战，一方面是要震慑敌人，让精锐战士尽可能地消灭敌军，减少深渊大军的数量，另一方面，是因为这些精锐军团自保的能力是最强的，伤亡概率也最小。

他很清楚，这一次，敌军中，能够冲过四方联军，攻向要塞城楼的深渊生物不多，至少会比上次少。

有了上一场战斗的经验，利爪德鲁伊、猛禽德鲁伊、树妖德鲁伊配合城楼上的人类战士，轻松地挡住了敌军的攻势，残存的食尸鬼和恶镰根本无法对要塞构成任何威胁。

大片的尖叫声在食尸鬼和恶镰的阵营中响起，嗜血、增幅、加速等辅助魔法出现了。同时，衰老、迟缓等负面魔法也开始落在龙崎努斯联军身上。在炮灰部队中，叶音竹终于又看到了男巫、女巫的身影。

叶音竹仔细地注视着战场，通过计算，他发现，炮灰部队中，基本上每一千个食尸鬼或者恶镰中，就会有一名男巫或女巫，而在后方的魔蛛大军之中，则是每五百只魔蛛中，就会有一名男巫或女巫，憎恶大军中则是一百个憎恶配备一名男巫或女巫。

显然，男巫、女巫的辅助魔法对不同等级的深渊生物的效果也不相同。施加辅助魔法的对象实力等级越低，男巫、女巫的消耗就越小。

战斗仍在继续，时间一分一秒地过去，冲在前面的恶镰大军几乎已经被龙崎努斯精锐部队杀光了。

除了山岭巨人明以外，其他的神兽手上都有上万条敌人的性命，毕竟，它们的杀伤力实在太大了。

此时，空中的天鬼大军已经近了，它们并没有飞向要塞、攻向城楼，而是分散开来，直奔龙崎努斯联军精锐部队而去。显然，它们想通过空中打击来制约龙崎努斯精锐部队。

“想捣乱吗？”叶音竹冷冷地道，“琴帝号战斗群，是否准备完毕？”

“琴帝号准备完毕，随时可以攻击。巨龙骑士团准备完毕。”苏拉的声音通过通信装置传来。

“巨龙骑士团、琴帝号开始攻击。琴帝号使用中级魔导炮，目标为天鬼部队。”

“是！”

巨大的琴帝号终于动了。它原本就是天鬼的目标，只是因为地面部队攻击力太强，所以天鬼部队临时改变了目标。

此时，琴帝号开始主动出击。

琴帝号战斗群出现在琴城四大步兵军团附近。琴城步兵军团的战士们虽然拥有斗气，但如果被大量天鬼攻击，形势还是不乐观的。

这些战士都是琴城的精英，是东龙八宗后裔。尽管在战场上，叶音竹对战士们都一视同仁，可是，在能够选择的情况下，琴帝号的操控者——苏拉自然会先救自己人。

红色光点出现在琴帝号上，角鹰德鲁伊的飞行高度上升，避免进入琴帝号的攻击范围，而巨龙们准备多时的魔法也终于可以释放了。

“风、火两系巨龙，魔法攻击开始。”苏拉下达命令。

两系巨龙同时释放了它们的魔法，天空瞬间变成了红色的，灼热的气流在空中蔓延，仿佛火山喷发一般。

这个方向的天鬼大军顿时大惊失色，不过，它们还是径直冲向了琴帝号战斗群。

迎接它们的是琴帝号的第一轮攻击。

三百门全方位中级魔导炮发射，在无数风元素的包裹下，琴帝号以一种极快的速度旋转起来。

三百道火系红光轰出之后，能量并没有散开，而是集中轰向了天鬼军团中心。

与此同时，风、火两系巨龙再次释放了它们的魔法，要知道，那可是禁咒级别的魔法啊！

红色，漫天的红色，此时不仅是天空，就连下方的战场也被染成了一片火红。

轰鸣声突然响起，天鬼们甚至来不及发出惨叫声，就彻底死去了。

三百门中级魔导炮攻击同一个目标显然是不现实的，但在苏拉的操控下，所有火控手都将中级魔导炮的目标控制在一个范围内，这样就足够了。

当一个地方聚集了大量同种元素，甚至达到饱和的程度时，会发生什么呢？

答案很简单：爆炸。

是的，这次爆炸，比琴帝号到达深渊位面轰击双头憎恶时的爆炸更加可怕。

一个红色光环从爆炸点向外扩大，天空中出现了无与伦比的绚丽景象。

红色光环所及之处，天鬼的身体立刻消失，连渣滓都没有剩下。

这一次，深渊大军派出了所有的天鬼，单单这一个方向上就有一百多万个天鬼。可经过这一轮轰击，队伍中央的三十万天鬼已经消失，随着红色光环的扩大，伤亡数字还在不断增加。

与此同时，巨龙们的魔法再次准备就绪。数个风火两系禁咒融合在一起，火借风势，不断蔓延，将这个方向上三分之二的天鬼大军都围了起来。

风系禁咒令火系禁咒覆盖的范围变得更大，火焰燃烧得更旺，天鬼大军悲号着，只有速度最快的天鬼，才有逃出生天的可能性。

龙崎努斯联军又一次在战场上展现了超强的杀伤力。

这支天鬼大军瞬间就被击垮了，伤亡数量超过五十万，剩下的七十余万天鬼也在火元素的影响下四散飞逃，无比混乱，更不用说俯冲下去攻击琴城四大步兵军团了。

琴帝号战斗群并没有在这个方向停留。五千名角鹰德鲁伊射出了三轮箭雨，消灭了更多天鬼之后，就跟随琴帝号朝着另一个方向而去。

此时，由于天鬼大军的加入，龙崎努斯联军精锐军团已经有了损失。

死神龙狼骑士团和比蒙军团那边没什么问题，凭借过人的防御力，他们承受着敌军的火力，冲入敌军战阵之中继续杀敌。

虽然百万天鬼的目标很明确，但其想要伤害到防御力极强的比蒙巨兽和拥有紫级斗气的死神龙狼骑兵，还差点火候。

但是，兽人族三大王牌军团就没这么幸运了。

尽管这些兽人实力不弱，可它们的防御力还是不能和比蒙巨兽相比。

对兽人来说，承受一两道冲击波没什么，但很多兽人都要同时面对十余道冲击波，因此它们受伤了，有些兽人甚至会立刻死去。

格拉西斯那边的情况好一些，龙骑兵的速度极快，叶音竹之所以让龙骑兵第一军团出击，就是因为第一军团的坐骑都是埃里克敏龙。

凭借着极快的速度和防御力极强的铠甲，第一军团的龙骑兵们成功挡住了天鬼大军的攻击。

至于攻向格拉西斯的那些冲击波，对于战争巨兽来说，根本就像搔痒一般。

琴帝号战斗群选择的第二个方向就是兽人族三大王牌军团这一方向。

琴帝号的中级魔导炮还没冷却完毕，所以无法再次发威，但是，巨龙们的魔法早已准备好了。

为了更好地援助兽人，在苏拉的命令下，除了风、火两系的巨龙以外，其他的巨龙都释放魔法，攻击这个方向的敌军。

禁咒的威力是很大的，尽管这边的天鬼已经见识过琴帝号战斗群的厉害，在其飞过来时，天鬼们就已经散开了，可还是有三十多万天鬼在禁咒中死去。

不论是这个方向，还是琴帝号之前攻击的方向，最令天鬼大军头疼的，就是在数以百计的禁咒轰击之后，空中产生了元素乱流，它们很难继续飞行，那一片天空便成了禁区。

这也是琴帝号战斗群一击即退的重要原因，那样的元素乱流，只有防御力极强的琴帝号才能承受，角鹰德鲁伊和巨龙都不敢多作停留。

琴帝号支援这个方向的时候，那一千条骨龙也出动了，它们飞向了格拉西斯那一方。

它们或许没有阴龙那么庞大，也很难再施展魔法，但是，这些骨龙生前的魔法力都融入了骨骼之中，所以，论肉搏能力和防御力，它们比普通巨龙更加强大。

因此，这一千骨龙选择了以肉搏的方式攻击天鬼大军。

它们加入之后，这个方向上的天鬼遭受重创，令下方的龙骑兵军团也轻松了不少。

叶音竹一直在密切关注着战场上各方的动向。尽管眼前发生的这一切都在他的预料之中，可战士们的伤亡还是令他的心阵阵抽痛。

敌人的数量实在太多了，哪怕是己方的精锐军团，在这样的混战中也不可能毫发无伤。

敌军的数量大幅减少，而己方的伤亡人数也不断增加，叶音竹不禁皱起了眉头。

空中的那些天鬼是个大麻烦。虽然琴帝号战斗群实力不俗，但天鬼的数量实在太多了，经过第一轮魔法攻击，真正被消灭的天鬼也只有总数的八分之一，甚至更少。

而在释放了这一轮禁咒之后，除了一些实力极强的巨龙以外，普通巨龙已无法发动禁咒了，一方面是因为在深渊位面，巨龙恢复的速度太慢，另一方面，巨龙想要维持一定的战斗力，就不能消耗太多魔法力。

虽然琴帝号还有高级魔导炮和寂灭之炮，但那些都是琴帝号的撒手锏，不到关键时刻绝对不能轻易使用，而中级魔导炮还需要时间冷却。

由于这个位面的魔法元素比龙崎努斯大陆少，所以，空中的元素乱流也不像叶音竹预料中那么恐怖，而且消散的速度非常快。

一旦元素乱流消失，那数百万天鬼就很难对付了。

就在这个时候，深渊大军的战斗方式发生了变化。

恶镰大军和食尸鬼大军损失惨重，不知道深渊四国是如何命令炮灰部队的，它们没有冲向要塞，而在全力围攻龙崎努斯联军精锐军团。炮灰部队后方的魔蛛大军飞速散开，向后撤退，让憎恶大军顶了上来。

憎恶可不像食尸鬼和恶镰那么脆弱，它们的平均身高超过六米，力量极强，还能释放瘟疫，比炮灰部队强多了。

憎恶大军一加入战斗，大战就立刻陷入了胶着状态。

最令龙崎努斯联军头疼的是，那些魔蛛混在憎恶中间，不断吐着坚韧的蛛丝。蛛丝不但令龙崎努斯联军的速度减慢，而且也让联军受到的伤害大幅增加，就连战士们的铠甲也被腐蚀了。

如果说之前龙崎努斯联军所向披靡，那么，当憎恶和魔蛛联手成为战斗主力之后，战局就朝着对深渊大军有利的方向发展了。

联军精锐军团的伤亡人数大幅增加，尽管战士们的攻击力极强，奈何敌人的数量实在太多了。

食尸鬼和恶镰的总数多达两千万，消灭这些低等深渊生物固然容易，但联军战士们的消耗还是不小。

那些食尸鬼和恶镰不停地攻击，联军的战斗力也在逐渐降低，他们消耗了太多体力。

就在这个时候，憎恶和魔蛛组成的大军出现了，凭借憎恶的防御力和魔蛛的阴险招数，它们取得了一定的优势，战局变得复杂起来。

琴城四大步兵军团的旋转圆杀阵运行得越来越慢。

兽人族三大王牌军团的战斗力下降得最快，它们没有良好的防御装备，而憎恶的力量并不比它们弱，数量又比它们多，这一交手，顿时就令兽人族三大王牌军团陷入了苦战。在大量蛛丝的影响下，辅助兽人军团的琴城骑士团的速度也没之前那么快了。

琴帝号暂时解决了三个方向的天鬼，只有死神龙狼骑士团和比蒙军团所在的方向没能及时支援。

此时，虽然死神龙狼骑士团在快速地冲锋，但敌军战术已经改变，憎恶用身体挡住了骑兵们的去路，死神龙狼骑士团和比蒙军团渐渐被围上来的深渊生物困住了，给天鬼大军创造了攻击机会。琴城两大王牌军团的战斗力受到了极大的限制。

叶鸿雁抬起头，冷冷地看了一眼空中的天鬼。

叶鸿雁身着铠甲，天鬼的冲击波落在他身上，除了给他带来一定的冲击以外，根本不会伤到他。

论装备，死神龙狼骑士团绝对是所有军团中最好的，哪怕是法蓝骑士团的装备也无法与他们的装备相比。

叶鸿雁手中的长剑斜指天空，他喝道：“死——神——”

一声怒吼从叶鸿雁口中发出，紧接着，三百名死神战士同时举起长剑，指向天空。

刹那间，战士们的气息发生了天翻地覆的变化。

他们胯下的龙狼突然变得暴躁起来，不断喘着粗气，迅速消灭着周围的憎恶和魔蛛。

深灰色的光芒从死神战士的剑尖射出，顷刻间便笼罩了龙狼。死神战士身上暗蓝色的铠甲都变成了黑色的。

周围寂静下来，不论是天鬼，还是围攻死神战士的憎恶和魔蛛，这一刻，它们的行动似乎都变得迟缓了。

“杀——”三百名死神战士同时发出了怒吼。

黑色能量从他们的长剑之中喷出，竟然在空中形成了一个黑色旋涡。旋涡盘旋上升，所有天鬼的冲击波都被吸了进去。

旋涡没有发出任何声音，它很静，但它越是这样静静地吸收冲击波，越让人觉得可怕。

裁决神力，死神龙狼骑士团拥有的特殊技能，终于在这危急关头使出来了。

那巨大的黑色旋涡仿佛有无穷的吸力，第一个天鬼被吸入其中然后消失，紧接着是第二个、第三个……

大片大片的天鬼被这黑色旋涡吞噬，眨眼间，空中就出现了一片空旷的区域。

最为恐怖的是，吞噬了天鬼之后，这黑色旋涡不但没有消失，反而变得更大了，其中蕴含的能量也变多了。

看到这一幕，不仅深渊生物颇为吃惊，连叶音竹也有些吃惊，他没想到，事情竟然会变成这样。

那巨大的黑色旋涡竟然发挥出了这么大的威力，一眨眼的工夫，就吞噬了那么多天鬼。等其他的天鬼反应过来，四散逃命的时候，已经有十万多个天鬼被吞噬了，旋涡也变大了百分之五十，仍在急速旋转着。

为什么会这样？

叶音竹的大脑飞速运转，他渐渐想起了当初妮娜奶奶的话。

裁决神力是谁的力量？那是死神的力量。

死神的力量是什么？自然是最纯净、最高等的死灵能量。而深渊位面中的主要能量不就是死灵能量吗？

叶音竹恍然大悟。在这个位面中，死神战士们会消耗斗气，消耗的速度甚至比在龙崎努斯大陆时更快，但是，施展裁决神力时的情况不同。

死神战士们施展裁决神力时，每杀死一个敌人，裁决神力都会吸取深渊生物的死灵能量作为死神战士们的补给，这样他们就可以储备一定的能量了。

叶音竹突然发现，自己竟然找到了对付深渊生物的王牌。

“鸿雁，继续使用裁决神力。”叶音竹的声音远远地传了出去。

第三百二十四章

深渊位面的牛和蝎子

叶鸿雁自然也发现了裁决神力的不同。

他再次挥动长剑，那巨大的黑色旋涡瞬间化为三百道深灰色光芒，从天而降，分别注入死神战士们体内。

死神战士们身上的深灰色光芒比之前更加耀眼了，身上的蛛丝顷刻间消失了。

死神龙狼骑士团吸收了裁决神力之后，再次发起了攻击。

这一次，憎恶和魔蛛无法阻挡死神龙狼骑士团前进的脚步了。

裁决神力附着在死神战士们的武器上，所到之处，敌人全部化为深灰色光芒消失，或者说是融入了死神战士们体内，为死神战士们补充能量。

在死神战士们面前，憎恶的身体只会化为死灵能量消失，而不会成为阻拦死神战士们的绊脚石。

普通死灵能量经过裁决神力的过滤之后，补充到死神战士体内的就不多了，无法与消耗的能量相抵，但裁决神力可以提升死神战士们持续战斗的能力。

要知道，就算经过这些年的努力修炼，在龙崎努斯大陆上，死神战士们施展裁决神力时，还是只能维持一刻钟左右，这已经是他们的极限了。

更多的时候，他们只能施展一次裁决神力，然后就必须换回斗气攻击，仅仅施展一次裁决神力，也会令他们消耗大量能量。

之前发动裁决神力，叶鸿雁本来是想利用它来杀出重围的，没想到，在深渊位面，裁决神力居然有这种奇效，尤其是面对数量众多的敌军时，死神战士们能够吸收它们的死灵能量，更能持续战斗。

眼看裁决神力发威，叶音竹暗暗松了口气。为了同时观察四个方向的战况，他早已飞入半空之中。

“西方军撤回要塞。”撤退的命令下达，西方军正是兽人族三大王牌军团和琴城骑士团。

随着憎恶和魔蛛的联合，天鬼又渐渐恢复了战斗力，西方军已经陷入了步履维艰的境地。幸好琴帝号战斗群的巨龙开始与西方的天鬼大军交战，他们的情况才没有变得更糟。

“东方军撤退。”以明为首，琴城四大步兵军团也在叶音竹的命令下开始朝要塞撤退。

叶音竹之前命令大军在要塞五里范围内战斗，就是为了方便撤退。

南北两个方向，一边有死神龙狼骑士团，另一边有格拉西斯，目前战况还算好，叶音竹并没有叫他们撤退。

“法蓝骑士团往东方、西方出击，接应撤回的军团。所有魔导炮充能，城楼上的土系魔法师准备。”

法蓝骑士团是唯一不曾出战的精锐军团，在这一刻，他们起到了关键的作用。

在叶音竹的命令下，东、西两边共八座城门齐开，法蓝十二个骑士团出击，尽管每边只有六万名法蓝骑士，可法蓝骑士并非常人，法蓝骑士团也无愧于精锐军团的称号。骑士们的坐骑魔兽同时释放魔法，挡住了空中的天鬼和地面的憎恶、魔蛛，掩护着东西两方向的军团，朝要塞撤退。

“龙骑兵第一军团撤退。”当东、西两方大军缓缓撤退的同时，叶音竹对龙骑兵军团也下达了命令。

魔蛛的蛛丝多到一定程度之后，对埃里克敏龙速度的限制同样很大。

在这种情况下，龙骑兵军团的伤亡数字开始大幅增加，而一旦战士们的尸体沾染上瘟疫，立刻就会成为憎恶的食物。

至于格拉西斯，叶音竹没管它，在战场上，除了纵横无敌的死神龙狼骑士团之外，就属格拉西斯杀得最兴奋。

凭借着强壮的身体、强大的防御力，格拉西斯杀敌无数，根本就没有深渊生物能够抵挡。

魔蛛竟然企图用蛛丝来限制格拉西斯的速度。

哪怕是一万只魔蛛的蛛丝同时落在格拉西斯身上，它也能凭借自己的力量挣脱。

更何况，虽然从表面上看，这家伙粗豪得很，但实际上它心思非常缜密。在这战场上，格拉西斯打得很过瘾，可也没忘记自己的目的。

只要身边的深渊生物的数量多到一定程度，格拉西斯就会立刻使出战争践踏。

魔蛛根本没有能力抵抗战争践踏，马上就会死去，距离近的憎恶也是同样的下场，哪怕是离格拉西斯远一些的憎恶，没有被震死，也会受到不小的伤害，进入眩晕状态。

既会战争践踏，又会正面冲撞，谁能拦得住格拉西斯？

要不是格拉西斯经常出现在龙骑兵军团附近，使出战争践踏来减少龙骑兵军团的压力，这些龙骑兵的伤亡人数只怕会更多。

龙骑兵第一军团撤退了，格拉西斯就更能全力战斗了，它已经很久没有这么兴奋了。

龙崎努斯联军的高层们都知道格拉西斯在战斗中的作用很大，所以，谁也不会吝惜食物。这段时间，格拉西斯可以说是每天都吃饱喝足了。虽然伙食不见得有多好，但格拉西斯已经很开心了。吃饱了之后，这个大家伙的战斗力始终保持在巅峰状态，体内积蓄的能量足够让其长时间战斗。

四方军团缓缓撤退，战场上，食尸鬼和恶镰大军的主力已经被击溃，总数量仅剩不到三成，可见之前的战斗有多惨烈！

与此同时，另一批来支援的深渊生物也已经出现在了战场之上。

和叶音竹预想的不同，深渊位面并没有派出阴龙。这次出现的虽然也是空军，但看上去和阴龙差别很大。

那是一种黑色的大鸟，体长大约是阴龙的三分之一，有两个头，两个头上各有一颗黑色的宝石。黑色的大鸟扇动巨大的翅膀，缓缓朝着要塞飞来。

令叶音竹惊讶的是，这种黑色大鸟的数量很少，甚至比叶音竹猜测中的阴龙数量更少。

黑色大鸟一共才三千只，而且是从同一个方向飞出来的。

但是，叶音竹并没有因为敌人数量少而放松警惕，因为每只黑色大鸟背上都端坐着一名男巫或女巫。

一百个憎恶才配备一名男巫或女巫，而此时，每只黑色大鸟都有一名男巫或女巫指挥，可见它们在深渊大军中的地位有多高了，至少不会比男巫、女巫的地位低。

奇怪的是，这三千只黑色大鸟在距离要塞还有二十里左右时突然停了下来，一声声尖叫不断从它们背上的男巫、女巫口中发出，下方正在朝要塞前进的深渊大军在尖叫声中停了下来，不再前进。

那三千只大鸟缓缓抬起双头，诡异的一幕出现了，它们竟然朝空中喷出了一股股黑色气体，而当这些黑色气体接触到之前出现的元素乱流时，元素乱流竟然变成了紫红色的。大鸟快速将其吸入体内，鸟头上的两颗黑色宝石也因此变成了紫红色的。

黑色大鸟不断吸收元素乱流，空间中的元素乱流很快就没了，之前散开的天鬼也飞快地在空中聚集，飘浮在这三千只双头黑鸟周围。

战斗陷入了僵局之中，叶音竹的心突然跳得很快，他隐约感到不妙，立刻下达命令："比蒙军团、死神龙狼骑士团撤退，格拉西斯回来。琴帝号战斗群，返回要塞。"

此时，之前撤退的几个军团都已经返回要塞，还留在战场上的就只剩下两个王牌军团和格拉西斯了。

死神龙狼骑士团和比蒙军团在接到叶音竹的命令后，飞快地朝要塞撤回，就算是憎恶大军、魔蛛大军也无法阻挡他们。而空中的巨龙和骨龙也不再攻击天鬼，听从叶音竹的命令，回到琴帝号周围，快速向要塞撤去。

毁灭，那黑色大鸟一定是毁灭。

叶音竹思索着，在高斯芭的记忆中，有一种深渊生物是他没见过的，叫作毁灭。

这种深渊生物十分强大，属于高等深渊生物，只是很少出现，没想到，此时竟出现在了战场上。

虽然不知道毁灭的攻击力如何，但从它们吸收元素乱流的能力来看，其实力肯定不弱。

就在叶音竹思考该如何对付这些毁灭的时候，空中的三千只毁灭同时发起了攻击，它们的攻击目标完全相同。

三千道紫红色光芒落下，射向同一个目标，正是撤退的格拉西斯。

格拉西斯今天打得无比兴奋，死在其手上的深渊生物不计其数。

它不断使出战争践踏，虽然消耗了不少体力，但战果丰硕，至少有数十万深渊生物在它面前倒下。

格拉西斯自然发现了空中落下的紫红色光芒，但它并没有在意。

面对深渊生物的攻击，格拉西斯从来不曾闪躲，再说，它身躯庞大，想要闪躲也有些困难。

格拉西斯若无其事地朝着要塞撤退，当那紫红色光芒快要落到它身上时，突然，它隐约感觉到不妙。

身为神兽、次神级强者，格拉西斯的直觉还是非常敏锐的。

格拉西斯怒吼一声，身上突然绽放出乳白色光芒，瞬间将防御力提升到极限。

按道理来说，三千道光芒攻向同一个目标是不可能全部命中的，哪怕格拉西斯的身体巨大也不可能。但那三千道紫红色光芒就像长了眼睛一般，有的甚至在空中调整了方向，最后，全部准确地轰在了格拉西斯身上。

“轰——”

格拉西斯的身体瞬间变成了紫红色，一声无比凄厉的惨叫从它口中传出，格拉西斯直立起来，那紫红色的光芒很快包围了它。

格拉西斯在颤抖，这是叶音竹的第一个发现。

不好！显然深渊生物早就注意到格拉西斯了，它给深渊大军造成的伤害是最大的，难道这些毁灭就是为了杀格拉西斯才出现的？

叶音竹意识到这一点之后，立刻从城楼飞了出去，众人只见一道耀眼的金色光芒闪过，可见叶音竹的速度何等之快！

此时，格拉西斯距离要塞已经不远了，叶音竹很快就来到了格拉西斯面前，一掌拍在格拉西斯额头上。

澎湃的生命能量如同潮水一般涌入格拉西斯体内，叶音竹感受到了那紫红色光芒的属性。

那紫红色光芒有火与暗两种属性，还附加了疯狂的效果。

紫红色光芒急速腐蚀着格拉西斯的身体，攻击力之强令人咋舌！格拉西斯防御力那么强，其身体表面都出现了道道伤口。

“变回人形！”叶音竹大喝一声。

格拉西斯借助叶音竹传入的生命能量，飞快地变回了人形，紧接着，叶音竹使出瞬间转移，强扯着他返回了城楼。而就在下一秒，又有三千道紫红色光芒落下，重重地轰击在地上。

表面上看来，地面并没有任何变化，实际上，那周围的土地都受到了影响，坚硬的黑色岩石变成了一片沼泽。

紫红色光芒让坚硬的石头化成了淤泥，可见其腐蚀性有多强。

回到要塞城楼，格拉西斯身上的紫红色才缓缓褪去。

“哇”的一声，格拉西斯喷出一口鲜血，他抬头看向空中的毁灭，眼睛里充满了愤怒和不甘。

“要不是我战斗时消耗的能量太多，那几只鸟也别想伤到我。”

要知道，之前在数十万天鬼的攻击下，格拉西斯也没有受到任何伤害，而此时三千只毁灭的攻击就令他受到了重创，要不是叶音竹及时出手，格拉西斯能否活着回来都是未知数。

这些毁灭的攻击力竟然如此强吗？

哪怕是几十个禁咒同时落在格拉西斯身上，也不会产生这样的效果吧。

要知道，与刚被叶音竹等人降伏的时候相比，现在的格拉西斯强大得多，对手若是单拿一件超神器，不一定能压制住他，如此强大的他，竟然都被毁灭伤到了。

此时，精锐军团终于全数撤回了，因为毁灭的注意力都在格拉西斯身上，所以比蒙军团和死神龙狼骑士团并没有遇到什么阻碍。

从表面上看，龙崎努斯联军一方又获得了巨大的胜利，比上一场战斗的成果更加丰硕。

食尸鬼和恶镰这两支深渊大军被彻底击溃，剩下的不足以对联军构成威胁，魔蛛和憎恶伤亡数量颇多，天鬼大军也减少了五分之一。

但是，那些毁灭令叶音竹的心情变得十分沉重。

他知道，之前，深渊大军的反应慢了些，指挥者没有猜到他会直接派出最强的军团应战，但现在到了深渊大军的主力出击的时候了。

那些毁灭没有带领天鬼和地面部队追击，恐怕就是在等待其他由高等深渊生物组成的大军。

仿佛是在证实叶音竹的想法一般，毁灭没有追击。魔蛛、憎恶大军缓缓地集结，静静地等待着。天鬼护卫在毁灭身边，也没有继续前进。而后方的深渊大军却开始移动了，又有不少深渊生物飞上了天空。

叶音竹的瞳孔收缩了一下，他暗暗苦笑，正所谓“怕什么来什么”，他最不希望面对的就是由大量高等深渊生物组成的空军。眼前的三千只毁灭就已经让他感觉十分棘手了，可后方的空军更多。

首先映入眼帘的是一万条阴龙。

尽管这些阴龙并不全像薇牙和细牙的坐骑那么大，可是它们的肉搏能力强，而且太阴之火的攻击力更是可怕，单是这一万条阴龙，就不是叶音竹一方的空军所能对抗的。就算是琴帝号战斗群，想要挡住这些阴龙也需要消耗大量能量。

不过，这一万条阴龙好像在护卫着什么，它们不是主力。

叶音竹看到，在阴龙中间，大约有一千头特殊的飞行生物。

这种生物看上去很奇怪，身体宽约十米，长度不足五米，它们的飞行速度很慢，阴龙本来就飞得不快，可它们比阴龙还要慢，其速度甚至不如普通骑兵。

看着阴龙小心地护卫着这些飞行生物的样子，叶音竹的心越来越沉。这种速度奇慢的生物，必定有着过人之处。

最让叶音竹担心的是，这种飞行生物并没有出现在他之前发现的深渊生物的名单中，也就是说，他对眼前这种深渊生物一无所知。

地面上的深渊大军同样恐怖，双头憎恶部队，以及各种高等深渊生物的混合大军缓缓前进，在这支大军中，也有一些深渊生物是叶音竹没见过的，其中，两个数量均超过十万的军团引起了叶音竹的注意。

这两个军团中的深渊生物模样都很奇特。

一种是身躯庞大的深渊生物，它身长超过四十米，强壮得像缩小版的格拉西斯。它们的样子有点像猛犸，但比猛犸更大，而且它们头部前端有两只长达十五米的大螯。那大螯看上去就像两柄巨大的板斧，可以想象其攻击力有多强。

哪怕是双头憎恶，在这种深渊生物面前，也像小孩子一般。十万头如此巨大的深渊生物出现在战场之上，所产生的压迫力可想而知。

叶音竹暂时称它们为魔牛，因为它们头上的大螯有点像牛角，不过，这大螯可比牛角锋利多了。

另外一种深渊生物很小，比魔蛛更小，身长大概只有两米，像是大一点的蝎子。

本来在深渊大军中，这种小小的生物是不会引人注目的，但它们所处的位置让叶音竹不得不注意到它们。因为，这些魔蝎就在魔牛背上，每一头魔牛背上都有一只魔蝎，而且，魔牛似乎听从它们的指挥。

加上在空中飞行的大螃蟹，已经出现了三种叶音竹闻所未闻的深渊生物了。这三种深渊生物显然是深渊大军的主力。

所有深渊生物都在缓缓向前逼近，决战的时刻就要来临了吗？

叶音竹深吸一口气，他知道，现在不是慌张的时候，如果自己都慌了，那龙崎努斯联军还怎么抵挡敌人？现在他手中还有一张王牌——法蓝的魔法师，也只有依靠魔法师们的力量，才有可能挡住敌人的攻击。

一道道黑色身影出现在深渊大军之中，这些黑影的前进速度很快，一会儿的工夫就到了队伍前方。它们的样子和叶音竹见过的影魔有点相似，但它们的身材矮小一些，显然是低等影魔。

深渊大军一直行进到毁灭和天鬼下方，它们并没有直接发起攻击，而是停了下来，缓缓散开，将龙崎努斯要塞团团围住。这次，它们将要塞包围得更加紧密了。

此时，所有的深渊生物全部出现在了龙崎努斯联军眼前。

深渊生物中数量最多的就是魔蛛和天鬼，魔蛛的总数超过了五百万，空中的天鬼至少还有三百多万。

普通憎恶的数量还有两百多万，双头憎恶也有几十万之多，再加上残存的食尸鬼、恶镰，单是它们，总数就超过了一千万。

而除了它们之外，还有一支人数极多的军队出现在了龙崎努斯联军面前。

之前这支军队一直隐藏在深渊大军后方，就在深渊大军前进的时候，这支军队中的深渊生物们仿佛是从地下冒出来的一般，全员现身，总数达到了一千万。

这些深渊生物的样子看上去颇为怪异，它们的身体高达两米，没有四肢，样子有些像蛇，但它们的身体比蛇更粗，靠尾部支撑身体。

叶音竹第一次来到深渊位面时没有见到这种深渊生物，但后来再来深渊位面时曾注意到它。它们的名字叫刺蛇。

刺蛇是一种低等深渊生物，在深渊位面中，它的地位比食尸鬼和恶镰的地位高一点，但比魔蛛的地位低一些。刺蛇的攻击方式很简单，就是喷射具有腐蚀性的毒液。

刺蛇的防御力跟恶镰的防御力差不多，它的身体非常脆弱。哪怕是与防御力极弱的食尸鬼搏斗，刺蛇也敌不过食尸鬼。所以，当初叶音竹并没有注意到它。

在黑妖国中，刺蛇的数量很少，没想到，它们竟然成了战斗主力之一。

此时，刺蛇大军依旧位于深渊大军的最后方。

这些主力，加上高等深渊生物，此时，龙崎努斯联军面对的敌人，总数超过了三千万。

叶音竹清晰地看到，一些领主级别的深渊生物出现在了敌军的阵营之中，显然，下一轮攻击绝对不仅仅是试探了。

其实，深渊大军一方感到十分吃惊。指挥者怎么也没有想到，两千万炮灰部队竟然这么快就败了。尤其是格拉西斯展现出的实力，带给了他们深深的震撼。指挥者再也按捺不住了，决定发起总攻。

“来吧！”叶音竹眼中流露出几分杀意，“这一刻迟早都要来临，只要能够挡住深渊大军的这一轮攻击，那么，胜利终将属于我们。”

龙崎努斯要塞内，所有军团都在密切地注意着敌人的动向，所有战士都已经做好了准备。

联军战士们纷纷从通道中走出来，进入备战位置，随时准备顶替前线战士。

深渊大军并没有直接发起攻击，魔牛大军首先行动了。

那些魔牛并没有朝要塞冲锋，而是快速散开。十万头魔牛分散开来，均匀地分布在深渊大军之中。

它们要干什么?

叶音竹心中疑惑，却并没有行动。

拖延时间对己方有利，之前出战的联军精锐军团都需要时间休整，消除身上的瘟疫。

传令兵将前一场战斗的伤亡数字报了上来。之前那一战中，只有比蒙军团和死神龙狼骑士团没有损失，其他各军团都有伤亡，其中，龙骑兵军团、琴城四大步兵军团和琴城远程攻击军团的损失颇大，死亡人数超过了十分之一。

听完汇报之后，叶音竹神情凝重，他知道，现在不是心疼的时候，更加惨烈的战争还在等着他们。

当深渊位面连续几个月没有采取任何行动时，叶音竹就预料到了，这一战必定艰难。

敌人整合了深渊四国的力量，集结了几千万深渊生物，恐怕不仅是想消灭龙崎努斯联军那么简单，深渊生物甚至想直接攻下龙崎努斯大陆，这才是深渊四国国主真正的目的。而现在看来，这支深渊大军也确实强大。

从开战第一天到现在，深渊大军的整体损失应该超过了两千万，这个数字听上去吓人，但死去的深渊生物大都是炮灰，深渊大军的精锐兵力并没有折损多少，只有那些被角鹰德鲁伊消灭的男巫、女巫地位高一点。

反观龙崎努斯联军一方，在战斗中的伤亡人数为五十万。这还是战术得当，利用了以强对弱之法的结果。如果不是派出了龙崎努斯精锐大军，想要消灭炮灰部队也是不可能的。

尽管紫晶军团尚未归来，可叶音竹还是有一定的把握，凭借要塞的防御工事，深渊大军只要没有一举攻破要塞，那么，以后它们也没有机会了。

深渊生物想要恢复死灵能量，必须依靠吞噬，而那么多低等深渊生物都已经灭亡了，深渊大军如何能够恢复死灵能量呢？从这一点来看，龙崎努斯联军虽然在陌生的位面作战，但还是有优势的，他们的恢复能力明显强于对手。

叶音竹想到这里，脸色突然变了，因为魔牛背上的魔蝎突然动了。

大片大片的黄色浓雾从那些魔蝎口中喷出。浓重的黄雾缓缓升腾，在空中聚集，再扩散开来，就像一个巨大的雾罩，渐渐将地面的深渊大军笼罩在内。

这是什么？魔法？还是毒气？

叶音竹的瞳孔骤然收缩了一下，很快他就得到了答案。

在生命能量的作用下，叶音竹的视力甚至比精灵弓箭手的视力更好。

尽管有黄雾的阻挡，可他还是看到，那些魔蝎接连喷出几口黄雾之后，便有一批恶镰和食尸鬼来到了魔牛身边。

然后，一道黄光从魔蝎身上射出，落在恶镰和食尸鬼身上，这些低等深渊生物随即化为飞灰，或者说是死灵能量，被魔蝎吸入腹中。

能够直接吞噬恶镰和食尸鬼，这些魔蝎绝对是高等深渊生物，但它们的外形并不像人类。

魔蝎吞噬恶镰和食尸鬼之后，再次喷出黄雾。一会儿的工夫，深渊大军就被浓重的黄雾笼罩住了。

叶音竹不知道这黄雾的作用是什么，只知道魔蝎通过喷吐黄雾将死灵能量转换成了另一种形式的能量。

可是，它们的目的是什么呢?

很快，叶音竹就知道了为什么魔蝎要喷吐黄雾，也知道了为何深渊大军没有直接发起攻击。

当黄雾弥漫，将地面的深渊大军笼罩在内之后，所有的深渊生物就开始吞噬地上的尸体，吸收低等深渊生物的死灵能量。

在之前的那一战中，被战争践踏消灭的深渊生物和被裁决神力净化的深渊生物，其死灵能量都被震散了，但大部分深渊生物的尸体还是留了下来，不过，很多都已经损毁，其中残存的死灵能量很少。很少也比没有强，每一分死灵能量对于深渊生物来说都是珍贵的。

叶音竹的心一阵发冷，如果说杀死两千万低等深渊生物是一场巨大的胜利，那么，眼前深渊生物们就是在吞噬龙崎努斯联军的战果。

眼看胜利的果实被深渊大军缓缓吞噬，叶音竹闭上双眼，深呼吸，调整精神力，尽可能地让自己冷静下来。他知道，自己现在必须保持冷静，否则，敌人便会乘虚而入。

第一场大战之后，龙崎努斯联军利用冰雪风暴和风卷残云，将深渊生物的尸体毁掉了，深渊大军没能将其吞噬，这次深渊大军依旧采用同样的策略，而且是全军出动，可想而知，它们是有备而来的。如果自己贸然派兵攻击，或者让魔法师们释放魔法，很有可能会落入敌人的圈套。

第三百二十五章

一脚踏入神级的乐曲

目前双方大军仍处于僵持状态，一旦这平衡被打破，双方便立刻会分出高下，龙崎努斯联军若落入下风将很难逆转败局，所以，此时叶音竹宁可保守一点，也不能激进。

叶音竹善于出奇制胜，而此时的战况却给他出了个难题。

睁开双眼时，叶音竹已经冷静下来。

此时，虽然深渊大军将龙崎努斯要塞团团围住了，但其主力都在一个方向。

叶音竹飘然而起，落在城楼上。镇守在这方城楼上的将领，正是奥利维拉。

眼看叶音竹从空中落下，奥利维拉赶忙迎了上去。

奥利维拉的脸色有些难看，道："音竹，现在怎么办？要是让这些深渊生物继续吞噬下去，我们之前的心血可就白费了啊！而且，这些较为高等的深渊生物不断吞噬死灵能量，一旦其实力提升，我们就更难抵挡它们的攻击了！"

叶音竹看着奥利维拉，道："正面作战，你的经验比我丰富，奥利维拉大哥，你觉得现在我们应该怎么对付它们？"

奥利维拉道：“面对这样的情况有三种方法，第一种，我们趁它们还没有吞噬完毕，立刻发起攻击，不给它们吞噬的机会，并且尽可能地消灭它们。逼退敌人之后，我方再凭借魔法毁掉那些深渊生物的尸体。如果能够成功的话，就最好了，这种方法显然对我们是最有利的。

“但是，采取这种方法的风险也是最大的。一旦失败，那么，我们很可能没有退路，毕竟我方精锐战士在上一场战斗中消耗很大，战斗力也大不如前。而如果没有精锐大军出战，我们是不可能逼退敌人的。

“最关键的是，敌人数量实在太多，龙崎努斯联军一旦出了要塞，我们的防御工事就发挥不了作用了，又没有永恒之树的辅助，对我方实在不利，可以说是以己之短，攻敌之长。所以，这第一种方法虽然效果最好，但并不可取。”

叶音竹仔细听着奥利维拉的话，突然抬手，一个硕大的火球从他掌心射了出去。

他用原力凝聚成了一个爆裂火球，火球飞向了黄雾。

“那另外两种方法呢？”叶音竹道。

奥利维拉道：“另外两种方法无非就是完全防御和攻防结合。依我看，完全防御更加稳妥。这样我们的战斗力就可以充分发挥出来，只是，空中的敌人很难办。天鬼还有那么多，再加上那两种高等飞行生物，我们很难抵挡这一轮空袭。如果敌人的空军和地面大军联合起来，冲击我们的要塞，我方恐怕凶多吉少。”

叶音竹和奥利维拉的想法差不多，听了奥利维拉的意见，他心中也就多了几分把握。

正像叶音竹担心的那样，当爆裂火球落入那片黄雾之中时，黄雾立刻发挥了作用。

“噗”的一声，爆裂火球在黄雾中消失了，没有对敌军造成任何伤害。

虽然这只是一个用原力模拟出来的低级魔法，但叶音竹是什么人？他施展的低级魔法也有相当大的威力，可那爆裂火球瞬间就消失了，可见这黄雾对于魔法有极强的抵抗力。

敌军有黄雾保护，龙崎努斯联军的魔法师就算全力攻击，也未必能够给它们造成很大的损失。

更加重要的是，现在深渊大军距离龙崎努斯要塞还有一段距离，准确地说，它们在大部分魔法师的攻击范围之外。此时魔法师们如果贸然发起攻击，完全是在浪费魔法力。

“大哥，这边就交给你了！从现在开始，你们负责指挥四方城楼上的战士们防御地面的敌军，我不再下达命令。至于空中的敌人，就交给我吧。它们真的以为凭借这些黄雾就能为所欲为吗？我不会让它们如愿的。只是，大战可能很快就要打响了，大哥，地面防御就拜托你了。”

奥利维拉心中一惊，道：“音竹，你要去指挥空军？”

叶音竹冷静地点了点头。

奥利维拉深深地看了叶音竹一眼，他很清楚现在战场上哪里最危险。

一万条阴龙，由女巫指挥的毁灭，还有大螃蟹和数百万天鬼，这样一支空军绝对不是那么好对付的。

“好！这边就交给我了，只要我还活着，必定不让敌人踏入要塞一步。”

叶音竹和奥利维拉的目光在空中交会，他们紧紧握住了对方的右手，下一刻，叶音竹立刻下达了命令：四方防御工作交给四位副统帅。

随后，他朝空中飞去，同时，他也向精灵族下达了一道命令：“精灵龙、双头奇美拉升空。”

敌人的全部本钱都已经拿出来了，这个时候绝对不能吝惜力量，叶音竹的底牌也亮了出来。

龙崎努斯要塞内顿时出现了一支空军。这支空军的数量并不多，只有一千，两种飞行生物的数量均为五百。

其中一种飞行生物比角鹰德鲁伊略大，它们极其漂亮，通体呈乳白色，身上还有蓝色、紫色、粉红色交织而成的纹路，长长的尾翎在它们身后伸展着。它们身上充满了自然气息，给人一种清新的感觉。从表面上看，它们更像是一种漂亮的大鸟，但是，它们真的像看起来那样人畜无害吗？

另外一种飞行生物的样子就彪悍多了。它们比巨龙还要庞大，脖颈上有两个大头，通体呈紫色，身上还有些墨绿色花纹，一出现就引起了剧烈的能量波动。它们那两个头颇有点像龙首，甚至接近东龙神龙龙首的样子，比龙族的蜥蜴头漂亮多了。

第一种飞行生物是精灵龙，而第二种飞行生物自然就是双头奇美拉了。

这两种精灵族生物都是在永恒之树出现后，缓缓从龙崎努斯大陆各处聚集至琴城的。它们才是精灵族真正的终极兵种。

安雅端坐在双头奇美拉背上，飞了上来，其他的双头奇美拉和精灵龙都是单独行动的，背上并没有骑士。

很快，精灵族这两大终极兵种就在空中与琴帝号战斗群会合了，与此同时，兽人族的空军部队也在叶音竹的命令下升入空中。

兽人族空军一共有两个军团——雷鸟军团和狮鹫军团，两个军团都有数万只魔兽。

为了对抗深渊空军，此时，叶音竹已经将龙崎努斯联军所有的空军都调到了半空之中。

虽然龙崎努斯空军的总数不少，但与铺天盖地的深渊空军相比，联军空军的兵力看上去还是单薄了些。

叶音竹顾不上下方的龙崎努斯联军了，他已将地面军队的指挥权交给了四位副统帅。

叶音竹快速下达了一连串命令，让空军准备战斗。

狮鹫和雷鸟两个军团的任务并不是攻击敌方空军，而是保护精灵龙和双头奇美拉。

叶音竹看了看安雅，飘然而起，落在了琴帝号上，穿过开启的舱门，进入琴帝号。

由于战事紧迫，叶音竹并没有注意到香鸾不在琴帝号中。进入琴帝号之后，他快速来到琴帝号最前方的扩音舱内，取出了超神器枯木龙吟琴。

叶音竹将如玉石一般的乳白色古琴平放于双膝之上，他平静下来，双手抚摸琴弦。

海洋在叶音竹身边坐了下来，她的古筝早已取出。蓝精灵们默契地将双手放在乐器之上，静静地等待着叶音竹的命令。

“奏《十面埋伏》。”叶音竹只说了简单的五个字，下一刻，他的琴弦就开始振动。

“嗡——”

铿锵的琴音响起，战意汹涌而出，叶音竹姿态优雅，此时脸上更多了几分凝重之色。

叶音竹闭上双眼，将精神力与琴帝号的全方位监测控制系统相连。琴音从琴帝号传出，一圈圈绚丽的光环落下。

矮人族和地精部落的大师们建造琴帝号时，除了保证其飞行能力和攻击能力之外，还在另一处耗费了大量心血，那就是扩音舱。

扩音舱之中，一共有十六个相同的扩音法阵，这些法阵中使用的都是最高等的魔晶。

琴帝号内的扩音舱是一个密闭的空间，为的就是尽最大的能力，将声音凝聚在一起，再扩散出去。

通过扩音舱发出神音魔法，其威力会增强一点五倍，覆盖面积可以达到原本的六倍以上。这是叶音竹选择进入琴帝号再施展神音魔法的重要原因。

伴随着琴音，海洋的古筝也奏响了。

紫光绕着她旋转，用古筝弹奏出的《十面埋伏》甚至比用古琴弹奏出的《十面埋伏》更具威力，古筝的金属之声令气氛变得更加热烈。

琴筝合璧，那乳白色光环再次扩大，与此同时，十一位蓝精灵奏响了乐器。在叶音竹和海洋的引导下，她们已经完全沉浸在乐曲之中，准确地说，她们弹奏的动作已经成了一种下意识的行为。

在叶音竹的控制之下，十三人的精神力完美地融合在了一处。

这并不是简单的精神共享魔法，而是更加高级的精神凝聚魔法。

施展精神凝聚时，必须由一人主导，此人将使用同种精神魔法的魔法师的精神力凝聚在一起，大大增强魔法的威力。

这个魔法对精神魔法师的要求极高。

首先，使用精神凝聚的魔法师必须信任对方，彼此之间有很好的默契。一旦魔法师心中出现波澜，都会大大地影响精神凝聚的效果。

在施展这个魔法的过程中，所有精神魔法师的精神力都被主导者控制，也就相当于精神烙印被人控制着。精神烙印是灵魂的本源，一旦被破坏，魔法师将形神俱灭。如果主导者与魔法师之间没有足够的信任，又怎么可能做到这一点呢？

正是因为这个条件太苛刻了，所以很少有人施展这个魔法。

虽然这个魔法的效果十分好，但在施展时需要一段时间来预热。试问，当魔法师面对敌人的时候，敌人又怎么会给他们预热的时间呢？

预热时间不能与魔法吟唱的时间重合，也就是说，魔法师经过预热进入精神凝聚状态之后，不管其精神力多么强大，都要先吟唱咒语，才能施展精神系魔法。这样一来，魔法师施展魔法的速度就大幅减慢了。

因此，精神凝聚在精神系魔法中的地位就像神音师在战斗序列中的地位一样，是鸡肋般的存在。

叶音竹却偏偏选择了这个魔法。可能对别人来说，精神凝聚是鸡肋的魔法，可是，对叶音竹来说，精神凝聚用在合奏中，是再合适不过的。

合奏本来就有增幅的效果，通过各种乐器的配合使乐曲的效果变得更好。

而施展精神凝聚时，魔法师们听从同一人的指挥，这样，合奏就能达到完美的境界，所有人的精神力凝聚在一起，自然会令合奏的效果更好。

叶音竹的实力已经很难提升了，这些年来，他没有把时间花在修炼之上，而是另辟蹊径，寻找提升队伍整体实力的方法。

琴帝十二乐坊才是龙崎努斯联军的终极秘密武器，琴帝十二乐坊的作用绝对不亚于琴帝号的作用。

有了琴帝号战斗群的保护，花些时间预热也没关系。

不论是海洋，还是蓝精灵，都十分信任叶音竹，所以，施展精神凝聚的那个苛刻的前提就不成问题了。

在叶音竹的带领下，十三人的精神力融为一体。琴曲奏响，铿锵的乐曲声飘荡而出，在叶音竹的控制之下，朝着敌军而去。

不论是空中还是地面的深渊大军都听到了这奇异的声音。

琴帝号的护卫大军飞快地散开，聚集在琴帝号后方。

乐曲集中了十三人的精神力，又受到了增幅作用影响，现在连叶音竹也无法完全控制它，只能大概控制声音传播的方向，所以，演奏开始的时候，琴帝号战斗群的护卫大军就飞快地撤到了琴帝号后方，这是早已演练多次的战术。

一圈圈乳白色的光环释放出来，不断地扩散。因为有十三人的精神力，得到增幅之后，那乳白色的光环竟夹杂着淡淡的金色。

这并不是普通的金光，尽管光芒很淡，可这淡淡的金光有一种惊心动魄的美。

小龙女并没有跟叶音竹一起登上琴帝号，叶音竹让她留在城内辅助奥利维拉，如果有魔王级别的深渊生物出现，龙崎努斯要塞需要小龙女。

此时，小龙女站在要塞城楼，吃惊地看着释放一圈圈光环的琴帝号，一阵失神。

“这、这是神级的气息。”

小龙女下意识地攥紧了双拳，她的神情变得有些怪异。神级，那金光代表的正是神级。

是的，附加了增幅效果之后，从琴帝号中传出的《十面埋伏》乐曲，其威力确实跟神级差不多了。

神龙王的灵魂之火，将叶音竹的实力从次神级五阶提升到了六阶。叶音竹的实力，海洋和十一位蓝精灵的精神力，琴宗三大神曲之一——《十面埋伏》的作用，再加上超神器枯木龙吟琴、其他乐器和扩音舱的增幅效果，神音魔法的威力顿时提升到了极限。

叶音竹双手拨动着琴弦，超神器枯木龙吟琴竟像古筝一般，不断发出铮铮之声。

海洋的动作刻意比叶音竹慢了一拍，古筝在古琴后响起，两种乐音混合在一起，给人一种狂风暴雨般的感觉。

他们运用的正是“半拂轮”的技巧，节奏由慢及快，琴音连续不断，倾听者仿佛置身于空旷的原野之中。

那一抹金光似乎引起了深渊生物的恐慌，原本还在吞噬的深渊生物看到空中的神音光环后，停顿了片刻，便发起了攻击。在尖叫声中，地面的深渊大军朝着城楼发起了冲锋，而空中的深渊大军也朝着琴帝号扑了过来。

叶音竹不会让它们如愿，它们想通过吞噬进化，真的有那么容易吗？

一旦神音魔法发挥出真正的威力，下面的深渊大军就不会像现在这样从容了。

叶音竹凭借着神音魔法，硬生生地逼迫深渊大军提前发起了攻击。

这是叶音竹的撒手锏。

当然，他很清楚，一旦使出了撒手锏，考验琴帝号防御力的时候也就来了，琴帝号对敌人的威胁最大，必然会成为敌人的首要目标。

三妖王薇牙吃惊地看着那不断释放出一圈圈光环的庞然大物，终于明白为什么之前看到那道身影时感觉很熟悉了。她心中暗道：那个男人，果然不是我们这个位面的，他竟然是一个人类。

想到当初领主们的恐慌，黑妖国三大妖王同时起了一丝杀意。

上次叶音竹以高斯芭的身份出现在黑妖国帝领之中，没有发挥出这首琴曲真正的威力，此时，叶音竹全力以赴地弹奏，可以说，现在这一曲《十面埋伏》是他弹奏过的所有琴曲中威力最大的一首。

下方的深渊生物，尤其是低等深渊生物，在琴曲刚刚奏响的时候就开始出现骚乱了，尽管男巫、女巫们不断地发出一声声尖啸，试图减弱琴曲的效果，可是，这闪着金色光芒的神音魔法又岂是深渊生物能够阻挡的?

那神奇的乐曲荡气回肠，神音魔法覆盖的面积如此之大，威力却依旧惊人。

此时，在琴曲的影响之下，深渊生物高下立见。

在琴曲刚刚奏响的时候，低等食尸鬼和恶镰的队伍中就出现了骚乱，《十面埋伏》的效果只有一个，那就是令人疯狂战斗。

对于这乐曲，低等深渊生物根本没有半分抵抗之力，它们甚至开始攻击自己的同伴，完全失去了理智。它们的灵魂显然受到了影响，将本能充分展现了出来。

较为高等的魔蛛和刺蛇的精神也明显变得有些混乱，但它们仍朝着要塞冲锋。对于那些挡路的恶镰和食尸鬼，魔蛛和刺蛇毫不留情，快速将其消灭。

憎恶同样有些混乱，和魔蛛的情况差不多。它们晃动着肥胖的身体，不断前进，瘟疫不受控制地释放出来，反而影响到了其他深渊生物。

高等深渊生物都感到十分恐惧。乐曲刚刚开始，在不安之中，高等深渊生物只想尽快发起攻击。

一时间，男巫、女巫的尖叫声不断响起，他们不断释放辅助魔法，将其施加在自己和其他深渊生物身上，试图摆脱琴曲的影响。

那些魔蝎喷吐的黄雾虽然可以阻挡元素类魔法，但对神音魔法起不了半分作用。

在深渊大军后方，几十条阴龙缓缓升空，朝着琴帝号飞来。

一连串奇异的尖啸声响起，阴龙前方的深渊空军飞速散开，让出一条通道。

这些阴龙背上都坐着高等深渊生物，他们的外表与人类极为相似，可见他们在深渊位面的地位颇高。

坐在这几十条阴龙背上的，正是深渊四国的魔主们，他们终于出现了。

这些深渊魔主出现之后，只听一连串的尖啸声响起，空中便形成了一道巨大的精神屏障，阻挡在琴帝号面前，削弱了乐曲的效果。

在深渊魔主的带领下，深渊空军以半包围之势飞速朝着琴帝号逼近。

扩音舱内。

叶音竹脸上露出一丝冰冷的笑容，心道：终于出现了吗？但是，单凭你们，还挡不住我。

叶音竹之所以会施展出自己的撒手锏，原因很简单，就是想逼出深渊四国真正的强者。不仅是眼前这些深渊魔主，还有他们背后，统治着深渊位面的四大魔王。

《十面埋伏》乐曲再变，叶音竹右手食指在琴弦上重挑一下，发出一声破帛般的长鸣。那巨大的精神屏障剧烈地颤抖了一下。

琴曲的速度再次加快，叶音竹的双手飞速弹奏，带起一串虚影，低沉的琴曲顿时变得激昂起来。他接连使出“长轮”“勾轮”“拂轮”的手法，琴曲从第一阶段进入第二阶段。

一圈圈神音光环发生了变化，不再慢慢地扩散，而是化为一道道音刃，闪电般朝正前方的敌军冲去。

论灵魂之力，叶音竹甚至可以与小龙女媲美。这些深渊魔主中，虽然有十多个已经达到了次神级，但他们的灵魂之力远远不及叶音竹的灵魂之力。

更何况，这是十三人合奏发出的音刃，增幅之后，已经不像叶音竹发出的高频音刃那么简单了。

乐曲声与轰鸣声混在一起，精神力对冲出现在了半空之中。

乐曲的旋律激昂而不失沉稳，显露出坚定、威严之感，仿佛有无数大军，由远及近，浩浩荡荡地从四面八方冲来。

与此同时，琴帝号上所有的炮舱全部开启，炮口朝着同一个方向，灿烂的红色光芒在炮口闪耀着。

四十名魔主纷纷颤抖起来，身体不断地痉挛着，他们紧闭着双眼，不断发出一声声尖啸，脸色变得十分难看，仿佛在忍受着痛苦。

反倒是魔主们胯下的阴龙没有受到什么影响。这些没有灵魂的深渊生物，是深渊大军中唯一一个不被神音魔法影响的兵种。

一声激昂的尖啸声响起，三千毁灭大军动了。

它们骤然加速，冲到了深渊空军的前方，同时晃动起两个头，各自喷吐出一道紫红色光芒。两道光芒在空中汇聚，朝着琴帝号射来。

四十名魔主明显感觉到，己方融合之后的精神力很难压制住对方的精神力，他们承受着琴曲和光刃的冲击，随时都有死去的可能，只能借助外力来与之抗衡。

三千道紫红色光芒从空中掠过，眨眼间，已经到了琴帝号面前。

就在这时，五百道蓝紫色光芒轰然而至，它们的速度极快，竟然后发先至，拦在了琴帝号前方，正好挡住那三千道紫红色光芒。

一张巨大的雷电之网交织在琴帝号两侧，毁灭喷出的光芒轰击在这张巨网上，顿时产生了无比强烈的元素波动。

阵阵轰鸣声不断响起，蓝紫色光芒一圈圈散开，硬是挡住了毁灭的这一轮攻击。

发出雷电吐息的，正是跟随安雅升至空中的双头奇美拉，它们的一个头可以喷吐雷电。

毁灭只是深渊空军的前锋，在它们后面，大量深渊空军飞扑而上，直奔琴帝号而来。

此时，受到深渊魔主的影响，《十面埋伏》乐曲的攻击范围已经大幅缩小了，只能攻击一定范围内的深渊空军，地上的深渊生物得以暂时摆脱影响，开始朝龙崎努斯要塞城楼发起攻击。

匍匐在魔牛背上的魔蝎不断喷吐黄雾，深渊大军在这黄雾的掩护下逼近龙崎努斯要塞。

奥利维拉的脸色很凝重，叶音竹之前试探过黄雾，奥利维拉知道，这黄雾就是用来阻挡联军发出的魔法的。

如果现在施展魔法，虽然不一定会被黄雾完全挡住，但效果必然会大打折扣。但是，没有魔法师的支援，仅仅凭借近战能力，龙崎努斯联军真的能够挡住深渊大军吗?

十万魔蝎起到了制约魔法师的重要作用，如果不能将这些散布在要塞周围的怪物消灭，那么，对于龙崎努斯联军来说，这场战斗就很难再打下去。

“不用为难，你挡住攻城的敌人，那些魔蝎交给我。”低沉的声音突然在奥利维拉耳边响起，当他回过头时，正好看到那紫色的身影，心中顿时感到十分惊喜。

没错，正是紫和他的紫晶军团回来了。

紫带领紫晶军团提前赶回来了，他很清楚前线的情况，龙崎努斯要塞随时都有可能面临敌军的猛烈攻击，所以他尽可能地加快速度，正好在这关键时刻赶了回来。

“三位白金比蒙王、死神三百战士、诺云，法蓝飞马骑士团、魔雕骑士团、幻影骑士团随我出战。你们拿出看家本领，尽可能地斩杀那些魔蝎。”

尽管白金比蒙王仍感到有些疲倦，可在这紧要关头也顾不得了。不解决那些魔蝎，魔法师们的魔法就无法发挥出威力。

紫虽然刚回来不久，不了解局势，但他是聪明之人，经过观察之后，已经掌握了魔蝎的特点。

即便魔蝎喷吐的黄雾会大大地削弱魔法的效果，它们的能量也是有限的，想要持续喷出黄雾，就得不断吞噬低等深渊生物来补充死灵能量。

而那些黄雾在空气中虽然能够停留一段时间，但其威力会逐渐变小，魔蝎必须不断吐出黄雾，才能维持效果。所以，只要解决掉这些魔蝎，黄雾带来的困扰便能迎刃而解。

法蓝骑士团中只有两个飞行骑士团——飞马骑士团和魔雕骑士团，当初被琴城大军打得七零八落，经过几年的时间，好不容易才恢复过来。

而在法蓝骑士团中，还有一个以速度见长的骑士团，就是排名第一的幻影骑士团。幻影骑士的坐骑是一种特殊的魔兽——幻影兽。它们的速度是风系成年巨龙的两倍，在龙崎努斯大陆上，它们是速度最快的魔兽。

紫下达了命令之后，三位白金比蒙王、死神三百、诺云和这三个法蓝骑士团快速集合，冲出了龙崎努斯要塞。

第三百二十六章
陆空混战

飞马骑士团和魔雕骑士团自然不用说，骑士们凭借着极快的速度，在低空飞行，朝着后方的魔蝎而去。

而紫带着三位白金比蒙王和龙狮诺云也冲了出来，与他们配合的，便是幻影骑士团。

在幻影圣骑士朗格莉亚的带领下，幻影骑士团紧紧跟随在紫的身边。

朗格莉亚被誉为法蓝第一骑士，实至名归。她的实力是法蓝圣骑士中最强的，也是到目前为止，唯一一位达到了次神级的法蓝圣骑士。

幻影骑士们催动着胯下的幻影兽，飞行得极快。

幻影兽的样子有点像狼，身长四米左右，在众多魔兽之中并不显眼，全身覆盖着红色鳞片，背部还长着黑色的毛发。

奇异的是，幻影兽身上明明没有风元素，它们的速度却极快。幻影兽的跳跃能力也极强，每一次跳跃，它们都能跨出百米，凭借着腹下六片特殊的鳞片，还能够在空中改变方向。

尽管深渊大军人数众多，可幻影兽如入无人之境一般，飞快地从低等深渊生物身上越过，朝着魔牛冲去。

在前进的过程中，还是有些幻影骑士被下方男巫、女巫的负面魔法命中，幸亏骑士们的速度非常快，又能随意改变前进方向，所以，被施加了负面魔法的骑士并不多。

至于紫和神兽，这次他们没有与敌军纠缠，凭借着强大的实力，直接冲入了敌军阵营，往后方而去，速度一点也不比幻影骑士慢。

空中与要塞前方的战斗同时开始了。

暂时没有了神音魔法的威胁，地面上的深渊大军疯狂地攻向龙崎努斯要塞。迎接它们的，是龙崎努斯要塞城楼的钢铁防线。

龙崎努斯要塞就像坚硬的礁石，在如潮水般涌来的深渊生物的冲击下，仍然屹立不倒。

这完全是一场消耗战，在没有特殊情况出现的前提下，坚持到最后的一方，才会是这场战争的胜利者。

与此同时，深渊空军也冲向了琴帝号战斗群。

“轰——”

琴帝号上的中级魔导炮发射了，三百道耀眼的红光照亮天际，光芒瞬间扩散，所到之处，天鬼大军惨叫连连。

当琴帝号发威之时，所有毁灭聚集起来，粉绿色的光芒从它们身上绽放，将其背上的女巫和男巫笼罩住了。

之前毁灭吸入空中的魔法乱流时，叶音竹就料到这种深渊生物必然有其特殊之处，这特殊的技能此时便展现出来了。

虽然中级魔导炮威力惊人，但三千只毁灭聚在一起，反魔盾的效果大大增强，所以这一击并没有取得预期的效果。

那反魔盾虽然被轰破了，但真正受到伤害的，也只有最前方的一些毁灭，仅仅死了一百多只。

毁灭所在的位置，正好在那些怪异的大螃蟹前方，毁灭也替它们挡下了魔导炮的攻击。

三百门魔导炮同时发威，这一轮攻击至少消灭了二十万深渊空军，其中绝大多数都是天鬼。

在魔导炮发威的时候，另一边，深渊空军中的阴龙们也使出了太阴之火。

铺天盖地的太阴之火令天空变成了一片火海，火焰朝着巨龙、骨龙和角鹰德鲁伊袭来。

这个时候，叶音竹排兵布阵的妙处就体现出来了。

就像毁灭挡在大螃蟹身前一样，一千条骨龙同时加速，来到了队伍最前方，挡在了琴帝号前面。

骨龙们无法使用魔法，但它们的肉搏能力极强，而且从某种意义上来说，它们也是死灵生物，它们拥有的能量也类似于死灵能量，所以太阴之火无法伤到它们。

一万条阴龙喷出的太阴之火覆盖面积虽大，但攻击力并不是太强，那太阴之火被不死魔龙军团硬生生地挡了下来。

此时，巨龙们也开始展现出它们的实力，发起了魔法攻击。各系龙语魔法相继释放出来，天空变得五彩缤纷。

毕竟，空中没有抵御魔法的黄雾，而能够使用反魔盾的，也只有那些毁灭而已，此时释放禁咒显然是攻击敌人最好的时机。

可惜，现在巨龙并不是由叶音竹指挥，否则，叶音竹一定会命令它们施展魔法，攻向那些尚未发挥出实力的大螃蟹。

从数量上来看，显然这些大螃蟹的地位比毁灭的地位更高。

无数魔法元素铺天盖地般轰向敌军，甚至掩盖了神音光环，但叶音竹和琴帝十二乐坊演奏的乐曲依旧与魔主的灵魂之力激烈地较量着。

毁灭的作用在这个时候才充分体现出来。

面对巨龙的魔法，那些毁灭再次聚集在队伍最前方，它们同时张嘴狂吸，这禁咒级别的魔法元素，竟然也瞬间被它们吸取了一部分，成了其自身的能量。

幸好毁灭的数量不够多，无法将所有魔法元素吞入腹中，否则，巨龙就真的是为他人作嫁衣裳了。

巨大的轰鸣声不断传来，空中出现了恐怖的元素乱流，成片的天鬼大军被禁咒吞噬。

毁灭身上的反魔盾和它们吸取的魔法元素支撑着它们，不断发起反击。

一只毁灭无法冲破巨龙的防御，但是，如果几十只毁灭同时攻击一条巨龙的话，情况就不一样了。

空中的场景异常惨烈，常常是一条巨龙用尽全力，释放禁咒之后，便立刻被数十道紫红色光芒笼罩，随后便化为飞灰。巨龙的防御力如此之强，尸体竟然都无法保留下来，可见这紫红色光芒是多么恐怖。

不死魔龙军团与阴龙们碰撞在一起，骨龙凭借自己的力量，与数量为己方十倍的敌军搏斗着。

毁灭似乎成了空中无敌的存在，巨龙的魔法对它们没什么作用，但它们的攻击有着极强的杀伤力。

一会儿的工夫，三十多条下位巨龙就永远地离开了这个世界。

骨龙的肉搏能力虽然很强，但阴龙的数量太多了，如果是一对一的话，骨龙必胜，二对一的情况下，胜负就很难说了，更何况现在是十对一。

骨龙和阴龙搏斗着，伤亡数字不断上升，死去的骨龙和阴龙都会粉身碎骨，无数骨骼碎片从空中落下。

龙崎努斯空军就要顶不住了，而那些大螃蟹还在缓缓向前飞行，不过，它们并没有发起攻击。

就在这时，安雅下达了攻击的命令，精灵龙和双头奇美拉都冲到了前方。

精灵龙来到巨龙旁边，双头奇美拉则来到了不死魔龙军团一方，帮助骨龙抵挡阴龙。

天空中，双方战斗着，尽管还有很多天鬼，可它们已经很难发挥作用了。在双方威力极大的魔法面前，天鬼甚至无法靠近阴龙，就直接被魔法乱流消灭了。

尽管精灵龙和双头奇美拉的数量不多，可它们加入战斗之后，很快就稳住了局面。

精灵龙停在巨龙上方，身上绽放着耀眼的白光，变成了五百个白色光团，柔和的魔法波动飘散开来。

当毁灭再次发起攻击时，那看似柔和的魔法波动却形成了一层屏障，大大削弱了毁灭攻击的威力，加上巨龙一族拥有极强的防御力，它们体内的能量消耗的速度渐渐慢了下来。

更为可怕的是精灵龙的攻击力，那白色的光团不断释放出一道道墨绿色的闪电，轰向那些毁灭。

开始的时候毁灭还试图凭借反魔盾来抵挡这种魔法攻击，但很快毁灭就发现自己错了。

五百条精灵龙发出第一轮攻击，就带走了五十多只毁灭的生命。反魔盾对这种墨绿色的闪电竟然完全不起作用。

深渊生物又哪里知道，精灵龙释放的这种墨绿色闪电，里面并非只有普通的雷元素，还包含着浓郁的自然气息，而这种自然气息中充满了生命能量，专门克制深渊生物的死灵能量，所以反魔盾无法抵挡这闪电。

其实，这种精灵族终极兵种和毁灭有些类似，它们都是魔法生物的克星，只不过毁灭体内都是死灵能量，而精灵龙体内的能量则为生命能量，双方的本源不同。

从等级来看，精灵龙明显比毁灭更高等，它们是精灵族的终极兵种，也是由浓郁的自然气息孕育出来的特殊生物，自身对于死灵能量的免疫力极强。它们栖息在龙崎努斯要塞内的永恒之树中，吸收了大量自然气息。所以，虽然精灵龙的数量只有五百，但它们凭借着生命能量和极强的攻击力，立刻克制住了毁灭。

有了精灵龙的支持，巨龙开始发挥出自己的肉搏实力，纷纷拍打着巨大的龙翼，朝毁灭冲去。

反魔盾可以抵抗魔法，并不代表它可以抵抗物理攻击。一旦巨龙们靠近毁灭，毁灭将没有机会逃跑。

当然，深渊大军是不会轻易让巨龙得逞的，数以百万计的天鬼成了填补空缺的炮灰，它们前赴后继，朝着巨龙冲来。

尽管天鬼的攻击力对巨龙来说微不足道，可它们数量占优势，最后竟然硬生生地挡住了巨龙。

一时间，战斗进入了胶着状态。

另一边，双头奇美拉加入了骨龙与阴龙的战斗之中。

双头奇美拉的肉搏能力与巨龙相差无几，魔法攻击更加厉害。

双头奇美拉的两个头，一个喷吐闪电，另一个喷吐自然吐息，五百头双头奇美拉每次可以发出一千道攻击，它们对阴龙构成了巨大的威胁，尤其是它们吐出的自然吐息，只要吐息命中阴龙，阴龙便会受伤。

这些高等兵种在战场上相见，顿时斗得难解难分。

乐曲声不断传出，音刃重重地轰击在魔主们凝聚出的屏障之上。

叶音竹感觉到，这层坚实的屏障应该是那些深渊魔主以精神力共享的方式凝聚而成的，其中蕴含着四十名深渊魔主的精神力，所以才会有这样强大的防御力。这些深渊魔主的目的，就是要限制住他。

有了这道精神壁垒，乐曲的效果就被大大削弱了。对方空军的主要力量都是高等深渊生物，被削弱的乐曲对它们的影响力有限。这样战斗下去，对龙崎努斯联军一方着实不利。

更为关键的是，叶音竹成了战斗主力之后，龙崎努斯联军的指挥力量不足，决策失误。如果刚才是叶音竹指挥的话，他一定会暂且不顾不死魔龙军团，让双头奇美拉攻击那些大螃蟹。

此时，这些大螃蟹逐渐降低飞行高度，不再专注于空中的战斗，而将矛头转向了龙崎努斯要塞。

作为一位统帅，一定要时刻保持清醒，在重要关头做出最正确的选择。

叶音竹无疑是一位出色的统帅，不然，他也无法成为龙崎努斯联军的指挥者。当他发现短时间内无法攻破四十魔主的精神壁垒时，便立刻调整了行动计划。

叶音竹双手轻抚琴弦，停止了弹奏，他低声在海洋耳边交代了几句便消失了。

下一刻，叶音竹出现在半空之中，空中的战局虽然纷乱，但整体情况已经清晰地烙印在他的脑海之中。

叶音竹没有犹豫，朝着四十名魔主扑了过去，他拨动超神器枯木龙吟琴的七根琴弦，施展出了超神器的附带技能。

七根琴弦振动，释放了七个禁咒，瞬间笼罩了四十名魔主。七个禁咒顿时令空间中出现了元素波动。

魔主们拼命催动精神力与叶音竹对抗，突然感到对方的攻击力减弱了许多，以为叶音竹支撑不住了，正暗自兴奋，却发现空间中的元素突然无序地流动起来。魔主们的动作同时变慢，巨大的压力从四面八方传来，消耗了大量精神力的魔主们顿时脸色大变。

七个禁咒，而且是由一人控制的七个不同系禁咒，一同爆发时所产生的杀伤力有多大？

当初，叶音竹就是凭借这一招，逼迫格拉西斯投降的。

这个魔法一旦爆发，那么，结局如何，谁也无法预料。

四十名魔主的力量当然要比叶音竹一人强得多，但他们毕竟是四十个个体，默契方面仍有欠缺，之前又消耗了大量精神力来抵挡神音魔法，此时他们也是岌岌可危。

不过，作为深渊位面中仅次于魔王的存在，深渊魔主们的反应还是很快的。

他们并没有四散逃开，而是放弃了胯下的阴龙，腾空而起，快速聚集起来，同时释放出了魔法。

当叶音竹看到四十名魔主聚集起来的时候，他就知道，自己的计划恐怕要落空了。

这些魔主的实力实在很强，并不是七个禁咒就能将其消灭的。

当然，叶音竹原本也没妄想通过这轮攻击将这些魔主击垮。发现敌军聚集起来的同时，叶音竹飘然而起，朝着不死魔龙军团飞去。

凄凉悲伤的乐曲从超神器枯木龙吟琴中飘荡而出，灰色的神音光环悄然飞起，朝着不死魔龙军团落下。

在上万条阴龙的攻击下，骨龙损伤惨重，它们还得保护双头奇美拉。

与骨龙相比，双头奇美拉显然更加珍贵。这些骨龙毕竟是已经死去的巨龙，它们没有生命，而双头奇美拉却是精灵族的终极兵种，不能出现伤亡。

所以，在这短暂的混战之中，虽然不死魔龙军团干掉了数百条阴龙，但它们的伤亡数字也达到了两百。

灰色的神音光环笼罩着正在战斗的骨龙，这些骨龙眼中的灵魂之火突然亮了起来，攻击力也随之增强，更为奇异的是，它们身上的伤痕也以惊人的速度愈合着。

地面上，灰色光环落下的地方，之前被消灭的两百条骨龙，其破碎的身体竟然飞速合在一起，好像有人在控制一般，灵魂之火也重新注入骨龙体内，它们“活”了过来，返回空中继续战斗。

这就是当初菲尔杰克逊教叶音竹的亡灵魔法，叶音竹经过苦心研究，终于将亡灵魔法与琴魔法融为一体，得以通过琴魔法释放亡灵魔法。

这看似简单的灰色光环，其威力实际上已经超过了禁咒的威力。

灰色光环不但增强了骨龙们的战斗力，还让它们的伤口愈合了，顿时带给了阴龙们更大的压迫力。

这也是叶音竹急于离开琴帝号的重要原因，如果那些被敌人消灭的骨龙的灵魂消散了，或者其灵魂被深渊生物吞噬了，那么，那些骨龙就真的无法“活”过来了。叶音竹必须抓紧时间。

淡淡的光芒闪烁，叶音竹眼中流露出一丝寒意，他身体一闪，躲开了六个太阴冰环。

十二名深渊魔主飘浮在半空之中，与叶音竹遥遥相对，其他的魔主都已经找到了新的坐骑。深渊魔主的坐骑阴龙已经在七个禁咒中彻底消失了，甚至连魔主中实力最弱的一名巫主也被禁咒击中而消失了。

空中与叶音竹遥遥相对的十二名深渊魔主，显然都是次神级强者，其中包括黑妖国三大妖王：细牙、静牙、薇牙。她们看着叶音竹，眼中仿佛要喷出熊熊烈火。

让叶音竹有些惊讶的是，女巫的反魔盾不仅能施加在自己身上，竟然也可以施加在其他深渊生物身上。他面前的这十二名深渊魔主身上都闪耀着粉绿色光芒。

叶音竹的精神力呈扇形向前释放，扫过深渊魔主的灵魂。

叶音竹发现，这十二名魔主之中，还有一名魔主的实力达到了次神级四阶，实力和细牙差不多。除了这名魔主和细牙、静牙，其他魔主的实力大多都是次神级一、二阶的水平。

可是，叶音竹一人面对十二名次神级的敌人，这场战斗中，双方的实力显然是不对等的。

趁着叶音竹辅助不死魔龙军团的机会，十二名深渊魔主释放精神力将叶音竹围住，强大的精神力形成了一层屏障，将他封锁在内。

他们显然恨极了叶音竹，尤其是黑妖国的三大妖王，她们已经下定决心，要让叶音竹命丧于此。

深渊生物并不傻，尤其是高等深渊生物。

通过几场大战，他们早就看出来，叶音竹必定是这支人类大军中最重要的人物。如果能够当场将他杀死，对深渊大军显然有着极大的好处。

其余实力稍弱的魔主则带领深渊空军攻向琴帝号战斗群，只要能够击溃龙崎努斯联军的空军部队，那么这场战斗的胜负就显而易见了。

与此同时，地面的战争也已经全面展开了，龙崎努斯要塞周围呈现出一片惨烈的景象。

紫带领着精锐战士深入敌军击杀魔蝎，但深渊大军并没有因此而停下脚步，在黄雾的掩护之下，它们疯狂地冲向了要塞。

以魔蛛和憎恶为主力的冲锋开始了，这完全是一场消耗战。

魔蝎喷出的黄雾虽然能在深渊大军攻入要塞之前起到抵抗魔法的作用，但要塞城墙高达数百米，黄雾根本无法达到那样的高度，所以，当深渊生物攻上城楼，自然就失去了黄雾的保护。

树妖德鲁伊的驱散与猛禽德鲁伊的龙卷风第一时间出现了。

男巫、女巫附加在低等深渊生物身上的辅助魔法顷刻间被驱散，猛禽德鲁伊瞄准了那些憎恶，大量肥胖的憎恶从城楼被风卷起再摔落地面。

利爪德鲁伊带领人类战士顶在最前面，有了它们的咆哮技能和回血技能辅助，人类战士暂时挡住了敌人的攻势，不让敌人越雷池一步。

此时，联军的装备优势就体现出来了。

全套金属铠甲和皮革提升了战士们的防御力，同时有效地隔绝了憎恶释放的瘟疫。

憎恶虽强，但想要一举击溃身着重铠的人类战士也是不可能的。

魔蛛的蛛丝虽然有着一定的毒性，但对钢铁能有什么作用？而魔蛛的体重太轻，凭借蛛丝也无法拉动战士。

人类战士在城楼上排成坚实的钢铁壁垒，长矛向前刺出，他们在咆哮的作用下，不断将如潮水般涌来的敌人击退。

叶音竹早已做好了决战的准备。这一次，龙崎努斯联军再也没有保留，全力对敌。

在人类战士身后，陪伴在猛禽德鲁伊和树妖德鲁伊身边的，是人类弓箭手，琴城远程攻击军团和精灵弓箭手也在其中。

他们不断发力，专门瞄准那些防御力极弱的魔蛛。普通弓箭伤不到憎恶，但能对付脆弱的魔蛛。在箭雨之中，不少魔蛛都被钉在地面上，付出了生命的代价。

跟随魔蛛和憎恶攻城的，还有从后方赶来的刺蛇大军。

刺蛇的数量甚至比魔蛛更多，这些刺蛇的防御力比魔蛛的防御力更弱，被两三根箭矢命中之后就会失去战斗能力。不过，刺蛇与恶镰有些相似，防御力弱，但攻击力极强。

这些刺蛇喷吐的酸液能达到数百米，一千万条刺蛇，接连喷吐酸液，带有腐蚀性的酸液落在城墙和战士们的铠甲上，展现出了极强的破坏力。沾上酸液之后，坚硬的花岗岩竟然都渐渐出现了破损。

任由刺蛇这样攻击下去，龙崎努斯要塞最大的优势——城墙恐怕会毁于一旦。

正在这时，半空中突然传来一阵怪异的声音，有点像人类的鼾声。战场如此喧嚣，上千万士兵却都能听得清清楚楚，可见这鼾声有多响。

人类战士抬起头，他们看到的，是空中那些为数不多的大螃蟹。

此时，这些大螃蟹已经来到了距离要塞城墙不远的位置。

大螃蟹终于发起了攻击，它们口中喷吐出一个个黄绿色光球，平均一秒喷吐一次。那些光球都不是很大，跟人类的脑袋差不多大。大螃蟹的目标，竟然不是城楼上的人类战士，而是龙崎努斯要塞的城墙。

“轰轰轰——”

一连串巨大的轰鸣声中，城墙上烟尘飞舞，被刺蛇的酸液腐蚀的城墙竟然被那些黄绿色光球炸出了一个个深坑。

最可怕的是，大螃蟹的攻击不曾间断，黄绿色光球接连落下，如同倾盆大雨一般。

“魔导炮准备，目标为空中的大螃蟹。”奥利维拉当机立断，下达了命令。

叶音竹不在，奥利维拉就是最了解琴城的力量的人。眼看这些大螃蟹威胁到了要塞，他立刻做出了决断。

要是任大螃蟹这么轰击下去，再加上刺蛇的酸液，用不了多久，要塞城墙定将垮塌。

到了那时候，深渊大军蜂拥而入，它们数量众多，又有那些高等深渊生物从旁辅助，这一战龙崎努斯联军必将陷入困境，哪怕最后获得了胜利，也会有极大的损失。

因此，奥利维拉决定动用城上的终极武器。此时黄雾弥漫，魔法对地面的大军不会造成太大的伤害，使用魔导炮对空中轰击显然是最好的选择。

剧烈波动的能量在魔导炮内凝聚，炮口缓缓上移，瞄准了空中那一千只大螃蟹。

深渊生物中不乏强者，那些与琴帝号战斗群搏斗的深渊魔主们立刻发现了来自下方的威胁。

一连串尖锐的鸣叫声响起，随后正在攻击琴帝号战斗群的天鬼大军中飞出了五十万天鬼，挡在大螃蟹军团下方。

奥利维拉脸上露出一丝冷笑：就凭那些防御力不强的天鬼就想挡住魔导炮的

攻击？没那么容易。

“放！”

早在叶音竹下达命令时，要塞城上的魔导炮就开始准备了，此时，奥利维拉一声令下，两百多门魔导炮同时发出了轰鸣声。

剧烈的能量波动将正在攻城的魔蛛和憎恶震下去一大片，两百多根粗大的光柱射出，轰向那一千只大螃蟹。

从制作材料上来看，这些城楼上的魔导炮自然比不上琴帝号内的魔导炮，但是它们比琴帝号上的魔导炮大了不少，也算弥补了材料上的缺憾。地精部落的大师们重新设计之后，这些普通魔导炮的威力已经跟中级魔导炮的威力差不多了。更何况，此时这些普通魔导炮在城楼定点瞄准，射击的准确度极高。

两百多根巨大的光柱升空，那由天鬼组成的防御大阵立刻出现了两百多个窟窿，数万个天鬼瞬间殒命，受伤的不计其数。

与此同时，剧烈波动的能量在空中爆发，光柱穿过了天鬼，轰向大螃蟹，至少两百只大螃蟹在魔导炮的轰击下粉身碎骨。

这些大螃蟹的防御力完全无法与它们的攻击力相提并论，甚至可以说，它们并没有什么防御手段。

看到这番场景，空中的深渊大军乱了阵脚。那些深渊魔主不得不派出一部分毁灭来驰援。

一千多只毁灭快速飞到了大螃蟹身边，守护着大螃蟹，毁灭背上的女巫给大螃蟹套上了反魔盾。可见，深渊大军对于这些大螃蟹是何等的重视。

而大螃蟹也没有让深渊大军失望。巨响之中，一段要塞城墙在它们的攻击下轰然倒塌，出现了一个宽达百米的缺口。

下面的魔蛛和憎恶一看机会来了，顿时疯狂地从那缺口涌入，扑向要塞。

“龙骑兵第二军团，堵住缺口。”在危急之中，叶音竹下达了命令。

龙骑兵第二军团中都是马奇诺铁龙骑士，马奇诺铁龙的防御力极强，最适合完成这种任务。

与此同时，一直处于战备状态的土系魔法师们也有了任务。他们释放出了大量的土系魔法，那魔法不是用来攻击敌人的，而是用以加固龙崎努斯要塞的。龙崎努斯要塞不能再出现缺口了，否则，龙崎努斯要塞就会彻底被敌军攻破。

土系魔法师开始施展魔法之后，龙崎努斯要塞的防御力顿时大大增强，勉强挡住了敌人的攻击。

此时，半空中的叶音竹也与那十二位魔主开战了。

十二名次神级强者联手肯定比叶音竹更加强大，但叶音竹又不是靶子，自然不会停在一个地方任由对方攻击。

被十二名深渊魔主围住的叶音竹，在敌人开始攻击的时候就闪了出去，带着一道淡淡的光芒，在狭小的空间内不断变换自己的位置。

第三百二十七章
无形杀手，暗影魔王

想要从这里脱身并不容易，十二名魔主用他们的精神力布置了一层结界。叶音竹并不是冲不出这个结界，可一旦他使出全力冲破结界的话，那么，他的身体必然会停滞片刻，那时他就将面临十二名次神级强者的联合攻击。

叶音竹怀抱古琴，一边闪躲深渊魔主的攻击，一边思考着如何出招。

他左手抱琴，右手弹奏，美妙的旋律缓缓传出，化为一圈圈光晕向周围扩散，他弹奏的正是《高山流水》。

柔和的琴音无形中削弱着敌人的力量，增强着叶音竹的力量。有了这神音光环的辅助，尽管敌方是十二名次神级强者，可他们想要解决叶音竹，这一时半会儿的工夫也绝对做不到，更何况，叶音竹还有几大撒手锏没使出来呢。

凭借一己之力拖住这么多高手，叶音竹已经很满足了。反正敌人的结界无法阻挡他的精神力，他还是可以指挥战斗。

要塞城楼上的战况惨烈，深渊大军的阵营中也不安宁。

紫、诺云、三位白金比蒙王和三个法蓝骑士团已经冲入敌军内部，他们的任务就是消灭那些魔蝎。魔蝎们是分散的，紫等人想在短时间内消灭魔蝎，也得分散开来。

紫、三位白金比蒙王和龙狮诺云都是实力强大的神兽，防御力极强，敌人想要伤到他们非常困难，但法蓝骑士团的战士们就不一样了，尽管战士们的实力不弱，可敌军都是高等深渊生物，战士们的处境颇为艰难。

魔牛背着魔蝎分散在深渊大军的战阵之中，憎恶、双头憎恶以及各种高等深渊生物守护在它们身边。有的高等深渊生物还能攻击龙崎努斯空军，着实厉害。

当三大骑士团的战士们深入敌军之中，准备向魔蝎动手的时候，他们遭到了敌军的猛烈攻击。

最可怕的便是魔蝎。魔蝎貌不惊人，却扭转了战局。

在靠近龙崎努斯联军战士的时候，魔蝎往往会喷出一种红色的液体，那并不是血液，而是一种带有腐蚀性的毒液。

这种毒液的效果极其恐怖。法蓝骑士的装备已经很精良了，可能只有死神龙狼骑士的装备比他们的更好，尽管如此，法蓝骑士的装备还是被那红色的毒液腐蚀了，他们的速度大幅减慢。

尤其是不能飞行的幻影骑士，沾到了毒液之后，速度变得很慢。

这些魔蝎的防御力极弱，甚至比恶镰、刺蛇的防御力更弱，魔蝎可以说是深渊生物中最脆弱的存在。而魔牛虽然体型庞大，战斗力强，但面对这种小股作战，它们的身体反而成了阻碍，很难保护魔蝎。

法蓝骑士团的战士们几乎是以生命为代价来消灭魔蝎。混战之中，深渊大军伤亡惨重，己方的伤亡数字也同样可怕。

只有紫、诺云和三位白金比蒙王的情况比较好。魔蝎毒液的腐蚀性虽强，但根本无法攻破神兽们的能量护罩。

神兽们的速度和力量更是惊人，根本不给对手围攻自己的机会，攻击之后立刻离开，所过之处只留下一具具魔蝎的尸体。

法蓝骑士们宛如敢死队一般猛烈地攻击敌人，黄雾逐渐变得稀薄了些。

魔蝎体内储存的能量很少，所以需要不断吞噬低等深渊生物以补充自身的能量，如果静静地等待能量恢复，能量显然不够它们用的。

在承受着猛烈攻击的情况下，这些魔蝎想当然地选择了自保，它们不再喷吐黄雾，只喷出红色的毒液，这样一来，战场上的黄雾就变得稀薄了。

叶音竹一边闪避十二魔主的攻击，一边冷静地观察着敌人。

女巫的主要技能是沉睡、太阴冰环、瞬间转移和反魔盾这四种。

在叶音竹准备充分的情况下，沉睡魔法对他几乎无效。他的灵魂之力太过强大，眼前这些魔主也无法令他沉睡。

至于太阴冰环，虽然其攻击力极强，但打不到目标也没用。

如果女巫想要施展瞬间转移，就需要调动精神力来确定攻击的位置，在这结界中，叶音竹的精神力遍布每个角落，他总能未卜先知地躲到最佳的位置。

所以，女巫的四种技能中，只有那反魔盾令叶音竹感到头疼。女巫不仅将反魔盾施加在自己身上，也施加在了其他魔主身上。

虽然反魔盾对精神系魔法的抵御能力没那么强，但还是有一定的效果，这就让叶音竹的琴曲无法充分发挥作用。

相对于女巫来说，男巫的能力显得薄弱一些，他们不断将各种辅助魔法施加众魔主身上，将各类负面魔法施加在叶音竹身上。

叶音竹本身就是亡灵魔法师中最强大的存在，而这些男巫的实力又远不如他，虽然三名次神级男巫释放的魔法威力不小，但想要伤到叶音竹还是很难的。

至于男巫能够召唤深渊生物这一点，叶音竹从来没有担心过，即使男巫召唤出来的是双头憎恶、黄金恶镰这种级别的深渊生物，在他面前也不过是炮灰般的存在罢了。

对巫主和妖王，叶音竹早就十分熟悉了，他将精力放在了另外两种魔主级别的深渊生物身上，一种是月魔，另一种是影魔。

这两种深渊生物的攻击手段截然不同。

最令叶音竹厌烦的是月魔，他们会释放一种大范围攻击魔法，那是一种绿色的光芒。

绿色光芒的作用十分惊人，它竟然可以消除敌人的魔法力，同时令空气中的魔法元素消失。

这本身就是一种损人不利己的魔法，使用这个魔法时，月魔会消耗能量，不过，对手的魔法力会消耗得更多。

三名月魔联手，除了维护结界以外，他们还不断地朝叶音竹施展这种大范围攻击魔法。

尽管叶音竹体内的原力十分特殊，可在这种魔法的作用下也在缓慢地流失，他没有任何办法。

影魔是一种速度飞快，攻击力极强的深渊生物。

影魔的身体被一团黑雾笼罩着，虽然他们并不能瞬间转移，但他们的速度极快，动起来跟瞬间转移也差不多了。

施展瞬间转移时施法者需要调动精神力来确定目标位置，可这些影魔移动时凭借的是自身的力量，他们行踪不定，让人摸不着头脑。要不是叶音竹的速度比影魔的速度更快的话，恐怕他此时已经吃了大亏了。

影魔攻击的时候会释放出一种紫色的光，那光芒还带着腐蚀性，其威力和太阴冰环的威力相比也不遑多让。太阴冰环之所以可怕是因为那阴火，而影魔的紫光相当于瞬发魔法，给敌人造成伤害的主要是其中带有腐蚀性的暗元素。

影魔的物理攻击也很可怕。当他们靠近叶音竹的时候，往往会发出一道深灰色光芒，那光芒如同利爪一般，直插叶音竹的要害。

在刚刚被敌人包围的时候，叶音竹几次险些被影魔命中，他惊出了一身冷汗，这些影魔无疑是强大的刺客。

要知道，他们可都是次神级强者。

叶音竹下定决心，一定要将这些影魔困在自己身边，否则，己方还不知道有多少将领的性命会葬送在他们手上。

突然，叶音竹的灵魂剧烈地波动了一下。

之前，叶音竹一直关注着空中和地面战场的情况，发现战况和之前并没有什么不同，双方仍在激烈地混战。

叶音竹的精神力何等强大，这突然出现的精神波动让他警惕起来。他调动精神力探察，立刻发现了令自己不安的原因。

“紫，小心！”叶音竹疯狂地喊道。

他的心跳极快，这种感觉前所未有。

紫和叶音竹相识多年，对叶音竹自然是绝对信任的，他突然听到叶音竹的声音，几乎想也不想，立刻翻滚一周，闪到数十米外。

就在紫之前所在的位置，一根深紫色的尖刺飘然掠过，一道淡淡的身影随即闪过，很快便消失了。

紫感觉自己全身的汗毛都竖起来了，这攻击毫无预兆，他没有听到任何声音，没有感受到能量冲击，甚至感觉不到对方的灵魂波动。

发出这攻击的究竟是谁?

就在这时，叶音竹的灵魂瞬间与紫相连，他再次向紫发出了警示。

紫立刻翻滚一周，想躲开攻击，但这一次慢了片刻，深紫色的尖刺从他肋下掠过，竟然在他身上留下了一道深深的伤痕。

要知道，紫的防御力虽然比不上山岭巨人和战争巨兽，但也已经相当强大了。

让紫震惊的是，他清晰地感觉到，那深紫色尖刺仅仅掠过就险些攻破了自己的防御，一旦尖刺命中他，那么，结局恐怕不容乐观。

紫立马挥动紫晶剑，空间中随即产生了一个巨大的紫色旋涡，大量深渊生物被卷入旋涡，身体支离破碎。

紫心里很清楚，释放深紫色尖刺的敌人早已不在他的攻击范围之内了。

此时，空中的叶音竹心头一沉，他最担心的事情终于出现了。

那攻击紫的敌人无疑是一个影魔，而且是一个比空中的影魔更厉害的家伙。

而在深渊位面中，这样的深渊生物只有一个。不用问，自然就是四大深渊魔王之一，那位暗影国的统治者。

战斗进行到这个阶段，他终于出现了。

正在紫准备迎接对方的下一轮攻击时，一声凄厉的惨叫声从他身边传来，当紫看到那声音的主人时不禁急火攻心。

发出惨叫声的，正是三大白金比蒙王之一，来自战神部落的比蒙王——巴尔玛。

一根深紫色尖刺从巴尔玛前胸刺出，而巴尔玛身后多了一个被深紫色雾气缠绕着的人。一串阴冷的笑声伴随着巴尔玛的惨叫声响起，下一刻，浓郁的深紫色雾气从那人身上扩散，将巴尔玛完全笼罩在内。

“不——”

紫怒吼一声，瞬间将速度提升到了极限，紫晶剑化为一道惊天长虹，朝着巴尔玛背后的深紫色身影斩去。

但是，紫的努力徒劳无功。他面对的敌人，是次神级九阶的强者啊！

深紫光芒闪烁几下，那敌人已经到了千米之外。浓郁的深紫色雾气剧烈地涌动起来。

“很久没有吃过这么美味的食物了，真是要谢谢你们这些来自另一个位面的生物，嘻嘻嘻……”

一连串阴冷的笑声伴随着深紫色雾气消失了，白金比蒙王巴尔玛也不见了。

紫不用多问也知道，巴尔玛被对方杀死了，然后被对方吞噬了。

“把精神力扩散到身体周围三十米的范围，小心偷袭。”叶音竹的声音从空中传来。

叶音竹的灵魂只能与紫相连，无法与其他人相连。眼看白金比蒙王巴尔玛惨死，叶音竹和紫一样，感到十分痛苦。

剩余的两位白金比蒙王与龙狮诺云再也顾不得消灭魔蝎，他们飞快地将身边的敌人肃清之后便聚集起来，形成掎角之势，同时将自己的精神力扩散开来，小心翼翼地提防着。

他们毕竟都是次神级强者，在他们全力防御的情况下，暗影国的魔王想要偷袭就要困难多了。

紫的双眼已经变得通红，他瞬间进入了狂化状态。

白金比蒙王可以说是兽人族的根本，是兽人族的基石，失去一位白金比蒙王，对紫的打击实在太大了。

但是，那个深渊魔王显然没有收手的意思。

在紫准备施展旋风激光斩，逼迫深渊魔王现身的时候，又一声惨叫声传来，“嘻嘻嘻”的阴冷笑声也同时响起。

半空中，飞马圣骑士杰拉德的身体僵住了，他低着头，看着胸前那突出的紫色尖刺，眼中流露出一丝不甘。

巴尔玛的遭遇杰拉德自然看到了，他自问实力不如白金比蒙王，连巴尔玛那样的强者都无法逃脱敌人的魔掌，自己又怎么可能做得到呢？可杰拉德还是不甘心，他还没有带领飞马骑士们赢得胜利，怎么能就这样死去呢？

浓郁的紫色光芒突然绽放，杰拉德的身体瞬间燃烧起来，下一刻便轰然爆炸。

“嘻嘻嘻”的笑声戛然而止。为了不被敌人吞噬，杰拉德选择了自爆，尸骨无存。

杰拉德胯下的飞马也与主人一同自爆了，周围四头魔牛和它们背上的魔蝎成了杰拉德的陪葬品。

紫级九阶强者引爆斗气与灵魂所产生的威力同样是十分恐怖的。

叶音竹真的急了。

白金比蒙王巴尔玛和飞马圣骑士杰拉德先后英勇就义，令叶音竹产生了强烈的危机感。

他没想到，这暗影国国主一出现，龙崎努斯联军一方的形势就急转直下。他宁可面对强大的黑妖国国主萨琳娜，也不愿意遇上一个实力达到次神级巅峰的刺客。

眼看飞马圣骑士杰拉德自爆而亡，所有飞马骑士都很难过，他们的眼睛都红了。

这些法蓝骑士都经过了严格的训练，杰拉德一直毫无保留地教导他们，带领着他们走到了今天。此时团长英勇就义，伤亡人数超过一半的飞马骑士们顿时变得疯狂起来。

“为团长报仇！杀——”

法蓝秘法——烈引爆体。

四千余名飞马骑士，怀着悲愤的心情发起了攻击。

耀眼的光芒在他们和坐骑身上绽放，四千余道伟岸的身影冲向了敌军，每一名飞马骑士都瞄准了一头魔牛。

最惨烈的一幕发生了。

伴随着巨大的轰鸣声，飞马骑士团消失了，但他们那视死如归的精神感染了龙崎努斯联军中所有的战士。

魔雕圣骑士空令其的眼睛已经红得要滴出血来了。

在法蓝十二位圣骑士之中，他和杰拉德同为空骑兵军团的圣骑士，关系自然是最好的。眼看杰拉德死了，空令其也抱了必死的决心，带着魔雕骑士团的战士们英勇杀敌。他们甚至不再闪避敌人的攻击，硬生生地冲入敌人的阵营之中，与敌军疯狂地厮杀起来。

“噗——”

深紫色尖刺再次出现，这一次，尖刺扎在了空令其的胸膛上，但空令其并没有感到意外，他的脸上露出了一丝狰狞的笑容。

空令奇感受着背后传来的死灵能量，他举起手中的长矛，将尖端对着自己，大喝一声，将残存的斗气全部注入长矛之中，随后狠狠地刺向自己。

“噗——”

这是空令奇的身体被刺穿的声响，一声痛苦的鸣叫声也同时响起。这一次，再没有出现那“嘻嘻嘻”的阴冷笑声，只听见惊怒交加的尖啸声。

空令其用尽了所有的力气，他的长矛不但刺中了自己，也刺中了背后的敌人。

轰然巨响之中，追随着飞马圣骑士杰拉德，魔雕圣骑士空令其也自爆了，他献出了自己宝贵的生命。而那深紫色雾气一阵激荡，偷袭空令奇的深紫色身影在爆炸中现出了真身。

纳尔班迪安怎么也没想到，自己居然会被一个小小的人类伤到，尽管只是轻伤，也是不可原谅的失败。

纳尔班迪安是暗影国国主，四大魔王之一，其余三位魔王都很排斥他，就是因为他这潜伏的能力过于恐怖。

纳尔班迪安施展潜伏时，不但可以隐身，还能隐藏自己的气息，包括精神力。

对方只有调动精神力，仔细地探察，才可能发现纳尔班迪安。可除了与他同等级的强者，谁又会不计消耗地时刻调动精神力探察情况呢？

纳尔班迪安不是四大魔王中最强的，却绝对是最阴险的。

暗影魔王纳尔班迪安怎么也没想到，自己居然会遇到这样的对手。

除了第一位白金比蒙王以外，之后的两个对手都在被他刺中要害的瞬间选择了自爆。尤其是空令其，他在自爆之前，还将手中那接近神器级别的长矛刺入身体，给纳尔班迪安留下了一道尺余长的伤口，而且，空令奇自爆产生的震荡，竟然将纳尔班迪安从白金比蒙王身上吸收的能量完全震散了。

激烈的战斗，两位法蓝圣骑士的死去，点燃了龙崎努斯联军中每一名战士的战意。

要塞城楼上胶着的战局起了变化，龙崎努斯联军战士拼命发起反击，硬生生地将深渊大军逼下了城楼。双方的伤亡人数激增。

魔雕骑士团的骑士们同时发出一声悲鸣。

空令其的副将仰天悲啸："兄弟们，飞马骑士团的兄弟们已经不在了，我们的团长也已经英勇就义，难道我们还要吝惜这副臭皮囊吗？跟我冲啊！"

空中又响起了一阵轰鸣声。

虽然飞马、魔雕两大骑士团陨灭了，但是他们并没有白死。

这两万条生命，带走了四万敌军，其中，死在他们手中的魔蝎数量足有三万，九千余头魔牛被他们自爆的威力彻底摧毁。

飞马、魔雕骑士们没有将肉体和灵魂留给敌人，他们是最英勇的战士。

一支军队能发挥出多强的战斗力，有时士气能起到关键的作用。深渊生物或许是悍不畏死的，但是，它们绝对没有人类那样的潜力。

眼看两大骑士团死去，人类战士们爆发出了无与伦比的战斗力。

第二龙骑兵军团硬生生地将深渊大军从要塞的缺口顶了出去，让土系魔法师们有时间修复要塞的城墙，城楼上的敌军也被击退了。一时间，战局朝着有利于龙崎努斯联军的方向发展着。

叶音竹的心在滴血。

两名法蓝圣骑士与一位白金比蒙王的死令叶音竹感到十分自责，敌人的实力超过了他的想象，尽管他看到小龙女那金色的身影从城楼飞跃而出，加入了战斗，可此时，叶音竹已经不愿意和深渊魔主们纠缠下去了。

叶音竹缠住了总体实力比自己强得多的敌人，本是值得自豪的事情，但此时他更想加入到战士们的队伍中去，和他们一起奋力杀敌。

一名影魔再次来到叶音竹背后。

令影魔吃惊的是，这一次，他的尖刺居然没有落空。叶音竹的身体只来得及微微晃动一下，影魔的尖刺就刺入了叶音竹的身体。

但是，影魔还没来得及兴奋，他就发现，尖刺并没有刺中叶音竹的身体，而是落入了叶音竹的掌心。

要知道，影魔的尖刺是三棱状的，三道棱都极为锋利，而且带着剧毒。

叶音竹就那样一只手抓住了尖刺，下一刻，叶音竹手中的超神器枯木龙吟琴就像板砖一般拍了出去。

“再见。”冰冷的声音刺激着影魔的灵魂。

简单的两个字，叶音竹却用上了精神系魔法禁咒——灵魂威压，大预言术。

“轰——”

伴随着庞大的生命能量，无属性魔法元素狂涌而出，宛如一个爆发的金色光团。

巨响之中，那影魔连惨叫都来不及发出，就变成了一团雾气消失了，这是死亡之雾。

其余的十一位魔主自然想不到，一直躲避他们的叶音竹居然会停下来，并且击杀了一名影魔。他们反应过来之后，十一道攻击同时轰向叶音竹。

叶音竹依旧没有闪躲。他冷哼一声，高举超神器枯木龙吟琴，闪电般拍下，七根琴弦同时发出了刺耳的嗡鸣声。

七音连爆，叶音竹只是挥动古琴而已，竟然发出了这样的攻击。

同时，金色光芒与无元素的能量融合，凝成一道巨大的光刃。

根本不管对方十一道攻击的力量有多强大，叶音竹控制着光刃朝深渊魔主们飞速斩下。

太极分阴阳，这光刃正是当初小龙女攻击叶音竹时使出的阴阳斩。

生命能量化为阴阳二气，阴阳二气相互碰撞，产生了恐怖的破坏力，再与七根琴弦发出的高频音刃融合，叶音竹使出的阴阳斩的威力甚至丝毫不逊色于小龙女的阴阳斩的威力。

更何况，那七音连爆的效果，令十一名魔主停顿了片刻，十一道攻击的威力顿时减小了几分。

金色光刃与叶音竹融为一体，因此，哪怕是太阴冰环这种瞬发攻击魔法，也同样被光刃斩开了。

这一击叶音竹使出了全力，这也是他酝酿了许久才发出的攻击，就是为了让深渊魔主们阵脚大乱。

如果叶音竹没有把握能随时摆脱他们，又怎么会甘愿被他们围住呢？

当初，小龙女凭借阴阳斩让叶音竹吃尽了苦头，此时，也该换他让敌人承受同样的痛苦了。

阴阳斩的威力主要在于它能以点破面，以阴阳二气相互碰撞产生的威力发起攻击。

其攻击力本来就已经很强了，再与高频音刃融合，这阴阳斩的破坏力甚至比雷霆一击的破坏力更加恐怖。

这十一道攻击虽然都瞄准了叶音竹，但十一名深渊魔主毕竟不是一体的，发出的攻击也有先有后。阴阳斩飞出之后，仿佛找到了一条完美的路线，将十一道攻击依次拦下。

叶音竹闷哼一声，张嘴喷出一口鲜血。

尽管他有心算无心，又有阴阳斩这项绝技，可他的敌人毕竟是十一名次神级强者，他能挡下十一道攻击已是万幸。

十一名深渊魔主同样闷哼一声，全身冒出灵魂之气，脸上都露出了痛苦之色。

他们倒不是因为阴阳斩而受伤，阴阳斩虽然厉害，但挡下他们的攻击之后，已经没有任何杀伤力了。

他们之所以受伤，是因为叶音竹施展的阴阳斩不仅挡住了他们的攻击，而且破坏了他们凝聚的精神壁垒。

叶音竹一开始就想好了，佯装被敌人命中，在敌人惊讶的时候瞬间将他消灭，再使出阴阳斩，挡住魔主们的攻击，破坏精神壁垒。

失去了一名魔主的精神力，精神壁垒的平衡被破坏了。阴阳斩袭来的时候，正是魔主们来不及调整精神力，精神壁垒最脆弱的时刻，显然是叶音竹发起攻击的最佳时机。

这一切，都在叶音竹的计划之中。

连接着精神力的精神壁垒被破坏，十一名魔主的灵魂都受到了剧烈的冲击，他们皆是一阵恍惚。

叶音竹的经脉和体内的能量都受到了震荡，损耗了一些生命能量，不过，短时间内即可恢复。

灵魂比肉体更加重要，十一名魔主受到的伤害是无法弥补的，他们释放的威压骤减。

叶音竹凭借着敏锐的洞察力、精准的判断力和杀伤力极强的阴阳斩，硬生生地冲破了魔主们对他的限制。

尽管叶音竹受了伤，可他并没有停止攻击，趁着十一名魔主精神恍惚的时候，他飘然而起，又使出了一道阴阳斩。

或许是因为对暗影国国主的恨意，这一次，叶音竹瞄准了两名影魔。

在深渊四国四种魔主之中，影魔对于物理攻击的抵抗力是最强的，他们的身体拥有着类似于永恒替身傀儡的能力。

可惜，叶音竹这阴阳斩并不是普通的物理攻击，其中蕴含着庞大的生命能量，正是深渊生物的克星。

这阴阳斩中充满了叶音竹的怒火，一闪而过的金光带着所向披靡的气势。

刺耳的爆鸣声中，两团黑雾同时消散，而叶音竹的身体化为一道流光，落向下方，暂时摆脱了那些魔主。

承受了对方的攻击，又施展了两次阴阳斩，此时叶音竹也需要时间恢复体内的能量。

十二名深渊魔主眨眼间就只剩下九名。

天空中的战斗依旧惨烈。

尽管琴帝号上的中级魔导炮已经再次射出了三百道光柱，可是，光柱没能将那毁灭大军的阵形打散。

敌军中那一千只大螃蟹还剩下七百只，正在不断地轰击着龙崎努斯要塞的城墙。

叶音竹从空中飘落，他的精神力扩散开来。他知道，此时，只有自己才能找到那暗影魔王。

叶音竹脑海中的两颗魂珠高速运转起来。战场上实力达到次神级的强者，都能清晰地感觉到叶音竹身上的灵魂波动。刚刚清醒过来的九名魔主感受到这剧烈的灵魂波动，都不敢追下来。

但是，叶音竹并没有找到暗影魔王，那个恐怖的刺客好像真的消失了。

紫、诺云和两位白金比蒙王都已经退回要塞，他们眼中充满了悲愤。

四大神兽也不进入要塞内休整，他们就站在城楼，阻击敌人。

此时，地面上的深渊大军已经不仅是低等深渊生物了，双头憎恶、魔牛、魔蝎等各类高等深渊生物都来到了城墙下，配合着低等深渊生物发起猛攻。

双方的伤亡数量以几何倍数增加着，每一秒都有大量生命消逝。

第三百二十八章

香鸾的变化

飞马骑士团和魔雕骑士团的战士们并没有白白丧命，他们也消灭了大量魔蝎和魔牛，深渊大军的兵力被削弱了不少。此时，魔蝎的总数已经不足四万，它们喷吐的黄雾已经无法笼罩所有的深渊生物了。

为了抵挡深渊大军，几大人类精锐步兵军团，包括比蒙军团都已经登上了城楼。

在东龙八宗的宗主和长老们的率领下，琴城四大步兵军团成了防御的主力军，他们和比蒙军团、紫晶军团以及三大兽人王牌军团集结在龙崎努斯要塞的城楼之上，形成了一道钢铁防线。

地精撕裂者们不断射出一支支恐怖的弩箭，消灭憎恶。

所有精锐军团加入战斗之后，敌军已经很难越雷池一步了。

尽管深渊大军数量众多，攻击力极强，可它们面对的，毕竟是整个龙崎努斯大陆的精锐战士，在要塞城墙的阻挡之下，地面上的深渊大军已经很难登上城楼了，完全被压制在下方。

这是一场消耗战。尽管深渊大军伤亡惨重，可深渊生物的数量本来就比联军战士多得多，它们耗得起。而那些在后方不断朝着城墙喷吐毒液的刺蛇，正消耗着土系魔法师的魔法力。

如果说参战人数在十万以下的战斗可以凭借双方强者来分出胜负的话，那么，当参战人数达到千万以后，那些强者就很难改变战争的结局了。

哪怕是像叶音竹、紫这样的超级强者，想要在这样的一场战斗中起到决定性的作用也是不可能的。毕竟，敌人的数量实在太多了，而且，敌军中的强者一点也不比联军一方少。

叶音竹最顾忌的是暗影魔王。

当一名次神级九阶的杀手出现在战场上时，除非对手也达到了同样的等级，否则，这个家伙便可以瞬间消灭任何人。

正因为如此，叶音竹不断释放精神力来探察情况，尤其是要塞内部的情况，不敢有丝毫放松，他要保护法蓝塔主和神兽们。

金银光芒闪烁，两道流光融入叶音竹的身体。

当那巨大的金银魔纹双翼在背后伸展开来时，叶音竹凝重的脸色才缓和了几分。有了闪、雷，叶音竹便可以快速过滤、吸收空间中的能量，不用再担心消耗太大的问题。

为了不让暗影魔王有可乘之机，叶音竹立刻通过灵魂之力向所有神兽示警，让他们聚集起来。在叶音竹的灵魂能量罩的保护下，神兽们更加安全，暗影魔王如果再次出手，叶音竹也能第一时间感应到。

小龙女在空中巡视，她也释放出了精神力探察情况。和叶音竹的防御之势相反，她做好了攻击的准备，正在寻找暗影魔王。

暗影魔王最恐怖的能力就是那悄无声息的偷袭，而论正面攻击的实力，他却要比其他三大魔王弱一些。

如果暗影魔王与小龙女正面抗衡，他几乎没有胜算。所以，叶音竹才会通过灵魂联系让小龙女来搜寻暗影魔王的下落。以小龙女的实力，她自然是不怕暗影魔王偷袭的。

叶音竹的目光在小龙女身上停留片刻之后，便重新投向双方的空军。

此时，琴帝号上的中级魔导炮刚刚完成第二次发射，在一定程度上扭转了劣势。

凭借骨龙、巨龙、双头奇美拉和精灵龙，龙崎努斯空军在战场上构建了一道坚固的防线。

尽管龙崎努斯空军的总体实力不如敌方，可深渊空军想要攻破这道防线也不是容易的事情，更何况，琴帝号的撒手锏还没有使出来呢。

“苏拉，不要吝惜能量！高级魔导炮发射，目标为毁灭和大螃蟹。我倒要看看，这些毁灭是否连高级魔导炮的能量也能吸收。”

叶音竹一眼就看出，空中战场的关键就是那些毁灭，那些能够吸取元素能量的怪物起到了决定性的作用。

它们不但攻击力极强，而且有着反魔盾的保护，有它们在，那些大螃蟹就是安全的。

之前，苏拉为了充分发挥中级魔导炮的杀伤力，第二轮攻击也瞄准了阴龙军团，而不是那些毁灭。

苏拉操控琴帝号的能力极为出色，但在战术上逊色于叶音竹。

其实苏拉也在犹豫，不知道应该在何时使用高级魔导炮。有了叶音竹的提醒，她心里的大石头终于落地了。

恐怖的能量波动开始出现在高级魔导炮中，四十门魔导炮的炮管同时调整方向，瞄准了空中的毁灭大军。

这次，炮管中闪耀的不是红色光芒，而是耀眼的灿金色光芒。

高级魔导炮能射出三种属性的光柱，比中级魔导炮多一种。除了火系、暗系之外，还有一种是对付深渊生物最有效的——光明系。

如果凭借高级魔导炮和光明系魔法还不能解决这些毁灭，那么，这些毁灭真可谓是无敌的存在了！

空中剩余的九名深渊魔主立刻发现了琴帝号的变化。他们达到了次神级，对于能量波动的感觉都极为敏锐。

九名深渊魔主立刻意识到事情不妙，赶忙下达了命令。毁灭背上的女巫们第一时间将反魔盾的防御力提升到了最强。

反魔盾真的有效吗？

这个级别的反魔盾能够抵挡高级魔导炮的轰击吗？

叶音竹眼中流露出一丝寒意，反魔盾对于魔法的抵挡能力毋庸置疑，但是，任何能力都有极限。

当魔法攻击的威力超过反魔盾的承受能力时，使用反魔盾的深渊生物只会受到更大的伤害，甚至可以说必死无疑。

高级魔导炮附加了光明系魔法，叶音竹几乎可以肯定，这些毁灭和女巫一定抵挡不住，而那九名次神级魔主会挡在毁灭前面吗？不可能，这些最高等的深渊生物十分自私，对于他们来说，自己的生命才是最重要的。在没有把握的情况下，他们绝对不会轻易承受高级魔导炮的攻击。

至于高级魔导炮能够产生怎样的威力，叶音竹心中清楚得很。

或许四十门高级魔导炮的攻击范围不如三百门中级魔导炮的攻击范围大，但高级魔导炮的攻击强度是中级魔导炮无法相比的。

“轰——”

四十门高级魔导炮同时发射，剧烈的能量波动在空间中蔓延。四十根灿金色光柱照亮了整个天空，宛如神迹一般，轰向毁灭和大螃蟹。

四十根光柱是那么耀眼，其威势令那些魔主脸色大变，一个个忙不迭地逃到远处，更别说是去抵挡光柱了。

魔导炮发射的时候，笑容就出现在了叶音竹脸上。以琴帝号的能量储备，坚持到战斗结束绝无问题。

只要琴帝号的护卫能够拖住敌人，让魔导炮有足够的时间充能、发射，那么，看上去落入下风的龙崎努斯空军也定会取得最后的胜利。

但是，叶音竹的笑容出现得快，也消失得快。笑容刚刚出现，下一刻，他的表情就有些僵硬了。

因为，他清晰地看到，一道身影在间不容发之际升至半空，正好挡在了灿金色光柱与深渊空军之间。

那是一个人类，而且是叶音竹无比熟悉的人，但她做着叶音竹无法理解的事情。

“香鸾！”叶音竹失声惊呼。

从大战开始到现在，这是叶音竹第一次无法保持冷静。

没错，那突然出现在半空之中的人，正是米兰帝国的公主——香鸾。

香鸾看上去依旧那么美丽，她飞在半空之中，衣襟被风吹得猎猎作响，飘然若仙。

她的身体挡在了毁灭们前面，下一刻，翡翠般的碧绿光芒扩散开来，直接形成了一面坚实的碧绿色盾牌。

反魔盾，香鸾身上释放出来的碧绿光芒竟然形成了反魔盾，而且是最高级别的反魔盾。

“轰——”

四十道灿金色光柱准确无误地轰在了盾牌之上，香鸾脸上露出一丝痛苦的神色。接着，碧绿色的盾牌上出现了数道裂痕。这深渊位面最强的防御魔法，终究还是没能抵挡住四十门高级魔导炮的全力一击。

轰鸣声再次响起，碧绿色的盾牌瞬间破碎，但它毕竟削弱了光柱的威力，只有距离琴帝号最近的两百只毁灭在金光中消失了，这一轮攻击并没有给深渊空军造成毁灭性的打击。

在碧绿色盾牌破碎的那一刻，香鸾的身体飘然而起，被冲击波震得远远地飞了出去，剧烈的能量波动仍在空间中蔓延，香鸾的脸色看上去颇为苍白，她张嘴吐出一口鲜血。

这不可思议的一幕，令所有认识香鸾的人都愣住了。谁也没想到，在这关键时刻，香鸾居然会替深渊生物抵挡琴帝号的攻击。

就在此时，令米兰帝国的战士们更加难以接受的事情发生了——深紫色的尖刺再次出现。

这一次，暗影魔王的目标不是神兽或法蓝圣骑士，而是西多夫元帅。

锋利的尖刺，浓重的深紫色雾气，这熟悉却令人胆寒的景象赫然出现在战场之上。

西多夫元帅原本正在指挥大军作战，他指挥的方向战况最好。

此时，西多夫元帅的身体骤然僵硬，难以置信地看着空中的香鸾，再低头看看胸前的深紫色尖刺，他的生命能量在飞速地流逝。

“不——”一声凄厉的喊声从琴帝号扩音舱中传出，那如同杜鹃啼血一般的哀鸣声震撼着战士们的心。

西多夫的脸上露出毅然的神色。他身为米兰帝国第一强者，“米兰之盾”，同时也是东龙八宗长老之一，绝对不会被法蓝圣骑士比下去。

西多夫双手握住了那深紫色尖刺，下一刻，他身上亮起了夺目的紫色斗气光芒。

西多夫和法蓝圣骑士做出了同样的选择，结果同样惨烈，可西多夫给叶音竹带来的震撼更加强烈。

叶音竹想也没想便来到了西多夫身边，但是，因为之前他离西多夫实在太远，再加上空中的香鸾分散了他的注意力，所以，当他赶到时，那惨烈的爆炸已经发生了。

西多夫自爆前的最后一刻，正望着叶音竹，嘴巴动了动，似乎在说什么。

“轰——”

一名紫级六阶强者自爆的威力何等恐怖！

浓重的深紫色雾气中传出一声闷哼，暗影魔王显然没有占到什么便宜。他那尖刺在最后时刻才从西多夫体内抽出，他承受了西多夫自爆时产生的冲击力。

“混蛋！”无法抑制的愤怒冲击着叶音竹。

对于叶音竹来说，西多夫不仅是一位可敬的长者，是东龙八宗的长老，也是海洋的爷爷啊！

叶音竹知道西多夫在海洋心中有多重要。在嫁给叶音竹之前，海洋一直将西多夫视为自己唯一的亲人。

琴帝号扩音舱中传出的声音叶音竹听得清清楚楚，他无法想象此时海洋有多痛苦。

叶音竹近乎疯狂地举起超神器枯木龙吟琴，七根琴弦剧烈地振动着，刺耳的琴音令在场的人大惊失色。但是，西多夫的自爆拉开了叶音竹与暗影魔王的距离。当叶音竹发出的阴阳斩即将命中对手的时候，暗影魔王再次消失了。

选择自爆的西多夫元帅甚至连尸体都没有留下，这位为了米兰帝国戎马一生的名帅竟落得个尸骨无存的下场。

叶音竹的眼睛红了，强大的灵魂之力突然爆发，化为一个魂环扩张开来。金色的魂珠从叶音竹的眉心出现，飘浮在他头顶，一圈圈金色的光芒从魂珠中释放，眨眼间就覆盖了方圆数千米的土地。

暗影魔王虽然一击得手并躲过了叶音竹的阴阳斩，但他在西多夫自爆的时候受到了一定的伤害，身体停顿了片刻。而就在这个时候，叶音竹的魂珠释放的光芒已经追了上来。

那淡淡的金色光芒笼罩了暗影魔王，尽管他并没有显形，可受到灵魂冲击之后，他身上泛起了金光。刹那间，叶音竹的灵魂之力已经锁定了他。

“格拉西斯、明。”叶音竹仰天怒吼，宛如流星赶月一般追了上去。在闪和雷的辅助下，他的速度并不比那暗影魔王慢多少。

叶音竹已经强行锁定了暗影魔王，那阴险的刺客逃不掉了。

两道强壮的身影同时从龙崎努斯要塞内升空，仿佛叶音竹有着巨大的吸引力似的，半空中的那两道身影瞬间转化为能量形态，朝着叶音竹飞去，随后，那能量与叶音竹的身体完美地融合在一起。

战争巨兽和山岭巨人化为了神兽之铠，这是格拉西斯和明经过菲尔杰克逊的灵魂之火煅烧后拥有的一项特殊能力。

蓝银色铠甲瞬间出现在叶音竹的身体之上，叶音竹背后的金银魔纹双翼染上了一层蓝银色的光芒。

庞大的能量冲击着叶音竹的身体，令他的速度骤然提升。他在空中飞过，普通人甚至连他的影子都捕捉不到。只用了数秒，叶音竹就到了暗影魔王背后。

叶音竹早已恨极了这个对手，他全身绽放着金光，毫不吝惜地释放出体内的生命能量。

或许是被叶音竹那一往无前的气势震慑住了，暗影魔王看到那耀眼的金色光芒时，竟然有些慌张。

对于暗影魔王来说，此时继续隐形已经没有任何意义了，毕竟隐形时他也要消耗死灵能量。

暗影魔王停了下来，深紫色雾气瞬间扩散，想要将叶音竹笼罩在内。

叶音竹冷哼一声，手中的超神器枯木龙吟琴已经拍下，庞大的能量骤然释放，金色闪电般的阴阳斩攻向那深紫色雾气。

这蕴含着生命能量的攻击正是死灵能量的克星，围绕着叶音竹的深紫色雾气瞬间出现了裂纹，在生命能量的作用下消散了。

叶音竹释放的金色魂珠此时已经回到了他的眉心，却并没有回到精神之海，而是在眉心处化为了金色的琴弦纹路。

与此同时，一颗黑色的魂珠悄然出现在胸铠的凹陷处，一丝奇异的灵魂波动给叶音竹带来了一种特殊的感觉。

神兽之铠的蓝银色光芒瞬间收敛，这套铠甲竟然在刹那间发生了巨变。

蓝银色光芒收敛，神兽之铠绽放出银色的光芒，那金银魔纹双翼也变成了银色，只有胸铠处的魂珠还保持着原来的颜色。

除了颜色之外，这套铠甲的外观并没有什么变化，但感觉铠甲之中的气息在缓缓流动。剧烈的能量波动从铠甲中释放出来，与叶音竹的灵魂气息融为一体，融合之后的能量极强，将暗影魔王释放的深紫色雾气完全冲散了。

什么是神器？这神兽之铠才是真正的神器。

以往所说的神器只不过是武器中的极品，哪怕是超神器，也只是配得上次神级强者的武器，而此时叶音竹所穿的这套铠甲，却应该属于真正的神。

当初，这套铠甲还没有完全展现出它的威力，次神级二阶的叶音竹就凭借它斩杀了暗塔塔主斯隆，那时候的斯隆可是次神级八阶强者，可见这铠甲的增幅作用多么大。

而此时，叶音竹的实力已经不再是次神级二阶，而是次神级六阶了。尽管这套铠甲无法让他达到神级，不过至少让他的实力瞬间提升到了次神级巅峰。

暗影魔王开始感到恐惧了。在四大魔王中，论实力，他本就是最弱的一个。

原本，次神级六阶的叶音竹只是让暗影魔王感觉有些麻烦，因为叶音竹的灵魂之力太过强大，他无法成功地偷袭，可此时叶音竹的气息让他觉得十分恐惧。他清晰地发现，眼前这个人类的实力似乎已经凌驾于自己之上了，尤其是那两颗魂珠产生的灵魂威压更是令暗影魔王心中发虚。

他不想继续战斗下去了，对于他们这些魔王来说，没有什么事情比保住自己的生命更加重要。

尤其是这个男人身上，还有着当初他们攻入龙崎努斯大陆时，那些神龙拥有的生命能量，那是足以令他丧命的能量。

深紫色尖刺再次出现，这已经袭击了数名人类强者的凶器化为一片影子，千百根尖刺从四面八方刺向叶音竹。

空间被这些深紫色尖刺撕裂出无数道口子，叶音竹身体周围产生了强烈的撕扯力，这力量似乎想将他撕碎。

叶音竹岿然不动，好像没有感受到这股力量似的。超神器枯木龙吟琴飘浮在他胸前，他那被铠甲保护着的双手放在弦上，急速弹奏起来。

铿锵的琴音传出，宛如万马奔腾，空间中产生了恐怖的威压，而且琴弦每一次振动，都会射出一道夹杂着金色光芒的乳白色光刃。

将琴曲与高频音刃结合起来，这是叶音竹曾经梦寐以求的境界，但对于现在的他来说，这早就不是什么难事了。

暗影魔王本就没有打算和叶音竹硬拼，他早就找好了退路，化为一道虚幻的深紫色身影，在发起攻击之后，迅速朝着远方逃去。

暗影魔王很清楚，尽管叶音竹的魂珠能够发现他的位置，可是只有在一定范围内才有效，超出了这个范围，就算是叶音竹这样的强者也找不到他。

面对如此强大的叶音竹，先避其锋芒显然是最好的选择。

因此，在全力攻击之后，暗影魔王没有选择和叶音竹正面交战，而是快速逃走，想要摆脱叶音竹。

在整场战斗之中，虽然龙崎努斯联军守住了要塞，但局势是对深渊大军有利的，继续拖延下去，只会令龙崎努斯联军的损失越来越大。

何况，暗影魔王相信，只要四大魔王聚集起来，那么，眼前的这些人类中没有谁能够与他们对抗。

但是，暗影魔王不知道，这个选择是他一生中最大的错误，也是他所犯的最后一个错误。

如果叶音竹全力抵御那些尖刺，暗影魔王确实可以趁机逃走，这也是暗影魔王精确计算过的，哪怕叶音竹的速度再快，挡住那些尖刺之后，也不可能追得上他。

可是，叶音竹选择了另一条路。

附加了生命能量的高频音刃硬生生地挡住了从正面飞来的尖刺，随后，叶音竹竟然不管其他方向的深紫色尖刺，直接提速，朝着暗影魔王追去。

暗影魔王一直调动灵魂之力，观察着战场的情况，他逃跑的时候，也不忘监视叶音竹的动向。

当暗影魔王发现叶音竹竟然没有挡下其他方向的尖刺，直接追了过来时，他不惊反喜：愤怒是一种不好的情绪，愤怒的人往往容易做出冲动的事，小子，等着为你的冲动付出代价吧！

尽管那千百根深紫色尖刺看上去都是幻影，可那是暗影魔王使出全力的攻击，威力惊人。

暗影魔王有绝对的信心，叶音竹如果被尖刺命中，身体必然会受伤，到了那个时候，自己也不用再逃跑了。

叶音竹确实没有抵挡那些尖刺，任由它们轰击在自己身上。但是，暗影魔王并没有得意太久。

叶音竹背后的银色双翼骤然伸展开来，没有挡住那些尖刺，而是任由它们攻向叶音竹，但是，那些尖刺并没有伤到他，撞到银色铠甲之后便化为点点深紫色光晕。

叶音竹的前方没有任何阻碍，两侧和后方的尖刺撞击铠甲之后产生了一股强大的推力，让他的速度再次提升，他离暗影魔王已经非常近了。

“香鸾”挡下了四十门高级魔导炮的光柱后，虽然受了伤，但她一直关注着战斗的局势。

发现暗影魔王竟然被叶音竹追得如此狼狈，“香鸾”没有片刻的犹豫，快速朝着暗影魔王飞了过来。

墨绿色的披风出现在“香鸾”背后，披风的四个分叉显示了她的身份，她额头上的绿色魔纹闪耀着淡淡的光芒，此时的“香鸾”，全身释放着死灵能量。

“香鸾”的速度很快，她知道叶音竹对龙崎努斯联军来说有多重要，她的判断也极为正确，她相信，只要自己和暗影魔王联手，那么，击杀叶音竹应该并不是件困难的事。到了那个时候，龙崎努斯联军就将群龙无首，最后的胜利也将属于深渊位面。

“香鸾”的想法虽好，但她的希望马上就落空了，令她无比惊骇的一幕出现了。

叶音竹自然也看到了赶来的“香鸾”，鉴于她之前挡住魔导炮轰击的行为，叶音竹当然知道“香鸾”不是来帮助自己的。但是，他的神色没有产生丝毫的变化。

就在叶音竹距离暗影魔王已经不足百米的时候，突然，一道蓝紫色光芒从他左手射出，眨眼间便击中了暗影魔王。

“轰——”

暗影魔王的身体瞬间停住了。

暗影魔王的防御力不可谓不强，那充满了死灵能量的深紫色雾气可以挡住绝大多数魔法，并且可以将敌人物理攻击的杀伤力降至两成。但是，此时攻击他的并不是普通的武器，而是超神器雷神之锤。

雷霆一击除了具有极强的攻击力以外，还有一个附加效果——眩晕。

被雷霆一击命中的敌人如果没有毙命，便会受到眩晕效果的影响，而且，不论敌人是谁，不论他多么强大，都会受到影响。

当雷霆一击落在暗影魔王身上的时候，他的身体几乎瞬间就僵硬了，甚至连身上的深紫色雾气都飘散了大半。

他的身体依靠惯性向前冲去，但速度已经明显慢了下来。

强烈的不安从暗影魔王心中涌起，此时他已经后悔了。

他知道，如果自己刚才选择与叶音竹正面交战，而不是逃跑的话，就算叶音竹占了上风，想要伤到他也不是一时半会儿就能做到的，只要自己能够等到“香鸾”的支援，那么，胜利还是属于他的。

可是，当暗影魔王的生命受到威胁的时候，他的自私让他选择了尽快撤离，结果将主动权拱手让人。

现在，暗影魔王只希望“香鸾”的速度能够快一点，在他受到重创之前挡住叶音竹，两人再联合起来将叶音竹击杀。

由于暗影魔王速度骤减，叶音竹马上来到了暗影魔王面前。

此时，“香鸾”距离他们只有不到三千米了，对于他们这样的强者来说，三千米远的地方几秒便可以到达。

但就在这几秒之内，结局已经定了下来，不可逆转。

叶音竹的眼中流露出强烈的杀意，尽管他特别愤怒，可他从小修炼赤子琴心，因此心中仍然十分镇定，头脑清醒。

叶音竹没有直接攻击暗影魔王，因为他知道，哪怕使出阴阳斩，最多也只能重创对手，而无法将其消灭。毕竟，暗影魔王身边还有深紫色雾气，这些雾气能够削弱叶音竹的攻击力。

“香鸾”即将赶到，叶音竹只有一次出手的机会，如果这一次不成功，那么，他就将身首异处。

可是，叶音竹会给他们这个机会吗?

不，当然不会。

暗影魔王先后杀害了白金比蒙王，两位法蓝圣骑士以及西多夫元帅，叶音竹早已对他恨之入骨，在追击途中，叶音竹就想好了对付暗影魔王的方法。

所以，叶音竹来到暗影魔王面前时，并没有立刻发起攻击，他没有弹奏琴曲，而是抬起了他的脚。

叶音竹抬起右脚，重重地踏下，手上的超神器枯木龙吟琴化为一道乳白色光芒融入他的右掌，下一刻，他的右掌已经轻轻拍下。

“砰——”

低沉的闷响在空中回荡，整个空间都剧烈地颤抖了一下，以叶音竹为中心，方圆数千米的空间都扭曲了。

“香鸾”原本想要施展瞬间移动，可叶音竹一脚踏出，产生的威力强行打断了她的瞬间转移。

她骇然发现，方圆数千米范围之内，所有的精神力定位都消失了，甚至连灵魂波动都不存在了。

第三百二十九章

七弦破魂掌

连“香鸾”都受到了影响，更不用说近在咫尺的暗影魔王了。暗影魔王还没来得及从雷霆一击的眩晕效果中解脱，就进入了二次眩晕状态。

叶音竹施展的是什么招数？

正是战争巨兽格拉西斯最擅长的战争践踏。

为什么叶音竹挥出的雷神之锤会有那么大的威力，一下子就让暗影魔王僵住了？

那是因为神兽之铠中融合了山岭巨人明的能量，明有“雷神之子”的称号，在明的辅助下，超神器雷神之锤自然能够充分发挥作用。

同样，战争巨兽格拉西斯也化为了神兽之铠，叶音竹自然可以使用格拉西斯的技能。

叶音竹这一脚虽然在空中踏出，但他体内集中了闪、雷、明和格拉西斯四位神兽的能量，他施展的战争践踏的威力当然远远大于格拉西斯攻击时的威力，因此，暗影魔王和“香鸾”这样的强者也无法抵挡。

除了二次眩晕以外，暗影魔王身体周围的深紫色雾气也完全被震散了，他现出了本体。

暗影魔王的样子不怎么讨人喜欢，他的身体瘦小、枯干，覆盖着一层黑色的鳞片，看上去有些像低等深渊生物，不像黑妖魔王萨琳娜那么完美。

暗影魔王的表情十分震惊，他看着叶音竹踏出右脚之后又一掌拍向他的额头。

叶音竹的手，变成了白玉一般，看上去晶莹剔透，其中好像蕴含着剧烈的灵魂波动。

叶音竹的手并没有重重地拍下，只是轻飘飘地贴上了暗影魔王的额头，仿佛那并不是一记攻击。

如果说暗影魔王先前感到眩晕，那么，这一刻他心如死灰，他的身体已经完全僵硬了。

叶音竹口中吐出两个字，语气像冰碴儿一般寒冷："再见。"

叶音竹说完，下一刻，他再次提速，朝着"香鸾"迎了上去，再也不看暗影魔王一眼。

"噗——"

暗影魔王的身体剧烈地颤抖了一下，一团深紫色的烟从他的七窍中飘散而出，他的身体晃了晃，下一刻，化为烟尘消失了。

"香鸾"看到叶音竹仅拍出一掌就消灭了暗影魔王，眼中不禁流露出一丝惊恐。

由于距离比较远，在叶音竹干掉暗影魔王的时候，"香鸾"便已经从眩晕中清醒过来，她的脸色变得十分难看。

叶音竹速度飞快，距离"香鸾"只有百米了，他没有主动攻击，而是沉声道："你是谁？"

"香鸾"眼中仍有骇然之色，道："如果你肯告诉我，你是用什么方法杀掉了纳尔班迪安的话，我或许会回答你的问题。”

叶音竹冷哼一声，道：“纳尔班迪安？你说的就是那暗影魔王吗？如果我猜得没错，你应该也是四大魔王之一，告诉我，香鸾在哪里？”

“香鸾”嫣然一笑，尽管她不是真正的香鸾，可她的笑颜依旧是那么动人。

“香鸾”道：“我不就是香鸾吗？难道你没听说过‘夺舍’吗？”

“夺舍？”叶音竹心中骇然，他立刻想到了小龙女施展的原身夺舍，一旦身体被夺，那么，连灵魂都会被施法者吞噬，这样说来，恐怕香鸾……

叶音竹的心在颤抖，脑海中不断闪过自己和香鸾相处的画面，他一时间心如刀绞。

“你杀了她？”叶音竹的双眼仿佛要喷出火来一般。

“香鸾”嫣然一笑，道：“都说了是‘夺舍’，并不是杀。不过，可惜了，原本我还想偷袭你，只是我的属下们面临着琴帝号的攻击，我可不希望它们的损伤太大，所以，算是便宜你了吧。你还没告诉我，你是怎么杀死纳尔班迪安的。”

叶音竹深吸一口气，尽可能地让自己冷静下来。他可以肯定，眼前的敌人必定是四大魔王之一，而且她的实力比暗影魔王更强，从她能够挡住四十门高级魔导炮的攻击就能看出这一点。

叶音竹道：“我称它为七弦破魂掌。暗影魔王先后两次被我打到进入眩晕状态，或许我无法仅凭物理攻击摧毁他的身体，但我可以将生命能量和灵魂之力融合起来，借助超神器枯木龙吟琴全力一击，攻破他的灵魂防线。”

“香鸾”微笑着道：“原来如此，没想到你居然这么厉害，上次我们见面的时候，你似乎还没有现在这么强。你真是个坏人，挑起我们与蓝巫国之间的战斗，幸好……”说到这里，“香鸾”停了下来，似乎意识到有些东西是不能说出口的。

叶音竹终于知道眼前的敌人是谁了，四大魔王之中，曾经见过他的，就只有黑妖魔王萨琳娜，也就是眼前的“香鸾”。

“萨琳娜，又是你。你也跟随暗影魔王一起去死吧！”

叶音竹的眼睛泛着泪光。他没想到，在西多夫元帅死后，又有一个对自己十分重要的人死去了，他已经心痛得无法呼吸了。

此时叶音竹心中只有一个念头，就是将眼前的萨琳娜消灭。

“等一下。”眼看叶音竹扑了过来，萨琳娜快速躲开，使出瞬间转移，逃到了千米之外，她并没有发起反击。

“我知道一些有趣的事情，你不想知道吗？”萨琳娜依旧面带微笑。

叶音竹看着熟悉的笑颜，想到躲在香鸾身体里的萨琳娜，心中的仇恨越来越深。

“什么事情？”叶音竹加快速度，朝着萨琳娜飞去，同时，他眉心处的灵魂之光扩散开来，笼罩着自己和萨琳娜之间的区域。

有了魂珠的帮助，叶音竹就可以感应到萨琳娜的精神力，从而知晓她的位置。这样，萨琳娜的瞬间转移就将失去作用，叶音竹很快便能找到她。

萨琳娜似乎一点也不急着和叶音竹动手，她调侃道：“你应该知道，被我夺舍的人，她的记忆也会被我读取。我从这位人类公主的记忆中，找到了很好玩的东西。没想到，她竟然这么喜欢你，这就是你们人类所谓的‘爱’吗？”

叶音竹的身体僵硬了，虽然他明知道萨琳娜说这些是为了扰乱他的心，但他依旧遂了萨琳娜的心愿。

叶音竹的心中掀起了轩然大波：爱？香鸾爱我？

“我和香鸾只是朋友关系。”叶音竹强忍着心中的惊讶，冷静地道。

蓝紫色光芒闪耀，叶音竹再次挥动了雷神之锤。

萨琳娜的实力强于纳尔班迪安，翡翠般的碧绿光芒再次出现，尽管她的身体僵住了几秒，可雷神之锤的攻击依然被反魔盾挡了下来，并没有伤害到萨琳娜。

萨琳娜依旧没有出手，其实她并不是不想和叶音竹开战，而是因为她现在没有把握能够战胜叶音竹。

看到叶音竹施展七弦破魂掌将暗影魔王消灭时，萨琳娜就知道，自己未必能够战胜眼前这个人类，尤其是在她刚刚挡下魔导炮的攻击的情况下。

虽然萨琳娜成功地挡住了那四十道光柱，但高级魔导炮的杀伤力超过了她的预期，她受了伤，只是这伤并不重。所以，现在对她来说，拖延时间，恢复体内的能量更为重要。

“朋友？真是好笑，一个为你生了儿子的女人，你居然说她只是你的朋友？”萨琳娜不禁大笑起来，仿佛听到了全天下最可笑的话语一般。

“你胡说！”叶音竹大怒。

他自然不会相信萨琳娜的话，他承认，香鸾在他心中有着重要的地位，但他将香鸾视为姐姐，两人之间只有友情。

“我胡说？那米兰帝国的睿琴太子是谁？这名女子的记忆真好玩，她居然将自己的儿子认作弟弟，实在是有意思。”

睿琴？

听到这个名字，叶音竹的行动慢了下来，脑海中响起一阵轰鸣声，睿琴太子那漂亮的小脸立刻浮现在他眼前。

海洋似乎说过，睿琴的相貌并不像西尔维奥大帝，反而有些像叶音竹。虽然这只是一句戏言，但给叶音竹留下了深刻的印象。而且，睿琴太子天生也只拥有八根手指，难道这一切真的不是巧合吗？

“怎么？相信我的话了吗？让我来告诉你实情吧，那个睿琴太子就是你的儿子。在你结婚那天，这位香鸾公主趁你酒醉，悄悄地去了你的房间。她喜欢你，却因为什么好笑的‘姐妹之情’不敢表达出来，而又愿意与你生下那孩子，真是个傻瓜！你们人类能有自己的后代，让我好生羡慕！”说到这里，萨琳娜居然生出了几分伤感。

新婚之夜？那晚发生的事情，叶音竹还有些印象，此时听了萨琳娜的话，叶音竹好像明白了什么。难怪，那天香鸾和妮娜奶奶连夜离开了琴城，不告而别。

想到后来妮娜奶奶对自己的态度，以及西尔维奥大帝的出身，叶音竹只觉得自己的心脏剧烈地颤抖着。

这一切令叶音竹难以置信：香鸾竟然喜欢我，而且，还和我有一个儿子，对于这些，我竟茫然不知，还收了睿琴为徒？

“不！我不相信！”叶音竹疯狂地怒吼一声。

在萨琳娜的干扰之下，叶音竹无法再保持镇定，他飞身扑向萨琳娜，发起了攻击。

萨琳娜此时已经恢复了部分能量，面对叶音竹的攻击，她毫不畏惧，释放出一个又一个太阴冰环，阻挡着叶音竹的步伐，同时，萨琳娜释放灵魂之力，在空中和叶音竹大战起来。

在叶音竹和萨琳娜大战的时候，两军交战的情况变得更加混乱了。

由于萨琳娜挡住了高级魔导炮的攻击，龙崎努斯空军在毁灭、阴龙和天鬼的联合攻击下节节败退。和阴龙相比，骨龙的数量实在太少了，不死魔龙军团眼看就要抵挡不住了。

精灵龙和双头奇美拉的作用虽然很大，但它们的数量同样很少，面对敌人铺天盖地的攻击，精灵族的两大终极兵种伤亡惨重。

此时，龙崎努斯联军一方，就连神圣巨龙霍华德都杀红了眼，完全忘记了自己与琴城之间的仇恨。它不断斩杀深渊生物，但阴龙和毁灭实在太可怕了，龙族的魔法很难抵挡阴龙们喷吐的太阴之火。

己方空军败退，琴帝号也在逐渐后退，此时，琴帝号内部的气氛十分凝重。

苏拉和海洋听不到叶音竹和萨琳娜的对话，她们清楚地看到香鸾突然出现，挡住了高级魔导炮的攻击，二人顿时大惊失色，她们不知道香鸾为什么要这样做。

西多夫元帅的死令海洋悲恸欲绝，扩音舱传出的神音魔法威力大减，其辅助效果减弱了许多。

龙崎努斯要塞的情况也不乐观。

双头憎恶、魔牛等高等深渊生物加入了战斗，大螃蟹不断从空中抛下黄绿色光球，大量刺蛇喷吐着毒液，龙崎努斯要塞的城墙已经岌岌可危。土系魔法师消耗了大量魔法力，快要坚持不住了，而城楼上的战士伤亡颇重，城楼的四个方向都有精锐军团的战士镇守，这才勉强挡住了深渊生物的攻击。

飘浮在要塞上方的法蓝塔主们此时眉头紧锁，他们都没有出手，因为六位塔主知道，还没到紧要关头。如果他们现在就出手，或许能够减轻己方的压力，但在大规模的战斗中很难起到决定性的作用。所以塔主们在等，等待最佳的时机。

西多夫元帅遇袭，叶音竹消灭暗影魔王，与萨琳娜开战，这些六位塔主都看在眼中。他们虽然担忧，却依旧没有出手。

这倒不是因为六位塔主心志沉稳，他们只是听令行事，战术都是叶音竹一手安排的。

正在这时，谁也没有注意到，有两道身影悄然出现在要塞城墙的一角。

看上去，它们不过是两个普通的憎恶罢了，但是，就在它们攀上城墙，似乎要和城楼的战士一决高下的时候，突然，怪异的事情发生了。两个憎恶竟然飞了起来，以迅雷不及掩耳之势，出现在六位塔主面前。

一个暗红色光环突然扩散，竟然将六位塔主全部笼罩在内，与此同时，六道墨绿色光芒如同闪电一般落在了六位塔主身上。

但是，令两名偷袭者意外的是，六位塔主脸上没有一丝惊讶，反而都露出一丝淡淡的微笑。

光明塔塔主奥布莱恩心中暗想：该来的终究还是来了，还好没有让我们等待太久。

没错，偷袭法蓝六位塔主的，正是另外两个深渊魔王。

蓝巫魔王和紫月魔王一直在寻找机会。

萨琳娜夺了香鸾的身体，获取了她的记忆之后，就通知了蓝巫魔王和紫月魔王，他们便知道了，这六个老人不仅指挥着所有魔法师，而且是魔法师们的信仰。他们是除了叶音竹以外最重要的人。

其实，两个深渊魔王的第一目标并不是六位塔主，而是叶音竹，只不过两个深渊魔王谨慎考虑过后，决定攻击六位塔主。因为如果深渊魔王偷袭叶音竹的话，龙崎努斯联军便会全力反击，六位塔主会立刻加入战斗，小龙女也会帮助叶音竹，这样的话，局势将对深渊大军不利。

如果先消灭六位塔主就不一样了。若能将这六位顶级魔法师杀死，那么，魔法师们将会群龙无首，阵脚大乱，对于深渊魔王来说，这个威胁也将不复存在。

原本，纳尔班迪安的任务就是刺杀六位塔主，但因为魔蝎的损失太大，他才率先出手，袭击了白金比蒙王等人。

此时，纳尔班迪安已经被叶音竹消灭了，这两个隐藏在深渊生物中的深渊魔王终于忍不住了，他们的目标自然还是六位塔主。

飘浮在空中的六位塔主被那墨绿色的光芒击中，也被那暗红色的光环笼罩了。

萨琳娜通过香鸾的记忆知道了很多东西，譬如，魔法师的身体很脆弱。

发出暗红色光环的，正是蓝巫国国主——哈吉，而释放墨绿色光芒的，则是紫月国国主——纳达尔。

暗红色光环的效果是极致削弱。这暗红色光环对敌人的身体机能损伤极大，会尽可能地削弱敌人的能力，防御力和精神力都将受到限制，行动也会变得迟缓。

而墨绿色光芒的效果是燃烧敌人的魔法力。原本在深渊位面中，这墨绿色光芒是用来燃烧深渊生物的死灵能量的，燃烧效果达到最佳时，可以令深渊生物失去死灵能量而亡。

此时，纳达尔将墨绿色光芒施加在六位塔主身上，就是为了削弱他们的魔法力。

两大魔王蓄谋已久，这一击他们都使出了全力。以他们那次神级九阶巅峰的实力，待攻击的作用充分发挥出来，就算六位塔主的魔法力再强，也会被大幅削弱，之后，六位塔主便将无法与两大魔王抗衡，必定会在短时间内败下阵来。

但结果真的是这样吗？

当两大魔王看到六位塔主脸上的笑容时，他们就意识到了事情不妙，但终究还是晚了一步。

空中的六道身影突然消失了，没有留下任何痕迹。

两大魔王感觉到自己的攻击没有命中任何目标，他们心中产生了强烈的不安，反应过来之后便想要赶快撤离。但是，他们发现，自己的身体开始变得僵硬了。

光明系、精神系、水系、火系、土系、风系六系魔法的光芒同时从两大魔王下方出现，瞬间将他们包围起来，紧接着，六道身影从下方缓缓而至，六位塔主分别处于六个方向，将两大魔王围在中央。

低沉的念咒声不断响起，伴随着剧烈的元素波动，无数复杂的魔纹出现在空中，六位塔主没有给两大魔王留下任何逃离的机会。

与此同时，一道身影来到两大魔王下方，乳白色的斗气光芒瞬间绽放，那人将斗气注入六系元素之中，斗气与魔法能量融为一体，魔法光芒的颜色瞬间产生了变化，变成了明亮的金色，无数道魔纹浮现在金光之上，巨大的光罩让两大魔王无法动弹。

这突然升起的七道身影，分别是法蓝六位塔主和法蓝监察官妮娜。

妮娜此时双目通红，强忍着不让泪水流淌下来。叶音竹和萨琳娜的对话她听得清清楚楚，她好后悔，后悔没有保护好孙女，可是，现在这个时候，为了大局着想，她已经顾不上去救香鸾了。

这一切都在叶音竹的掌握之中。他知道，两大魔王看到飘浮在半空中的六位塔主之后，必然会来偷袭，利用金色光罩困住两大魔王，也是叶音竹早已计划好的。

三年的准备，这三年，他绝对不是在耗时间。

叶音竹知道，深渊位面中对己方威胁最大的，就是四大魔王。只要能将四大魔王一一消灭，那么，胜利的天平必然会向龙崎努斯联军倾斜。

但是，己方中拥有次神级九阶实力的，就只有小龙女一人，算上有神兽辅助的叶音竹，也只能与两个深渊魔王对抗。

那么，其他的深渊魔王怎么对付？用战士们的生命与之抗衡吗？

当然不是。

此时，法蓝六位塔主施展的魔法，正是当初斯隆用来困住菲尔杰克逊大师的魔神封印。只不过斯隆借助了魔法物品，和眼前的魔神封印相比，可谓是小巫见大巫。

凭借法蓝六位塔主的魔法力，设下这防御力和限制能力极强的封印，妮娜的次神级六阶斗气融入封印之后，魔神封印的效果便达到了最佳状态。

传说中，如果施展魔神封印的七个人实力都达到了次神级九阶，那么，就算是真正的神，也绝对不可能从魔神封印中挣脱。

此时，蓝巫魔王哈吉和紫月魔王纳达尔所享受的就是这样的待遇。

六位塔主虽然没有达到次神级九阶，但这两大魔王也不是真正的神，他们被困在光罩之内，动弹不得。

之前飘浮在空中的六道身影，只是镜像而已，就是为了吸引两大魔王。

镜像是光明塔塔主奥布莱恩亲自设置的，这是个禁咒级别的魔法，迷惑性极强，就连镜像中六人的灵魂波动都和本人的灵魂波动一模一样，否则，两大魔王也不会那么容易上钩。

在原本的计划中，如果偷袭六位塔主的只有一个深渊魔王，那么，魔神封印困住他之后，六位塔主和妮娜便会迅速将其斩杀，再联手对付其他的魔王。如果吸引过来两个或更多魔王的话，六位塔主和妮娜就要尽可能地稳住封印，不让他们影响战局。

困住两个魔王，对于龙崎努斯联军大有好处。虽然六塔塔主和妮娜不能再加入战斗，消灭深渊生物了，但是，没有了深渊魔王的威胁，魔法师们便能充分地发挥出他们的作用。

毕竟，如果有魔王级别的强者攻入魔法师阵营，那么，魔法师们必将伤亡惨重，这是叶音竹最不希望看到的。

在这场决战中，龙崎努斯联军一直处于被压制的状态，而直到此刻，战局才算是按照叶音竹的计划发展着。

两大魔王被控制住之后，局势立刻发生了变化。空中的叶音竹正向萨琳娜发起猛攻，看着地面上激烈交战的双方战士，叶音竹突然意识到一个问题。

深渊四大魔王，一个死在他手中，一个正与他交战，另外两个被困住了，虽然龙崎努斯联军一时半会儿不能将深渊大军全部消灭，但敌方的阵营中已经没有绝顶高手了，而己方的中坚力量还没踏上战场。

“小龙女，攻击空中的魔主，配合空军作战。所有魔法师，攻击地面的敌军。”

叶音竹的声音已经接近于怒吼了，龙崎努斯联军被深渊大军压制了这么久，损失惨重，西多夫元帅阵亡，大量战士葬身于此，这一刻，他的怒火终于能够释放出来了。

城楼上，紫一剑杀了一个双头憎恶，他仰天高呼一声：“死神龙狼骑士团、比蒙军团、紫晶军团、法蓝骑士团，随我出击！”

紫一边说着，一边率先从城楼上跳了下去，还没落地便施展出了最强大的攻击技能——旋风激光斩。

巨大的紫色旋涡飞速移动，宛如一道恐怖的紫色洪流，顷刻间便消灭了下方的魔蛛和憎恶。

这几年，紫的实力提升了许多。现在，他施展旋风激光斩时，不但可以维持很长时间，更重要的是，他可以控制旋风激光斩了。

那巨大的紫色旋涡仿佛能够飞行，清理完下方的敌人，那旋涡从地面上跃起，便到了千米之外，冲入敌军的战阵之中。

紫用行动吹响了反攻的号角。

此时，地面上的深渊生物，最强的也不过是普通的魔主罢了，没有一名次神级强者，根本无法抵挡紫的攻击，转瞬之间，就有上千个深渊生物被紫消灭了。

黄雾依旧在城下蔓延，只不过比之前稀薄多了。飞马骑士团、魔雕骑士团的战士用生命为魔法师们扫去了障碍，铺平了道路。

紫率先垂范，攻入敌军的阵营之中。此时，龙崎努斯要塞的城门轰然打开，在白金比蒙王、诺云以及叶鸿雁的带领下，之前紫点到的几个骑士团从要塞中冲了出来。

与此同时，要塞内的魔法师军团终于从地穴中走了出来，站在早已准备好的魔法阵中，开始吟唱咒语。

属于法蓝的时刻即将来临。

死神龙狼骑士团、比蒙军团、紫晶军团、法蓝骑士团，这几个军团都是龙崎努斯联军中的精锐军团。

死神龙狼骑士团一马当先。三百名死神战士冲在最前面，尽管他们人数不多，可是，没有任何深渊生物能够阻挡他们的脚步，哪怕是魔牛那样强壮的敌人也不行。

裁决神力再次出现，剧烈的能量波动在空间中爆发，深灰色光芒所及之处，深渊生物消失得连渣都没有留下。

紫晶军团一出城，就和周围的魔蝎斗得难解难分。魔兽们不需要与魔蝎肉搏，它们不断施展冰、风两系魔法，攻击魔蝎。

比蒙军团一出城就分散开来，比蒙巨兽发挥出了它们那无与伦比的攻击力。

在这关键时刻，它们没有吝惜体力，直接进入了狂化状态。它们不停地挥舞着百寸利爪，像两千辆战车一般冲入敌军之中。

法蓝骑士团还剩下十个，骑士的数量只有六万左右，但这些法蓝骑士都战意高昂。

飞马骑士团和魔雕骑士团全军覆没，给剩余的法蓝骑士带来了巨大的冲击，此时此刻，他们只想为昔日的战友报仇。

所谓哀兵必胜，此时的法蓝骑士们，已经将他们的战斗力充分发挥出来了。

坐骑不断释放着攻击魔法，骑士们的武器也成了夺命利器，法蓝骑士所到之处，深渊生物们纷纷殒命。

什么叫属于法蓝的时刻？很快，深渊大军就明白了。

第一轮魔法腾空而起，照亮了天际。这是法蓝火系魔法师们释放的魔法。

无数火元素在空中凝聚，天空变得通红，一颗又一颗火焰流星从天而降。

不错，魔蝎的黄雾确实能够大幅削弱魔法的效果，但是，任何防御力量，哪怕是女巫的反魔盾，也是有极限的。

流星火雨接触黄雾之后威力被大幅削弱，但是，当流星火雨发威之后，还是产生了令叶音竹满意的效果。

这次跟随塔主出战的魔法师中，实力最弱的，也达到了蓝级初阶。来自法蓝的魔法师共有一万名，其中，火系魔法师的数量是最多的。在选择修炼何种魔法时，很多人都愿意选择攻击力极强的火系魔法，因此，在一万名魔法师中，火系魔法师超过两千人。

在魔法阵的辅助下，火系魔法师们进行了第一轮攻击，他们释放了整整三百个火系禁咒——流星火雨。

通红的天空中，一颗颗流星坠落，场面多么壮观！

龙崎努斯要塞很大，外围的深渊生物分布的范围也极广，这三百个火系禁咒避开了龙崎努斯要塞和紫所在的方向，朝着另外三个方向的深渊大军砸了下去。

恐怖的攻击力瞬间爆发，震耳欲聋的轰鸣声传出，宛如百雷齐鸣，无数火焰落在黄雾之中，吞噬着三个方向上的深渊生物。

深渊生物的死亡数量大幅增加，魔蝎喷吐的黄雾虽然削弱了流星火雨的威力，但即便如此，流星火雨也对魔蝎造成了极大的伤害。

在这一轮攻击之中，前排的魔蛛大军和后排的刺蛇大军都伤亡惨重，憎恶的身体虽然比较结实，但它们也是遍体鳞伤。

令深渊大军无法忍受的是，被流星火雨击中的深渊生物，已经不能供其他深渊生物吞噬了，白白浪费了许多死灵能量。

看着在火光中倒下的深渊生物，叶音竹暗道：这仅仅是个开始而已。

第一轮流星火雨落下之后，天空中的红色还未消失，新的魔法波动就出现了。

第三百三十章
寂灭之炮力破反魔盾

法蓝是魔法师的信仰之地，在法蓝修炼的魔法师有许多优势，他们彼此之间配合默契，绝对不是其他国家的魔法师能够相比的。

火系魔法师的攻击结束，接下来，轮到风系魔法师出场了。

飓风在空中形成，一阵阵飓风出现在战场的三个方向上，或许，飓风的杀伤力没有流星火雨那么恐怖，但是，它无疑会让敌人的阵形变得更加混乱。

大量深渊生物，尤其是中低等深渊生物直接被飓风卷起，锐利的风刃将它们撕成碎片。

同时，飓风也将黄雾吹散了，那些魔蝎虽然是高等深渊生物，但它们的身体实在太脆弱了。

在流星火雨中存活下来的魔蝎们还来不及庆幸，就被飓风卷了起来。

黄雾慢慢消散，这防御魔法终于被攻破了。

没错，这才是龙崎努斯联军真正的实力。

或许，在很多方面，魔法师无法与战士媲美，不过，一旦魔法师的魔法完成，那么，他们的杀伤力就是同级别的战士望尘莫及的。

更何况，为了这场生存之战，魔法师们将能佩戴的魔法物品全部带了过来，忍气吞声这么久，他们终于可以展现出自己真正的实力了。

在龙崎努斯联军之中，包括琴帝号战斗群在内，魔法师军团无疑是整体攻击力最强的存在，不过，这个军团也是最脆弱的存在，否则，叶音竹也不会让魔法师们一直隐藏，直到魔王们都没有闲暇去攻击他们时才派他们出战。

哪怕只有一个深渊魔王进入魔法师的阵营之中，也能在短时间内对魔法师们造成巨大的伤害，等到那个时候，龙崎努斯联军就真的没有机会了。

如果没有魔法师军团，就算叶音竹他们将深渊魔王全部消灭，凭借几百万联军战士，也无法与众多深渊生物抗衡。

火焰、飓风先后完成了它们的使命，还有更多魔法等待着那些深渊生物。

下一刻，暗元素笼罩大地。

叶音竹麾下的暗魔系魔法师队伍，也是所有魔法师队伍中人数最少的，他们开始释放魔法了。

暗魔系魔法，给人的感觉与“绚丽”二字相去甚远。

暗魔系魔法师一共才四百余人，人数虽少，但选择修炼暗魔系魔法的人，都有着超越常人的毅力，暗魔系魔法师的实力也比其他魔法师的实力更强。

这四百多名暗魔系魔法师中，超过三分之一的魔法师都已经达到了紫级。

此时，他们施展的魔法是叶音竹教他们的，那咒语是菲尔杰克逊大师传授给叶音竹的。

紫黑色的光芒降临，淡淡的光晕笼罩着大地，深渊生物们甚至都没有任何感觉，那紫黑色光芒就消失了。

这些深渊生物被前两轮魔法攻击吓到了，它们已经不敢冲击要塞了，此时，它们的阵营中突然传出了剧烈的轰鸣声。

这轰鸣声并不是来源于魔法轰击或者斗气攻击，而是来源于那些深渊生物的尸体。

所有完整的尸体瞬间支离破碎，爆炸的强度与深渊生物生前的实力成正比。

当一具魔牛的尸体爆炸时，周围数百条刺蛇都被炸成了碎片，这样的情况在战场上频频发生。

没错，暗魔系魔法师们施展的魔法，正是尸爆。

这个魔法并不是禁咒，但也正因为如此，尸爆波及的范围才会那么大。

紫黑色光芒笼罩的那三个方向，所有完整的深渊生物的尸体都发生了爆炸，这不但让其他深渊生物失去了吞噬的机会，而且产生了比流星火雨更为恐怖的杀伤力。毕竟，现在这些深渊生物已经没有了黄雾的保护。

暗魔系魔法之后是水系魔法。

水元素凝结成冰，无数根冰锥从天而降。当然，那并不是细小而脆弱的冰锥，那些冰锥的长度普遍超过三米，最粗部分的直径接近一米。冰锥从天而降，其重量能够带来可怕的冲击力。

原本灼热的空气顿时变得清凉不少。在冰锥的洗礼之下，深渊生物们听到了恐怖的死亡序曲。

土系魔法师的魔法力在修补城墙时已经消耗了很多，但这并不表示他们没有力量继续战斗了。当冰锥从天而降时，地面上突然出现了地突刺阵。水系和土系魔法上下夹击，哪怕是憎恶，也承受不住这样的打击。

大量深渊生物在水土两系魔法的夹击中死去，甚至连尸体也没有留下。

光明终于出现了，就像是曙光一般，可惜，这并不是属于深渊生物的曙光，而是属于龙崎努斯联军的曙光。

浓郁的光元素聚集起来，照亮了要塞，一道接一道圣光从天而降。伴随着圣光绽放，琴城的魔法师也开始释放魔法。

琴棋书画，四种魔法。尽管琴城的魔法师人数不多，可从叶音竹的琴魔法就能看出，东龙八宗弟子的魔法实力有多强。

当光明照亮大地，圣光笼罩战场时，龙崎努斯要塞附近的深渊大军已经折损了五分之一。

要知道，刚才地面上还有接近两千万个深渊生物啊！这一轮魔法释放之后，深渊生物的伤亡总数竟超过了四百万，而且，紫那个方向的战果还没被计算在内。

不论是叶音竹，还是几位副统帅，都没有在这个时候命令联军战士们冲出要塞，消灭敌人，虽然那样做会取得丰硕的战果，但是，联军战士们的损耗已经太大了，在可以利用魔法攻击的情况下，高层们绝对不愿意让战士们冒险。

魔法攻击都结束了吗？不，当然没有。

法蓝七塔，代表着七种魔法，不算上空间系魔法，刚好七种，而之前发挥威力的，只是六系的魔法而已。

奇异的声音，伴随着剧烈的灵魂波动从龙崎努斯要塞中缓缓传出来。

那诡异的灵魂波动本身并没有杀伤力，但是，在它的影响下，距离要塞最近的深渊生物们已经开始自相残杀了。

高等深渊生物或许不会受到这灵魂波动的影响，但是，剩下的一千多万深渊生物，大多是低等深渊生物。

在几轮魔法攻击之下陷入一片混乱的深渊生物，在最脆弱的时候得到了隶属于法蓝魂塔的精神系魔法师们的“照顾”，精神系魔法在这一刻充分展现出了它的威力。

敌人一个接一个地倒下，要塞城楼上的联军战士们的压力减小了许多。

胜利的天平再次开始倾斜，只不过，这一次是朝着龙崎努斯联军一方。

天空中，琴帝号再次亮了起来。当然，这次的攻击不是高级魔导炮发出的。

高级魔导炮需要很长的冷却时间，在短时间内，已经无法再发射了。但是，中级魔导炮的冷却时间已经到了，三百门中级魔导炮的光辉再次闪亮。

毁灭大军看到琴帝号亮起时，便第一时间挡在了那些大螃蟹面前。它们将反魔盾扩大到极致，反魔盾凝聚起来，形成了一面巨大的反魔盾牌，再加上女巫们释放的反魔盾，形成了一个巨大的翡翠光罩，将后面的大螃蟹全部笼罩在内。

琴帝号内，苏拉神色冰冷，大战已经令她有些麻木了，她看向一旁坐在主攻手位置上的离杀，道："音竹说过，战局扭转的那一刻，就是你发挥威力的时候。来吧，我们将这些深渊生物打入万劫不复之境。"

"一区魔导炮火控准备完毕。"

"二区魔导炮火控准备完毕。"

"三区魔导炮火控准备完毕。"

"四区魔导炮火控准备完毕。"

"……"

一声接一声的报告声响起，最后负责收尾的是离杀："寂灭之炮火控准备完毕。"

苏拉调整着琴帝号的位置，前方的巨龙们已经飞速闪开，让出一条通路，苏拉坚定地大喝道："发射！"

"轰——"

剧烈的轰鸣声，伴随着恐怖的魔法波动在空中爆发。

此时，在小龙女的追击之下，实力在次神级以下的魔主，先后有七人丧命于她的生命能量之下。数名次神级魔主，除了被叶音竹杀死的以外，小龙女也消灭了几个，只剩下六人。

此时，这些魔主已经顾不上琴帝号了，他们正在全力围攻小龙女。

毁灭们有些不屑地看着琴帝号：那种攻击有什么用，这都第几轮了，我们不照样好好的吗？你们以为我们是那些脆弱的天鬼吗？有了这翡翠光罩，我们的安全便有了保障，你们绝对无法攻破我们的防御。

就在毁灭们有些得意的时候，它们突然看到了白色的光芒。那是比中级魔导炮那三百道光芒更加粗大的白光，每一道白光的直径都超过了十米，其速度也比那三百道光芒的速度更快。

毁灭此时能做的，就是尽可能地提升反魔盾的防御力，可是，这真的有用吗？

被白光击中的翡翠光罩，就像是破碎的玻璃，化为点点绿光消失，甚至没有发出任何碰撞的声音。

白色光芒落在毁灭与大螃蟹的战阵之中，直接轰出了五个恐怖的大洞，就连它们后面的天鬼大军也没能幸免。

下一刻，三百道火光同时降临。

毁灭的防御魔法确实很强，它们甚至可以借助对手的魔法力，不过，它们的身体终究是脆弱的。

火光所指，那些毁灭和大螃蟹失去了反魔盾的保护，已经被白光重创，此时完全被红光罩住，它们的结局就只有一个，那就是被消灭。

大螃蟹全军覆没，一个活口都没有留下，要塞城楼的战士们再也不需要畏惧它们那恐怖的攻击力了。尽管这时城墙上又出现了不少缺口，可是，对于龙崎努斯联军来说，这还有影响吗？

三千只毁灭，承受了最后一轮的攻击之后，还剩下不到两百只，而等待它们的，还有四百条精灵龙。

精灵龙的数量是毁灭的两倍，这些毁灭已经没有机会了。

魔导炮产生的冲击力不但摧毁了毁灭的防线，也波及了旁边的阴龙大军。那五道寂灭之炮发出的白光，至少消灭了四百余条阴龙。体型庞大，有的时候并不是好事，阴龙们连闪躲的机会都没有。

没有了毁灭的辅助，深渊空军虽然依旧压制着龙崎努斯空军，但随着地面战况的好转，龙崎努斯空军的势头也比之前好多了。

此时，萨琳娜的心情很复杂。

哪怕是在纳尔班迪安被叶音竹消灭的时候，萨琳娜也有着必胜的信心，可她怎么也没想到，深渊大军竟然这么快就崩溃了，更想不到这些人类的魔法居然如此恐怖！

这倒不是因为她没有充分读取香鸾的记忆，而是因为香鸾也不知道魔法师军团的真正实力。

正面战斗时，萨琳娜展现出了强大的实力，尤其是对魔法的防御力，她拥有顶级反魔盾，任何魔法都对她没什么效果。可是，她依旧被叶音竹完全压制了，节节败退，随时都有抵挡不住的可能。

叶音竹的攻击力比萨琳娜想象中更强，尤其是那恐怖的灵魂之力。萨琳娜自问在同级别的强者之中，自己的灵魂之力仅次于蓝巫魔王哈吉。可和眼前这个男人相比，自己的灵魂之力弱多了。

凭借着两颗魂珠的威力，叶音竹完全压制住了萨琳娜，萨琳娜的瞬间转移和负面魔法全都无法施展。战斗一开始，萨琳娜就陷入了被动的局面，数次惊险地躲过了叶音竹的手。

超神器枯木龙吟琴与叶音竹的右掌完全融合了，但这并不代表他无法施展琴魔法。

半空之中，七根黑色的发丝始终盘旋在他周围，在他的灵魂波动的影响下传出了美妙的琴音。那琴音削弱着敌人的实力，也增强着叶音竹的实力。

叶音竹有了神兽之铠，实力达到了前所未有的程度。他左手使出阴阳斩，右手使出七弦破魂掌，凭借着比萨琳娜更快的速度，打得她毫无还手之力。

如果不是因为萨琳娜的太阴冰环能够减缓叶音竹的速度，或许，她早就被叶音竹的七弦破魂掌击中了。

不单单是萨琳娜没有想到叶音竹的实力竟然如此之强，就连正在追杀魔主的小龙女也没有想到，此时叶音竹所展现出来的实力，竟一点也不比她逊色。

主战场上的战局骤然逆转，令叶音竹心中的顾忌荡然无存，此时他只想消灭眼前的敌人，为香鸾报仇。

为了能够发挥出最强的实力，他刻意不去想萨琳娜之前所说的话，但他不得不承认，萨琳娜的话对他产生了巨大的冲击，每一个字都像毒蛇一般噬咬着他心中最脆弱的地方。

“嗡——”

七根黑丝同时震颤，美妙的旋律化为最终一击。

萨琳娜全身剧烈地颤抖了一下，在叶音竹的全力攻击之下，七缕黑烟同时从萨琳娜七窍喷出，她的灵魂已经受到了重创。

叶音竹又怎会放过这样的机会？他左手连挥三下，三道阴阳斩分别斩在空中，让萨琳娜无路可逃。叶音竹用灵魂锁定了萨琳娜，生生受了她一记太阴冰环，口中鲜血喷吐的同时，他已经来到萨琳娜身前，一掌向她额头拍去。

面对普通的敌人时，七弦破魂掌能够发挥出毁灭性的杀伤力，但面对魔王级别的强者时，叶音竹必须贴身攻击，才能将七弦破魂掌的威力充分发挥出来，达到一击毙命的效果。

香鸾的灵魂已经被萨琳娜吞噬了，只有用这个办法，叶音竹才能在消灭萨琳娜灵魂的同时保住香鸾的肉体。这是叶音竹唯一能为香鸾做的事。

强烈的恐惧从萨琳娜眼中流露出来。

如果叶音竹想在不受伤的情况下消灭萨琳娜，那么，短时间内应该无法成功，但萨琳娜怎么也没想到，眼前这个男人为了杀死她竟然生生受了一记太阴冰环。

叶音竹那看似轻飘飘的一掌让萨琳娜感觉到了生命的危机，之前，纳尔班迪安就是这样死在叶音竹手中的。

“不——香鸾的灵魂还存在！”在被杀死的前一刻，萨琳娜凄厉地高呼。

果然，叶音竹愣了一下，手掌拍出的动作顿时慢了半分。

萨琳娜不敢多作停留，浓重的墨绿色雾气从香鸾体内疯狂涌出，萨琳娜将香鸾的身体推向叶音竹，飞速后退，受了一记阴阳斩之后，朝远方遁去。

眼看香鸾被推到自己面前，叶音竹下意识地将拍出的右掌转向别处，张开左臂，将香鸾搂入怀中。

香鸾的灵魂真的还存在吗？

尽管叶音竹也知道萨琳娜很有可能是在欺骗他，可他不愿意放弃这最后的机会。

叶音竹接住香鸾的时候，萨琳娜已经逃了，他来不及去追击实力和他差不多的萨琳娜了。

尖厉的啸声不断从萨琳娜口中传出，溃败的深渊大军应声后退。

深渊大军败了，惨败。

叶音竹带给黑妖魔王萨琳娜的打击实在太大了，不论是对她，还是对深渊大军，叶音竹都毫不留情。萨琳娜心中充满了恐惧，此时她只想赶快离开这里，先保住自己的性命再说。

眼看深渊大军如同潮水般退去，这时候，如果龙崎努斯联军再不做出反应的话，那各位元帅也不配被称为“名帅”了。

龙崎努斯要塞的十六座城门同时打开，百万龙崎努斯联军不再处于被动，全力出击，他们在各位强者的带领下，向深渊大军冲去。

就连法蓝的魔法师们也跟随着龙崎努斯联军出城了，大多数魔法师都有自己的魔兽坐骑，他们没有了魔法阵的支持，在战士们的护卫下，不断释放攻击魔法，毫不吝惜自己的魔法力，取走了许多敌人的性命。

战局已定，叶音竹搂着香鸾飘然而落。

叶音竹张开嘴，又喷出了一口鲜血，他的脸色都变得苍白了。

光芒闪烁，格拉西斯和明脱离了叶音竹的身体，恢复了本来的形态，毕竟，化为铠甲的它们需要消耗大量能量。

“格拉西斯，你跟随龙崎努斯联军追击深渊大军吧。明，你留守要塞。”叶音竹一边看着香鸾，一边向两位神兽说道。

两位神兽能够感受到叶音竹心中那浓浓的悲伤，点了点头，各自去了。

在琴帝号的带领下，龙崎努斯空军配合着下方的战士们展开追击，所谓兵败如山倒，深渊大军此时已经回天乏术。虽然龙崎努斯联军不可能将敌人消灭得一干二净，但这样的追击无疑能够消灭更多敌军的有生力量。

这场生存之战的结果已经注定了。

“你怎么样？”一只温热的手掌贴上了叶音竹的背，纯净的生命能量涌入叶音竹体内，顿时令叶音竹精神一振，脸色也变得好看多了。

“我没事。小龙女，麻烦你去帮助六位塔主和妮娜奶奶，将那两个魔王也杀掉，绝对不能让他们逃离。”

来到叶音竹背后的人正是小龙女，她自然看到了叶音竹吐血的那一幕，眼看战局已定，小龙女便没有继续追击，而是回来看看叶音竹的情况如何。

小龙女点了点头，她已经感觉到叶音竹只是因为消耗了太多能量，经脉受到震荡而吐血，虽然他伤得不轻，但凭借生命能量，过一阵子身体便可恢复。

光芒闪烁，小龙女化为一道金光，朝着空中被魔神封印困住的两大魔王飞去。

叶音竹蹲在地上，小心地将香鸾搂在怀中，深吸一口气，此时他已经顾不上男女有别了，救人要紧。

他将右手按在香鸾心口处，小心翼翼地将生命能量注入香鸾体内，同时，他的魂珠从眉心飘出，试探着去牵引香鸾的精神之海。

就在这时，香鸾胸口突然亮起了一团淡淡的金光，叶音竹愣了一下，顺着她的领口看去，香鸾脖子上戴着一条项链，项链上有一颗金色的菱形宝石，金光正是由此而来。

没等叶音竹多想，那淡淡的金光已经钻入香鸾的眉心，嘤咛一声，香鸾竟然醒了过来。

“音竹。”香鸾没有动，她的脸没有一丝血色，看着叶音竹的美眸中似乎蕴含着复杂的情绪。

“香鸾，你的灵魂真的没有被吞噬。太好了，这真是太好了！”叶音竹喜极而泣，泪水不受控制地流下。萨琳娜没有欺骗他，香鸾的灵魂竟然真的还在。

其实，并不是萨琳娜不想吞噬香鸾的灵魂，当她侵入香鸾精神之海的时候，香鸾便立刻惊觉，萨琳娜的灵魂何等强大，在压迫之下，香鸾的灵魂被挤出了精神之海，进入了她胸口的那颗宝石之中。

宝石名为神圣守护，是一件神器，它暂时保住了香鸾的灵魂，令其没有被萨琳娜吞噬。当然，这也是因为魔导炮及时发射，没有给萨琳娜攻破神器的时间，否则，香鸾的灵魂必定会被吞噬。

“不用白费力气了。难道你感觉不到，我的身体已经被那魔王的死灵能量侵蚀了吗？没想到，我的灵魂还能回归自己的身体，我还能再和你说上几句话，我已经很满足了。”

叶音竹当然感觉到了香鸾身体的变化。黑妖魔王萨琳娜的死灵能量何等霸道，那死灵能量侵入香鸾体内之后，如果是由萨琳娜来掌控，香鸾的身体自然不会有问题，但萨琳娜已经逃离，残存的死灵能量便瞬间侵蚀了香鸾的身体，彻底破坏了她身体的机能，五脏六腑全部衰竭了。

这样的创伤，哪怕叶音竹将生命能量注入香鸾体内也于事无补。

一切都已经太晚了。如果不是叶音竹用生命能量吊住香鸾的最后一口气，香鸾残存的灵魂也无法回归肉体。

“香鸾，不，不会的，我一定会治好你！”叶音竹搂紧香鸾，那种即将失去香鸾的感觉令他心痛极了。

“音竹，你是不是想问我，萨琳娜说的话是真还是假？”香鸾轻声说道。她的手动了动，想要抬起来，却怎么也无法做到。

叶音竹赶忙拉住她的手，放在自己的脸上：“不，我不问。那些都不重要，重要的是，我要你活着。”

香鸾轻轻地摇了摇头，微笑道：“傻瓜，死并不可怕啊，或许，对我来说，死是一种解脱。我就要离开这个世界了，终于可以不用再掩饰了，可以告诉你我的心里话了。音竹，你愿意听吗？”

叶音竹泣不成声地点着头，尽管在战场上，他运筹帷幄，取得了最后的胜利，可眼前这一切，不是他所能控制的。

“连我自己都不知道，我是何时开始喜欢你的，或许是因为你的外表，或许是因为你的琴魔法。但是，那时你已经有了海洋，我从来都没有想过，我和你之间会发生什么。还记得吗，当初在七国七龙排位战的时候，我说过，如果你能带领我们米兰帝国的战士获得最后的冠军，那么，我就以身相许。那并不是戏言，而且，我确实做到了。”

香鸾轻咳两声，黑血顺着她的嘴角流下，她的脸隐隐透着黑色。

“别说了，香鸾，你先休息一下。”叶音竹拼命将生命能量注入香鸾体内，却怎么也无法阻止她的生命流逝。

“不，让我说，如果现在不说，以后就再也没有机会了。

“直到你结婚那天，我都一直在告诉自己，我和你之间不会有结果，我不能去抢最好的姐妹的丈夫。那天，我趁你酒醉，去了你的房间，可直到那时，我都不认为自己是爱你的，我对自己说，这只是还债，还债而已。后来我才明白，当时的自己是多么可笑，这一切，都是我在自欺欺人。

“不久后，我发现自己有了睿琴。当时我真的很惊讶，但是，你知道吗，我并不觉得悲伤，有了你的孩子，我觉得很幸福。直到那时，我才发现自己对你的感情竟然已经那么深了，可是，我什么也不能做。奶奶和爷爷之间的悲剧，似乎又在我们身上重演了。只是，奶奶知道爷爷对她的感情，我却什么也没有。”

说到这里，香鸾自嘲地笑了笑，俏脸上多了几分红润，那是回光返照产生的红润。

“不，香鸾，你有。我喜欢你，一直都喜欢你，你是那么美。你好傻，为什么要一个人承受这么多，为什么你不早点告诉我这些？为什么？”

香鸾的眼中绽放出明亮的神采，她缓缓地道：“音竹，谢谢你，我好高兴，能够在临死之前，听到你说一声‘喜欢我’，哪怕你是骗我的也不要紧。”

“不，香鸾……”

“音竹，不要说了，什么都不要说了，好吗？我的时间不多了，让我最后再为你唱首歌吧。我除了会弹琵琶以外，歌声也很好听，只是，我从来没有为外人唱过。你是我爱的人，我希望你能记着我最好的一面，好吗？”

叶音竹拼命地点头，紧紧地握住香鸾的手，他泪如泉涌，泪水竟已沾湿了香鸾的衣袖。

叶音竹和香鸾身处深渊位面之中，周围就是残酷的战场，可他们不再去管周围的一切，此时，他们的眼中只有彼此。

香鸾眼中流露出一丝迷茫，轻声唱道：

“一条路，叫黄泉，布满哀伤。

一条河，名忘川，流溢凄凉。

一座奈何，承载忘川。

一碗孟婆汤，可以忘却今生，换取来世。

一块石头，立于忘川之畔，名曰三生。

一口井，指明来世。

一个熟悉身影，欣然跃下。

一张容颜，下辈子。

为君倾城……”

香鸾的手渐渐冷了，她躺在那宽阔而温暖的怀抱之中，笑着去的，只有眼角的一滴晶莹的泪显示出她心中的几分不甘。

叶音竹已经愣住了，他多么希望眼前发生的这一切都不是真的，可是，香鸾渐渐冰冷的身体不断地提醒着他这是事实。

突然，叶音竹仿佛醒悟过来了似的，飞快地从香鸾脖子上摘下那条项链，将生命能量注入项链之中，同时开始吟唱冗长的咒语。

香鸾，我不会让你就这么死去的，绝对不会。这是叶音竹心中唯一的信念。

一股肉眼无法识别的细微能量，在叶音竹的精神力的呵护下注入那金色的宝石之中。叶音竹小心翼翼地将香鸾的项链放入生命储存宝石内，再将生命储存宝石放入须弥神戒，将香鸾的灵魂重重保护起来。

凭借着亡灵魔法，叶音竹保住了香鸾的灵魂，但是人死后，灵魂中的记忆会全部消失。除非是像菲尔杰克逊大师那样的强者，灵魂达到了次神级巅峰，才能始终拥有记忆，并且保留全部的灵魂之力。当然，神龙王那样的神级强者就更不用说了。

此时，叶音竹凭借着他那强大的生命能量，可以暂时让香鸾的灵魂保留记忆，但维持的时间绝对不会太长，而且，他必须每隔一段时间就将生命能量注入那宝石之中，否则，香鸾的灵魂就会失去记忆，甚至连灵魂都会消散。毕竟，香鸾的实力较弱，她还没有达到紫级。

第三百三十一章

自然女神的守护

香鸾的身体已经开始变得僵硬了，死灵能量正在不断侵蚀她的身体，用不了多长时间，那些死灵能量就会将香鸾的身体完全吞噬。

叶音竹低头看着那失去生机的绝色容颜，坚定地道："香鸾，我不会让你变丑的，你放心吧，我一定会给你找一个合适的身体，让你活过来。我不要等到下辈子，这辈子你早已是我的女人，就永远都是我的女人。"

叶音竹手心亮起了红色光芒，由原力转化而成的火能量是那样炽热，转眼间，香鸾的身体就化为了飞灰。

紧接着，原力又化为一个巨大的光罩，将香鸾的骨灰罩在其内部，凝成一个球，死灵能量被叶音竹用生命能量全部清除干净了，之后，叶音竹才将香鸾的骨灰小心地收入须弥神戒之中。

叶音竹擦干眼泪，振奋精神，现在的他一身杀意，他要坚强，要坚持下去。

他经历过多场大战，没有哪一场大战像今天这场大战一样惨烈，有那么多的朋友和亲人在战斗中离去。

最令他痛苦的是，身为统帅，就算此刻他心中无比悲痛，也必须冷静，他没有时间悲伤，大军需要他来指挥。

叶音竹深吸一口气，压制住伤势，朝魔神封印看去。此时，小龙女已经在封印外，向被困在封印内的两大魔王发起了攻击。

魔神封印是一种神奇的封印，置身其中，自身会受到极大的限制，身体与灵魂被同时锁定，甚至连移动也很困难。

六塔塔主与妮娜联手布下的魔神封印非同一般，即便蓝巫魔王哈吉和紫月魔王纳达尔实力惊人，一时间也无法冲破封印。

魔神封印有一个神奇之处，那就是被困在里面的人很难逃出来，也无法攻击外面的人，而外面的人却可以攻击里面的人，完全不受限制。

此时，在小龙女发出的一道又一道阴阳斩的攻击之下，两大魔王已是伤痕累累，只能凭借死灵能量硬撑，身体也越来越虚弱了。

小龙女突然停止了攻击，伸出双手，掌心相对，金光从手心射出，在她身前形成了一个巨大的金色圆盘。

金色圆盘飞快地转动起来，圆盘转动发出的嗡鸣声令六位塔主大吃一惊，显然，他们从这嗡鸣声中发现了金色圆盘的可怕之处。

无极生太极，太极生两仪，阴阳合力回归太极初始。

小龙女正在调动体内全部的生命能量，这将是她的最强一击。

魔神封印内的两大魔王显然也察觉到了外面的威胁，心中生出了一丝恐惧，很快，恐惧就被狠戾所替代。

两大魔王的身体都亮了起来。

蓝巫魔王哈吉身上燃起了蓝色火焰，紫月魔王纳达尔身上则燃起了紫色火焰。

叶音竹抬头的时候，正好看到那两团火焰，心中暗道一声不好，身体骤然提速，朝空中冲去。

叶音竹知道两大魔王想要做什么。就算有魔神封印挡着，他依旧能够清晰地辨别出那两团火焰中所包含的能量是什么。

当初，菲尔杰克逊曾经凭借这样的火焰让四大神兽变异、进化，使四大神兽成了叶音竹的铠甲和武器，神龙王更是凭借这样的火焰，将最后的灵魂之力注入了叶音竹与小龙女体内。

因此，一看到那两团火焰，他就知道大事不好。

六位塔主和妮娜联手布下的魔神封印是很恐怖，可是这个魔神封印真的能挡住那两团燃烧的火焰吗?

深渊魔王是很怕死，可是在明知自己难逃一死的时候，深渊魔王就开始想着与对方同归于尽了，他们绝对不会放弃最后一搏的机会。

蓝巫魔王与紫月魔王现在就是这种心态，想跟小龙女拼个鱼死网破。

两个魔王被魔神封印压制住，发挥不出百分之百的实力，之前又被小龙女打得灰头土脸的，本就一肚子火，此时见小龙女要使出大招，两人都急了，不想就这样狼狈地死去，遂下狠心拼一拼。反正深渊大军已经在黑妖魔王萨琳娜的带领下溃退，两个魔王知道己方大势已去，在这种情况下，两人被逼得使出了最后的手段。

对于任何生物来说，燃烧灵魂，后果都是一样的，所获得的力量也是超强的。

那两团火焰燃烧的时候，两大魔王同时恢复了行动能力。

“那就同归于尽吧！”

随着疯狂的呐喊声，两团火焰大肆燃烧。

叶音竹终究还是慢了一步，只能眼睁睁看着小龙女发出的金光注入魔神封印之中，眼看着两大魔王瞬间爆发。

金光中的生命能量与火焰中的死灵能量碰撞，产生了一场爆炸，正要靠近小龙女的叶音竹被一股力量远远地推了出去，无法阻止眼前的这一切。

蓝巫魔王与紫月魔王的身体轰然爆裂，不论是身体还是灵魂，都瞬间破碎，两大魔王就此死去。

但是，两大魔王并没有白白死去，其临死前的一击产生了恐怖的威力。两团火焰与小龙女发出的金光碰撞在一起，瞬间爆发。

金光破碎，在那剧烈的爆炸之下，小龙女第一个被轰得飞了出去，口吐鲜血，显然是受了重伤。

她可以退，因为她并不是布下魔神封印的主体，六位塔主和妮娜却不能退，他们的精神力与魔神封印完全连接在一起，小龙女的攻击与两大魔王的攻击碰撞，魔神封印爆发，他们必须承受所有的攻击。

除叶音竹外，法蓝的六位塔主，作为龙崎努斯大陆上最强大的魔法师，在这危急时刻，发挥出了他们的真正实力。火塔塔主桑德斯、风塔塔主德文凯西、水塔塔主西拉斯、土塔塔主威尔肯斯，四人的身体同时亮了起来。

那是他们的灵魂发出的光亮，在那一刻，四位塔主的脸色都很平静，甚至还带着一丝淡淡的微笑。他们口中吟唱着同一句咒语，也是他们一生中吟唱的最后一句咒语。

“自然女神的守护。”

水、火、土、风，大自然的四大基本元素，在四位塔主的努力下，结成了一层柔和的七彩光幕，那七彩光幕接替了破碎的魔神封印，硬生生地将爆炸之力挡在了里面。

紧接着，四位塔主上前一步，站在了之前七人所站的位置上，他们微笑着燃起了自己的灵魂之火，完全融入了那层七彩光幕之中。

光明塔塔主奥布莱恩、魂塔塔主麦克米兰以及妮娜，在庞大的能量作用下被远远送了出去，水、火、土、风四位塔主以生命为代价，燃起灵魂之火，承受了魔神封印的反噬，给同伴制造了生存的机会。

水、火、土、风四位塔主的选择无疑是最正确的，否则，死的就不是四个人，而是所有人。

光明塔塔主奥布莱恩口中鲜血狂喷，眼中已满是泪水。他们几人都拥有强大的实力，一起统治法蓝多年，他们是亲密的伙伴，一下子失去四位伙伴，奥布莱恩怎能不悲伤?

之前，暗塔塔主斯隆的死，对奥布莱恩的触动就很大，现在眼看另外四位塔主死去，奥布莱恩更是感触良多。

两个实力达到次神级九阶的魔王燃起灵魂之火爆发出的能量一旦被释放出来，那么，死的将不仅是几位塔主，还有要塞内的所有生命，甚至连通道出口都有可能被这恐怖的死灵能量破坏，到时候，他们就别想回到龙崎努斯大陆了。

四位塔主献出生命，救下了所有的人。

随着死灵能量与生命能量抵消，七彩光幕渐渐变得暗淡了，光芒淡去意味着四位塔主彻底离去。

四大魔王已去其三，这场生存之战的胜负已经没有悬念了。

可是，龙崎努斯联军已经为这场生存之战付出了太多太多。

被震退的叶音竹只来得及用原力接下妮娜、光明塔塔主奥布莱恩和魂塔塔主麦克米兰。小龙女被震飞，身体在空中旋转了几圈，最后才落向地面。她面色苍白，显然受了内伤。

“师兄。”

叶音竹看着默默流泪的奥布莱恩，声音都哽咽了。

奥布莱恩挥了挥手，道：“别难过，音竹，他们做得对，我们应该支持他们，他们肯定不希望我们难过。刚才那个情况，也只有自然女神的守护才能挡住两大魔王的临死反击。早在来到这里之前，我们就已经做好了为生存之战献身的准备，我为这四个老伙计感到自豪……”

说完最后一个字，奥布莱恩就倒在了魂塔塔主麦克米兰的怀中。

布下魔神封印的时候，奥布莱恩是主导，他所释放的能量最多，受到的反噬自然最严重。

此时，奥布莱恩虽然未死，但身受重创，再加上之前消耗了太多能量，又受到了四位塔主的死所带来的刺激，他终于支撑不住了。

麦克米兰哽咽着道："音竹，剩下的事就交给你了，我们这些老家伙，也该歇歇了。"

他一边说着，一边扶着奥布莱恩朝一旁的空地走去，两人的背影看上去很是孤寂。

叶音竹接连深呼吸几口气，试图让自己的心情平复下来，眼中却满是杀意，双拳紧握，良久都没办法松开。

"音竹，香鸾她……"

妮娜毕竟是次神级六阶的武技强者，身体素质比塔主们强得多，所以她是受伤最轻的一个人。

听到妮娜的声音，叶音竹看向她，一时间，他不知道该说什么才好，也不知道该如何向妮娜交代。

妮娜失落地低下头，挥了挥手，道："行了，你什么都不用说了。如果你对香鸾还有一点感情的话，那么，以后就帮她照顾睿琴吧。这几年，睿琴就是她活下去的唯一动力。"

两位塔主走了，妮娜也走了，尽管他们都还在深渊位面，可叶音竹感觉自己就像永远失去了他们一般。

指甲刺入掌心，鲜血滴落，叶音竹却恍若未觉。

生存之战真的结束了吗？不，对他来说还没有。只要没将深渊生物彻底剿灭，这场战争就没有结束。

叶音竹猛地一咬舌尖，在疼痛的刺激下强打精神，再次飞起，飞向要塞的城楼，观察战场上的情况。

此时，龙崎努斯联军已经追出去很远了，包括琴帝号在内，正在不断追杀溃退的深渊大军，地面上留下了一具具尸体。

法蓝魔法师们不断释放魔法，轰炸深渊大军，消灭那些邪恶的深渊生物。

要塞内的主要战斗力，尤其是骑兵都已经杀出城外，留守在要塞内的都是后来调拨进来的后备步兵，前方的战事已经不需要叶音竹指挥了，他立刻开始下达命令，命要塞内的后备步兵救助伤者，打扫战场，具体的伤亡人数要等到大军追击结束，统计之后才知道。

龙崎努斯联军一直追出三百里，才结束了这场追杀，魔法师全部加入了战斗，给深渊大军造成了毁灭性的打击。

高等深渊生物实力强一些，能够挡住魔法攻击，逃走了一部分。低等深渊生物实力弱一些，大多支撑不住，都死了。

这一场大战，足足持续了一天一夜才完全结束。

当龙崎努斯联军迈着疲倦的脚步回到要塞，各军统领开始统计伤亡数字的时候，他们心中的兴奋渐渐消失，取而代之的是深深的悲哀。

据统计，龙崎努斯联军各军至少减员一半以上，死在战场上的战士数量超过一百五十万，伤残者更是数不胜数，除了魔法师军团还算比较完整以外，其他军团都损失惨重。

第一副统帅西多夫，米兰帝国公主香鸾，水、火、土、风四塔塔主死去，白金比蒙也有伤亡，法蓝十二圣骑士只剩下五人，骨龙剩余不足四百，巨龙剩余不足三百，角鹰德鲁伊只剩下两千多还有战斗力，双头奇美拉、精灵龙的伤亡数量超过了三分之一。

就算是比蒙巨兽这样强大的生物，经历这样一场战斗之后，也死伤惨重，死神龙狼骑士死亡四十六人，紫晶军团伤亡人数达三分之一，兽人族三大王牌军团——白虎军团、暴熊军团、黄金军团，伤亡超过半数。

琴城带来的两百多门魔导炮，还能使用的不足一百门，除此之外的魔导炮全被腐蚀了，失去了作用。

龙崎努斯要塞更是残破不堪，被破坏的地方不是短时间能够修复好的。

这场大战，虽然龙崎努斯联军一方损失惨重，但是，他们终究取得了胜利。

深渊大军被完全击溃，四大魔王死了三个，逃走的黑妖魔王萨琳娜还受了重伤，另外还有十余名魔主级别的强者逃走。

琴帝号在追击的过程中，魔导炮再次发威，令仓皇逃跑的深渊大军叫苦不迭。

深渊大军的空中部队中，逃走最多的是天鬼，毁灭和大螃蟹全军覆没，阴龙损失超过六千。阴龙的飞行速度太慢了，失去了反魔盾的保护，在被追杀的过程中，很多都被魔导炮击中了。

如果不是因为琴帝号战斗群的各军团战士过于疲倦，那些阴龙甚至有可能全部死在战场上。

至于地面军队，逃走数量最多的是刺蛇，它们一直在后方，并没有冲上第一线，损失最小。

其余的深渊生物在魔法师军团的打击下，彻底失去了斗志。魔蝎、魔牛全军覆没，食尸鬼、恶镰、魔蛛这几种数量庞大的低等深渊生物已经毫无战斗力。

普通憎恶和高级憎恶更惨，它们有和阴龙一样的问题——逃跑的速度太慢，被龙崎努斯联军追杀，死伤惨重。

经过这一战，深渊大军再没有了与龙崎努斯联军正面抗衡的实力，这场生存之战也因为这一战而定了胜负。

叶音竹端坐在帅位上，一脸平静，听了各军统帅的汇报之后，就陷入了沉思之中，谁也不知道他在想什么，但大家都知道这一战对他的打击很大，尤其是西多夫、香鸾，以及四位塔主阵亡的事实，让他难以接受。

“元帅。”奥利维拉低声叫了叶音竹一句。

叶音竹仿佛惊醒了一般，看了奥利维拉一眼，点了点头，道：“尽管损失惨重，可是这场大战我们毕竟取得了胜利。只不过，现在还不是犒赏三军的时候。

各位将领，回去后，请你们立刻组织水系魔法师，为战士们清洗毒素，另外尽快将伤者送回龙崎努斯大陆，统计死者的详细资料，等大战结束之后，要对死者家属加以抚恤。他们都是这场生存之战的英雄。还有就是，命工匠修葺要塞城墙，不得放松戒备，以防深渊大军反扑。好了，这次会议就到这儿。紫、叶鸿雁、奥利维拉、安雅你们留下，其他人可以散了。”

将领们也早已疲倦至极，得到叶音竹的命令，便立刻离开了帅帐，休整去了。

其他人走了，紫再也没有什么顾忌，一个箭步来到叶音竹身边，抓住他的肩膀，问道：“音竹，你没事吧？”

叶音竹轻轻地摇了摇头，道：“放心吧，我没事。小龙女，苏拉，海洋，你们也先下去休息吧，我有事和紫他们商量。”

苏拉和海洋都累得双眼通红了。苏拉突然上前一步，扑通一声跪倒在叶音竹面前，泪眼蒙胧。

“音竹，都是我不好，是我没有注意到香鸾姐是何时离去的，才使她被深渊魔王所害，你按军法惩罚我吧。”

叶音竹愣了一下，此时，他整个人都显得有些木然。他从帅位走下来，伸出一只手将苏拉扶了起来，另一只手揽过海洋，道：“苏拉，别哭，这件事不能怪你。香鸾是自己离开琴帝号的，你作为琴帝号的统领，要时时刻刻注意战场上的情况，根本管不了那么多。你没做错什么事情，在这场大战中，你指挥琴帝号取得了辉煌的战果，有功无过。”

“可是，我……”

香鸾的死，对苏拉的触动很大，她和海洋都知道了香鸾临死前和叶音竹说的话，也明白了香鸾对叶音竹的感情。

香鸾都已经死了，别说嫉妒，现在苏拉和海洋心中只有歉疚。

“香鸾姐，你真的好傻，你为什么不告诉我你也喜欢音竹，为什么？”海洋已经哭不出来了。她最好的朋友，最亲近的爷爷，都死了，可想而知这一切对她的打击有多大。

“都别说了，我已经失去了香鸾，不希望你们再受到一点伤害。”

叶音竹的眼睛也红了，他再也无法让自己保持平静。如果不是因为一切还没有结束，或许他会抱着苏拉和海洋一起哭泣。

“你们都去吧，稍后我就回去。”

海洋和苏拉走了，小龙女也在叶音竹的命令下离开了，现在帅帐内只剩下叶音竹、紫、奥利维拉、叶鸿雁和安雅，也就是琴城五帝。

叶音竹看向自己的三个好兄弟和安雅，几人相互对视，从彼此的眼中很难看到胜利的喜悦，有的只是悲伤，为死去的战士而悲伤。

“音竹，别想太多了。这次大战我们确实损失惨重，可我们还是赢了，我们是在为子孙后代做打算，等我们彻底消灭深渊生物之后，就不需要担心来自深渊位面的威胁了。这是神龙王的愿望，同时也是死去的四位塔主的愿望。你是联军统帅，一定要振作起来，将后续的工作完成。”紫劝道。

叶音竹点了点头，看着紫，道：“是的，这场战争还远远没有结束，还有许多事情要我们完成。我把你们留下来，就是为了下一场战斗。我们已经打退了深渊大军，挡住了深渊大军最猛烈的一次攻击，我决定全军休整三天，三天后，我们将发起总攻。

“黑妖魔王萨琳娜逃走，肯定回到黑妖国帝领集结残余部队去了。所以，我们要去的第一个地方就是黑妖国帝领，去那里击溃萨琳娜带领的残余部队，同时毁掉黑妖国的深渊，然后将深渊位面的另外三个深渊逐一毁去。那时候，这场生存之战才会真正地结束。最后，我们只需要派人搜寻并且杀死落单的深渊生物就可以了，龙崎努斯大陆将再无后顾之忧。”

紫道：“三天后，你准备带哪几个军团前往黑妖国？三天的时间，恐怕不足以让所有军团都恢复元气。”

闻言，叶音竹点了点头，道：“我已经考虑过了，敌军的大部分首领已经被我们解决，再次开战我们遇到的阻力会减小很多。三天后，我只会带精锐军团前往黑妖国帝领，剿灭剩余的深渊大军。紫，你和格拉西斯、明、闪、雷，随我出征，让诺云和两个白金比蒙留下来指挥要塞内的兽人族大军。

“鸿雁，你和死神龙狼骑士团也跟我一起去。奥利维拉大哥，麻烦你从法蓝魔法师中挑选一百名实力在紫级以上的各系魔法师，随我前去，那些魔法师由你指挥。安雅姐姐，精灵龙和双头奇美拉我也要带走。

“这次我们不需要活的巨龙参战。虽然我对龙族一直没有什么好印象，但在今天的战斗中，龙族起到了重要的作用，整个龙族现在也没剩多少巨龙了，就不用它们参战了。

“至于不死魔龙军团剩余的骨龙，我会用亡灵系魔法帮助它们恢复，让它们也随我一同战斗，还有角鹰骑士团，我也会带过去。

“你们还有没有问题？”

紫、奥利维拉、叶鸿雁和安雅同时摇了摇头，表示对叶音竹的认可。

奥利维拉道：“那奥布莱恩大师和麦克米兰大师呢？他们要不要参战？如果有两位大师的魔法辅助，战斗的时候我们会更有优势，更何况，在他们的指挥下，法蓝的魔法师才更容易发挥出最强的实力。”

叶音竹叹息一声，摇了摇头，道：“还是不用了。如果另外四位塔主没有死去，我一定会请奥布莱恩师兄和麦克米兰师兄一同前往，可是另外四位塔主真的离我们而去了，仅剩奥布莱恩师兄和麦克米兰师兄。他们一定很伤心，就让他们留在要塞吧。”

“不，让我们一起去吧。”

低沉而有些沙哑的声音从外面传来，叶音竹等五人抬头看去，只见奥布莱恩和麦克米兰两位大师同时从外面走了进来。

虽然两人的神色已经恢复了平静，但眼底深处那一抹悲伤怎么也掩饰不了。

“两位师兄，你们都受了伤，应该好好休息才是。”叶音竹赶忙迎了上去。

奥布莱恩摇了摇头，道："剿灭深渊生物，法蓝当仁不让。我们还没那么脆弱，趁着自己还能动，我们一定要帮到你们，我们一定要参加这场战斗。否则，我们又怎么对得起死去的桑托斯他们四人？要是我们不去的话，恐怕桑托斯他们几人在地下也会笑话我们。三天的时间，足够我们恢复魔法力了。只是可惜，另外四位塔主离去了，不然，我们还可以再施展魔神封印。"

"那好吧。两位大师，这件事就不要通知妮娜奶奶了。香鸾的死对她的打击很大，就让她留在要塞中休息吧。"

两位大师点了点头。

龙崎努斯要塞内，大家并没有因为战斗结束而停下来，工匠一直在修补城墙，琴帝号被停放在龙崎努斯要塞中，补充能量。

三天后，一些人又要随叶音竹出征，他们要抓紧时间恢复实力。

一批批伤者被送回龙崎努斯大陆，各军团战士按照各自的国籍重新整编，一切都在有条不紊地进行。

那天开会安排好一切之后，叶音竹就将自己关进了房间，谁也不见，食物则由苏拉送入房间。

这个时候，也不会有人去打扰叶音竹，大家都知道他受了伤，需要休息。

这场大战能够取得胜利，身为统帅的叶音竹功不可没，他不仅击杀了暗影魔王，还打退了黑妖魔王。在他的详细计划和领导之下，龙崎努斯联军才发挥出了最强的战斗力，彻底击溃了敌人。

在生存之战开始之前，还有些人对叶音竹成为联军统帅有诸多不满，而现在所有人对叶音竹只有钦佩之情。

他们都明白，如果没有叶音竹，这场生存之战的结果将会截然不同。

三天很快就过去了，可是要塞内部的修整并不是三天就能完成的，工匠依旧在工作。

深夜，代表龙崎努斯联军最强战斗力的琴帝号战斗群悄然升空，离开了要塞。知道琴帝号战斗群要去哪里的，只有少数几个人。

琴帝号确实庞大，载了一千五百个比蒙巨兽、死神龙狼骑士团，以及魔法师之后，依旧不显得拥挤。

琴帝号内部装有高级风系魔晶石，令它能够全速前进。在双头奇美拉、精灵龙、骨龙和角鹰德鲁伊的护卫下，飞快地朝黑妖国帝领的方向飞去。

苏拉依旧坐在主控台那里，负责指挥琴帝号。海洋也已经恢复过来，与蓝精灵们坐在扩音舱内，随时准备施展神音系魔法。

所有火控手都准备好了，全神戒备。

小龙女、紫、奥利维拉、叶鸿雁、光明塔塔主奥布莱恩、魂塔塔主麦克米兰都在闭目养神。精灵女王安雅在外面指挥精灵族的空中部队。

在接下来的战斗中，精灵族对龙崎努斯联军的帮助无疑将是巨大的。

琴帝号战斗群中还多了两个军团，在之前那一战中，这两个军团并没有出击，它们就是被紫临时从极北荒原调派而来的雷鸟和狮鹫两大军团。

之前那一战它们之所以没有上场，是因为叶音竹不让它们上场。雷鸟和狮鹫的实力只比天鬼略强一些，在面对数量达到百万的天鬼时，雷鸟和狮鹫只能沦为炮灰。这样的损耗是没必要的，叶音竹不想看到这种情况出现，所以，那时他派出了战斗力更强的空中部队。

现在情况不一样，深渊大军溃败，雷鸟和狮鹫就可以派上用场了，它们是飞行类生物，适合远程作战，能够进一步增强这支特种部队的实力。

此时，琴帝号飞行的速度并不快，因为和它一起飞行的其他空中部队的速度稍慢一些，它要跟其他空中部队的速度保持一致。

叶音竹摊开手中的地图仔细看了看，按照现在的飞行速度，到达黑妖国帝领还需要六天。幸好，琴帝号战斗群的速度不像阴龙的速度那么慢。

叶音竹可以肯定，等自己带领大军抵达黑妖国帝领的时候，黑妖魔王萨琳娜或许已经回到了那里，至于她手下的深渊生物，速度没她快，可能大部分来不及撤回。

他一点也不担心萨琳娜会躲到其他深渊国家的帝领里面，那根本没有任何意义。深渊位面的基础就是四大深渊，而他的大军会一一捣毁四大深渊，只不过时间上有先后而已。

如果他是黑妖魔王萨琳娜，肯定会回到自己熟悉的帝领，而不会选择其他深渊国家的帝领，这样对萨琳娜治疗伤势更有益处。因此，叶音竹有八成把握，萨琳娜必然会在黑妖国帝领。

萨琳娜肯定想不到，叶音竹会这么快就带兵前来黑妖国帝领。他正好可以打她一个出其不意。

由于琴帝号的内部空间非常大，可以容纳很多人，为了能够保持一定的飞行速度，叶音竹命令外面的空中部队分批进入琴帝号休息，每四个小时轮换一次，这样一来，所有人都得到了休息，能够及时恢复能量，不需要刻意降落下来休息，没有浪费时间。

这次，安雅也跟了来，她还带了一百名自然系魔法师。那些自然系魔法师可以给空中部队施加自然祝福，哪怕是最弱的雷鸟和狮鹫，在接受自然祝福之后，抵抗力也会增强，能够在深渊位面存活更久。

“音竹，发现下面有深渊生物，我们要不要攻击？”苏拉的声音在叶音竹耳边响起。

叶音竹立刻来到她身边，通过全方位监测控制系统朝下面看去。

果然如苏拉所说，下方的地面上，有不少深渊生物跟他们往同一个方向前进。这些深渊生物中，什么族类都有，很多深渊生物身上还带着伤，显然是从三天前那一战之中撤下来的，正好被琴帝号追上。

第三百三十二章

团灭阴龙

叶音竹思考片刻后，摇了摇头，道：“算了，暂时放过它们，它们都是虾兵蟹将，不足为惧，我们早晚会收拾它们。兵贵神速，现在我们要把重点放在黑妖魔王萨琳娜身上，不能耽误时间。继续前进，命令战士们不得攻击。”

“是。”

之后的三天，叶音竹一行人一路上经常能够见到逃往黑妖国帝领的深渊生物。

其他三大魔王已经死去，只剩下黑妖魔王萨琳娜还活着。不管是哪个深渊国家的深渊生物，也不管那些深渊生物的智力高低，它们都知道，只有跟随黑妖魔王才有生存的机会，所以它们就和萨琳娜一起退向了黑妖国帝领。

这样更好，等到了黑妖国帝领之后，叶音竹还省了力气，不用去寻找存活下来的深渊生物，可以一举打击大量深渊生物。

通过这些深渊生物的行动，叶音竹更能肯定，萨琳娜已经返回黑妖国帝领了。

三天后，琴帝号战斗群将地面上的那些深渊生物远远地甩在了后面，但是，在继续飞行的时候，他们遇到了一个还算有规模，也曾经给龙崎努斯联军带来不小麻烦的深渊军团——阴龙军团。

“阴龙，前面是阴龙。”苏拉的声音有些兴奋。

此时的阴龙军团可没有毁灭和天鬼保护，四千多条阴龙聚集在一起，正努力地朝黑妖国帝领飞。

只不过它们的飞行速度实在不敢恭维，这已经是它们最快的速度了，毕竟它们现在是在逃命，如果它们不是比琴帝号提前出发几天，恐怕早就被琴帝号追上了。

“音竹，怎么办？我们还不攻击吗？”

苏拉看向叶音竹，此时，其他人都清醒过来，睁开眼睛看着他。

叶音竹眼中透出一丝杀意：“不，这些阴龙和那些低等深渊生物不一样，它们是现在深渊位面唯一一支成建制，且具有极强的战斗力的空中部队。我们将它们彻底歼灭之后，深渊位面就更难威胁到我们了。趁着它们忙于逃跑，我们正好将它们一举歼灭。中级魔导炮准备发射。”

充能开始，三百门中级魔导炮炮舱开启。

经过三天的休整，琴帝号又恢复了战斗力，这就是它最可怕的地方，使用了那么多高级魔晶石，不但攻击力极强，补充能量的速度也极快。只要有足够的护航部队，敌人便威胁不到它，在战场上，它就是无敌的存在。

叶音竹一方发现了阴龙军团，阴龙军团自然也发现了他们。阴龙本身是没有灵魂的，完全靠高等深渊生物来支配作战，此时，带领阴龙军团撤退的，正是黑妖魔王萨琳娜最信任的黑妖国第一妖王细牙。

眼看琴帝号战斗群飞速接近，细牙心中骇然，在龙崎努斯要塞的那一战中，数百万毁灭和天鬼都没能将琴帝号战斗群击溃，更别提现在只剩几千条阴龙了，阴龙怎么可能会胜利？

阴龙飞行的速度实在太慢了，想逃走也是不可能的。

细牙想了又想，猛地一咬牙，立刻命令阴龙军团掉头，准备打一场硬仗。

既然逃不掉，那就拼一拼吧，说不定会有出路。

“中级魔导炮准备完毕。”

叶音竹眼中精光一闪：“中级魔导炮发射，高级魔导炮准备。”

琴帝号瞬间射出了三百根红色光柱，见此情景，细牙大惊失色，赶忙命令阴龙散开，但是，由于之前分布得过于密集，且本身行动的速度很慢，阴龙并没有反应过来，也就不能及时分散开来。

“轰——”

能量爆发，三百根红色光柱骤然轰入阴龙军团之中。

那四千多条阴龙如果能够同时喷出太阴之火的话，或许还能够抵挡一阵。可惜大战失败之后，为了尽快逃命，大部分魔主都跟随萨琳娜逃回了黑妖国帝领，此时只有细牙一个人指挥这支阴龙大军，尽管她实力不弱，可要想在短时间内指挥四千多条阴龙还是不可能的。很多阴龙没能及时喷出太阴之火，能量没有凝聚。

眨眼间，阴龙的防御阵形已破，轰然巨响中，近五百条阴龙被红色光柱轰得粉碎。

骨龙、双头奇美拉、精灵龙都做好了攻击的准备，等叶音竹一声令下，它们就会立即出击。正所谓仇人见面，分外眼红，不用叶音竹说什么，战士们的战意就达到了顶点。

“音竹，我们要不要出战？”紫看向叶音竹。

叶音竹摇了摇头，道：“不急，等高级魔导炮充能完毕，这些阴龙跑不了。”

当高级魔导炮的光芒亮起时，细牙已经有些绝望了，四十根光柱对着阴龙轰了过去，这一次，阴龙的阵形完全乱了。

高级魔导炮和中级魔导炮相比，除了威力更大以外，攻击时能量产生作用持续的时间也要长得多，四十根光柱射出后，空中的魔法元素好像都被吸光了。

就是这四十根光柱，再次粉碎了几十条阴龙的身体，当阴龙因为突然的袭击变得混乱不堪时，琴帝号的护航部队动了。

骨龙、精灵龙、双头奇美拉一同扑向阴龙。与此同时，琴帝号舱门开启，数道身影快速飞出，扑向阴龙。

紫、明现出本体，格拉西斯则保持人形，再加上一个小龙女，四大强者同时开始攻击。

低沉的咒语吟唱声传来，光明塔塔主奥布莱恩飘浮在琴帝号旁边，吟唱着咒语。

眼看奥布莱恩身体周围亮起了耀眼的金光，细牙感到绝望，她知道，再这样下去的话，不仅这些阴龙要死，就连她自己也难逃一劫。

想到这里，她立刻做出了选择，毫不犹豫地转身就跑，也不再骑阴龙，直接凭借死灵能量朝黑妖国帝领的方向加速飞行。要是能飞回帝领，至少她还有存活下去的机会，哪怕以后要逃亡，只要能跟萨琳娜一起，也是好的。

“大妖王阁下，您要去哪里呢？”

细牙转身之后，还没飞出百米，面前就多了一个人。这个人的出现，让细牙心中最后一丝希望也破灭了。

叶音竹飘浮在半空之中，静静地看着眼前的细牙。他绝对不会让这种魔主级别的强者逃走，否则，将来他派兵寻找剩余的深渊生物的时候，一定会因为魔主级别的强者蒙受巨大的损失。

“又是你！”细牙咬牙切齿地说道。

叶音竹淡然一笑，道：“既然是细牙大人在指挥这些阴龙，那么，细牙大人就和这些阴龙一起去吧。”

只见光芒一闪，超神器枯木龙吟琴出现在叶音竹手中。

叶音竹手指轻弹，琴音响起。尽管叶音竹现在弹出的琴音并不成曲调，可威力不小，琴音还是能够震慑人心。

看到叶音竹手中的琴大放光芒，细牙面如死灰，叶音竹用琴弦发出了阴阳斩。

没有了细牙的指挥，阴龙只会凭借本能战斗，在这种军团级别的对战之中，阴龙的行为与自杀根本没什么两样。

小龙女、紫、明、格拉西斯，四大强者宛如虎入羊群一般，冲入阴龙阵中大展身手，安雅则指挥着琴帝号的护航部队包围阴龙，向里面杀去。

为了不误伤到己方的人，光明塔塔主奥布莱恩施展的魔法都是辅助性魔法，那些魔法大幅度地削弱了阴龙的实力。

一条又一条阴龙不断从云端陨落，这根本就是一次猎杀行动，阴龙是猎物，琴帝号战斗群就是猎人。

达到次神级之后，就算对战双方的实力只相差一级，实际上也是天差地远。细牙又没有神器或者是超神器来缩小两人之间实力的差距，在拥有超神器枯木龙吟琴的叶音竹面前，细牙根本没有任何机会取胜。

叶音竹和细牙在空中擦身而过，下一刻，叶音竹就到了细牙背后，叶音竹的右手还放在超神器枯木龙吟琴的第一根琴弦上。

“我们恐怕不会再见了，细牙大人。”

细牙的身体逐渐变得僵硬，一道细如丝线的金光勒在她的脖子上，紧接着，她的全身开始出现一种细密的金色纹路。

只听“轰”的一声，这位黑妖国第一妖王的身体就被炸成了碎片，甚至连灵魂也没能幸免。

这场战斗并没有持续太长时间，因为这本身就不是一场公平的战斗，双方实力差距太悬殊，战斗结果毫无悬念。

四千多条阴龙，在没有指挥者的情况下，全军覆没。叶音竹一方根本没有一点损失，就大获全胜。

解决了一名魔主级别的强者，大家都很高兴，更令他们高兴的是，他们解决了这个阴龙军团，打击了深渊位面的空中力量。就算还有很多天鬼逃脱了，隐藏在暗处，他们也不怕天鬼会给自己带来麻烦。

叶音竹重新回到琴帝号上，下达了全速前进的命令。此时，他们距离黑妖国帝领只剩下两天的行程了。对他们来说，两天后就是他们收获胜利果实的时候。

黑妖魔王萨琳娜站在黑妖深渊旁的山岩上，眼中满是恨意，身为第一妖王的细牙是她的心腹，刚刚她感受到了细牙死时发出的灵魂气息。她知道，那些来自龙崎努斯大陆的敌人就要来了。

萨琳娜感觉有些悲哀，她苦心经营多年的一切就这么被毁了，她不甘心。她并没有因此而丧失信心，反倒有了一种破釜沉舟的决心，既然你们要来，那黑妖国帝领就将是你们的葬身之地。

和萨琳娜一起撤回来的只有速度较快的天鬼以及一些高等深渊生物。

距离叶音竹他们到来还有一段时间，萨琳娜心中已经做好了准备，眼中流露出一丝冰冷的气息。

她双手环抱在胸前，看向那些聚集在帝领周围，和她一起撤回来的深渊生物，喃喃地道："体现你们的价值的时候到了。"

两天的时间并不长，很快，叶音竹就带领琴帝号战斗群来到了黑妖国帝领，令他感到有些奇怪的是，歼灭阴龙军团之后，这一路上有些过于平静了。

哪怕他们现在已经进入帝领范围，他也没有看到一个深渊生物，就连一个负责侦察的天鬼都没看到，那些逃回帝领的深渊生物就像人间蒸发了一样。

叶音竹有种不祥的预感，他已经想到了其中的关键，萨琳娜带着残余的深渊大军撤离的可能性很小，那就只有另外一种可能了。

好一个黑妖魔王萨琳娜！竟然给他设局。

淡淡的金光出现在叶音竹手掌上，那条还带着淡淡余温的项链静静地躺在他掌心之中，看着项链上的那颗宝石，叶音竹默默地感受着其中的灵魂波动：香鸾，放心吧，我一定会替你复仇的。

“传我命令，大军集中起来，不得分散。安雅姐姐，请你到琴帝号里面来。”

叶音竹已经失去了香鸾，绝对不能再失去安雅。尽管安雅的实力比香鸾的实力强了不少，可是谁又能保证她不会被黑妖魔王萨琳娜偷袭呢？叶音竹让安雅进琴帝号，也算是小心行事，他赌不起。

很快，通过开启的舱门，安雅来到了琴帝号内，她惊讶地看着叶音竹，问道：“音竹，为什么让我进来？外面的人还需要我指挥。”

叶音竹轻轻地摇了摇头，道：“恐怕不用了，敌人应该在等我们到来。或许，这将是一场一对一的战斗。”

站在叶音竹身边的小龙女眼中精光一闪：“如果是一对一的战斗，就让我去吧。最后的战斗，派我出战似乎最合适。”

叶音竹看了她一眼，摇了摇头，道：“不，我不能让你一个人去，我和你一起去。既然这是最后的战斗，我们就不应该给萨琳娜留下任何机会。”

还隔得很远，叶音竹就通过精神力看到了当初见过的一座山峰，他记得，翻过这座山峰，就到了黑妖国帝领的中心。

空中有浓雾，除了混浊的空气之外，还有很多暗元素。

在这样的环境中，琴帝号战斗群默默前进着，气氛莫名地紧张起来。

“叶音竹。”

一个动听的声音突然从四面八方传来，震撼着整个空间，哪怕叶音竹的灵魂之力这么强，他也无法找到声音发出的具体位置。

通过琴帝号内的扩音设备，叶音竹沉声道：“萨琳娜，出来吧。你应该知道我们是来干什么的。”

萨琳娜娇笑一声，道：“怎么？你真的觉得你们已经胜利了吗？来吧，欢迎各位光临黑妖国帝领。作为主人，我一定会好好招待你们的。”

话音一落，空中的浓雾竟然向两旁分开了，给琴帝号战斗群让出了一条通道。

那条通道有些阴森森的，给了众人一股压力，似乎在告诉众人，这将是一条不归路。

叶音竹很冷静，他向苏拉点了点头："前进。"

不入虎穴，焉得虎子？在这个时候，他不可能退缩。

在护航部队的护卫下，琴帝号顺着那条路缓缓向前飞去。

叶音竹始终保持着冷静，他、小龙女和光明塔塔主奥布莱恩，三人的精神力扩散开来，形成了一层精神屏障，将琴帝号完全罩了起来，一旦敌人有任何动作，他们都能第一时间感觉到。

这条通道似乎格外长，当他们穿过通道之后，黑妖深渊便出现在他们眼前。

那万丈深渊之内，不断升起淡淡的灰色雾气。

背后的云雾通道悄然关闭，此时此刻，琴帝号战斗群完全被云雾笼罩了。

护航部队中，实力最弱的角鹰德鲁伊不安地低鸣着，双头奇美拉和精灵龙也有些不安，只有骨龙没有一点反应，骨龙似乎很享受这种环境，它们喜欢战斗。

琴帝号缓缓停下，飘浮在半空之中，护航部队一直围绕在它周围，时刻保持着警惕。

叶音竹的目光从众人身上扫过，最后落在了苏拉和银龙公主离杀身上。

"琴帝号就交给你们指挥了。别忘了在出发前我对你们说的话，胜败在此一举。只有彻底毁掉深渊，我们这场生存之战才算是取得了真正的胜利。"

苏拉和离杀对视一眼，都朝着叶音竹坚定地点了点头。

叶音竹再次看向光明塔塔主奥布莱恩和魂塔塔主麦克米兰，平静地道："两位师兄，麻烦你们留在琴帝号内，随时准备应变。如果我没猜错的话，黑妖魔王应该变得和之前完全不一样了。"

奥布莱恩向叶音竹做出一个奇怪的手势，麦克米兰则只是微微颔首。

叶音竹眼中精光一闪："紫、格拉西斯、明、闪、雷、小龙女，随我出舱。"

舱门开启，七人飘然而出，化为七道流光，很快来到了琴帝号上空，空中的能量波动异常剧烈。

感受到叶音竹等七人身上的气息，空军的焦虑不安明显减弱了许多。叶音竹看了一眼下方的无底深渊，沉声道："合体。"

闪和雷带着淡淡的微笑飞起，这两个漂亮的小姑娘，身体在空中变成了一金一银两团璀璨的光芒，光芒闪烁之间，两人悄然融入了叶音竹体内，化为了一双带着金银魔纹的翅膀，给叶音竹带来能量支持。

紧接着，山岭巨人明与战争巨兽格拉西斯分别出现在叶音竹身前、身后，引起了空间的能量波动，两大神兽的身体眨眼间就变成了铠甲的一部分，在铿锵的响声中，与叶音竹的身体融为一体。淡淡的光芒闪耀，两位神兽为叶音竹构建了强大的防御体系。

这一次，叶音竹没有急于把魂珠放到胸铠上，他望着紫，兄弟二人心意相通。

紫骤然化为一颗闪亮的紫色星星，朝叶音竹飞来。

叶音竹抬起右手，用手掌接住了那耀眼的紫色星星，紫色星星在他掌中不断变大，最后变成了紫色星辰之剑。

几大神兽合体完毕，但一切并没有结束。

就在这一刻，菲尔杰克逊的魂珠缓缓地从铠甲的凹陷处浮出，瞬间引起了叶音竹的灵魂波动，魂珠每闪烁一次，就会令由几大神兽组成的铠甲变得更加合身，仿佛几大神兽已经真正和叶音竹融为一体了一样。

菲尔杰克逊的魂珠可以说是整套铠甲的核心，当初，菲尔杰克逊凭借灵魂之火，令几大神兽产生异变，此时，因为菲尔杰克逊魂珠的存在，这套铠甲拥有了超强的力量。

魂珠亮了起来，叶音竹下意识地伸展开自己的双臂。

在他身边的小龙女清晰地看到，一圈金光开始从叶音竹胸口那颗魂珠处扩散开来。金光所及之处，叶音竹身上的铠甲也开始变化。

与上次在龙崎努斯要塞的那一战中不同，这次，铠甲的颜色竟然变成了瑰丽的金色。

整套铠甲好像原本就是一体的，璀璨的金光在铠甲上释放，铠甲每一次闪光，都会引起一次能量波动，令空间为之扭曲。就连叶音竹背后的翅膀，也变成了金色的，就像是透明的金色宝石一般，发着金光。

叶音竹手上的星辰之剑也发着金光，金光取代了之前的紫光，令剑身变得更加剔透了。

这一刻，叶音竹身上的气息已经变得无比强大，就连小龙女也暗暗心惊。

这才是这套铠甲真正的样子，有了紫，它终于展现出了应有的风采。

叶音竹的眼睛都变成了金色的，眉心，金色的琴弦纹路若隐若现，那是他自己的魂珠所在之处。几大神兽合体之后，他的灵魂能量再次得到提升，举手投足之间，整个人似乎变成了天地的主宰。

叶音竹握紧星辰之剑，剑尖斜指深渊，淡淡地道："萨琳娜，出来吧。既然这里只剩下你一个人，你还需要隐藏吗？你不是说要好好招待我们吗？"

"你很强大，你也很年轻，人类中竟然有像你这样强大的存在，你运筹帷幄，对什么都很有信心，之前那场大战，我们输得并不冤枉。只不过，你们为什么一定要斩尽杀绝呢？"

萨琳娜不像先前那般嚣张了，声音变得有些低沉，又有些沙哑，很容易便能蛊惑人的灵魂。

叶音竹和小龙女一起向旁边飞去，落在深渊旁的山崖上。他淡淡地道："如果获胜的是深渊大军，你和深渊大军在龙崎努斯大陆上，将我逼到如此地步，我问你同样的问题，你会怎样回答？你会放过我们人类吗？"

萨琳娜出现了，出现在黑妖深渊之上，她飘浮在空中，一步步朝叶音竹和小龙女的方向走来。

和几天前在龙崎努斯要塞大战时的模样相比，此时的她显得异常平静，没有半分情绪波动，只是平静地看向叶音竹和小龙女，一步步朝他们走来。

萨琳娜看上去有些不一样了，背后的披风多了一个分叉，原本墨绿色的魔纹完全变成了黑色的，衬得她的脸更加苍白，也让她看上去更神秘了。

很快，萨琳娜就走到了与叶音竹和小龙女差不多高度的地方，只不过她是悬在深渊上方，并没有脚踏实地。

萨琳娜远远地看了琴帝号一眼。

“哈吉和纳达尔都死了吧？我已经感觉不到其灵魂了。”

叶音竹淡然地道：“深渊四大魔王，现在就剩下你了，另外三大魔王都在地下等你。”

萨琳娜故作幽怨地道：“非要这样吗？难道我们之间就没有谈判的可能吗？”

实际上，她脸上根本没有一点担心的神色。

叶音竹的目光逐渐变冷。

“两个拥有的能力截然相反的族类，你认为有什么谈判的必要吗？其中一方胜利，另一方必将灭亡，这是早已注定的结果，你改变不了，我也改变不了。对于你们深渊生物来说，龙崎努斯大陆的生物就是你们的食物。对龙崎努斯大陆的生物来说，你们就是邪恶的存在。我们之间不可能画上等号，也不可能和平相处，唯一的结果，就是一方彻底灭亡。”

萨琳娜的目光也逐渐变冷了。

“既然如此，只有一方灭亡，一切才能结束。你真的以为你们已经处于不败之地了吗？事情并不像你想的那么简单。”

叶音竹从萨琳娜眼中看到了自信，他确信自己没有看错。在这种时候，面对一群精锐战士，她依旧能够拥有自信，确实令人意外。

“萨琳娜，难道你认为你能够阻挡我们前进吗？只要你死了，我们就会立马毁了四大深渊，到时候深渊位面无以为继，深渊生物必将灭亡。”叶音竹平静地说道，此时他一点也不着急动手。

萨琳娜故作娇媚，缓缓向叶音竹的方向迈出一步，问道：“琴帝大人，我投降可不可以？以后不论你说什么，我都听你的，如何？”

叶音竹眼底闪过一丝杀意，他坚决地道：“你认为这可能吗？别说你害死了香鸾，就算我们之间没有深仇大恨，我也不允许你这样的深渊生物存活下去。萨琳娜，你不要以为自己吸收了大量深渊生物的死灵能量，实力提升了一些，就能够和我们抗衡了。你是不可能踏入神级境界的，否则，你也不会在深渊位面等待这么多年。哪怕你比几天前强大了许多，你还是无法敌过我们。”

萨琳娜惊讶地看着叶音竹，问道：“你知道我吞噬了帝领中的所有深渊生物？”

叶音竹淡然地道：“是的。不管你们怎么进化，你们的智慧还是不及我们人类的智慧。你的实力明显有所提升，而且到现在，我都没见到别的深渊生物。我记得很清楚，那天你被我的阴阳斩所伤，如果没有吞噬大量深渊生物，别说是提升实力，你连恢复原本的实力都很困难。还需要我再多说吗？你吞噬了所有跟你撤退回来的深渊生物。在吞噬了那些魔主和众多高等深渊生物之后，你才会变得像现在这样强大，才会觉得自己有跟我们抗衡的实力，我说的对不对？”

“人类的智慧？”萨琳娜眼中流露出一丝不屑，“我承认你很聪明，也是一名出色的统帅，但是，如果你认为人类的智慧远远超过我们的智慧，那你就大错特错了，很快，你就会知道自己错得有多离谱。”

“啊——”

萨琳娜开始狂叫，随着声音的放大，音调也变得越来越高，变黑的魔纹重新开始变成绿色，看上去很是诡异。

剧烈的能量波动逼得小龙女和叶音竹后退了几步。

叶音竹心中一惊，他感觉到萨琳娜和那天相比已经产生了极大的变化，她的实力有了很大的提升。

那时候的萨琳娜还只是次神级九阶巅峰，现在的她，一只脚已经踏入了神级的大门，也就是所谓的半神。当然，最后一步她很难跨过去，可即便如此，此时的她也比那天强大了许多。

无数黑云宛如龙卷风一般从深渊底部升起，黑云在空中翻滚，像一条巨龙般将萨琳娜缠绕起来。

黑云在深渊上空缓缓翻涌，没过一会儿，黑云竟然缩小了一些，无数悲鸣从黑云中传出来，令听者心中发毛。

叶音竹脸色微微一变，怒道："萨琳娜，你竟然将深渊生物的灵魂凝聚在这片黑云之中。"

萨琳娜冷笑一声，道："那又怎样？就算我不吞噬它们，它们也不可能有多大进步，为什么我要浪费资源呢？它们也算是为深渊位面做贡献了，我吞噬了它们，才有机会存活下去。只要能够将你们击溃，一切都是值得的。

"这片云和你当初看到的已经完全不同，里面有数百万天鬼和大量高等深渊生物的灵魂。它们的灵魂之力已经超过了你们当中任何一个人的灵魂之力，在此之前，你们谁也无法感觉到它们的存在。我要让你们品尝一下万魂噬体的痛苦。到时候，我看你们还如何毁掉我的深渊。"

眼看黑云逐渐飘了过来，光明塔塔主奥布莱恩和魂塔塔主麦克米兰已经做出了反应。

奥布莱恩从怀中掏出一颗金色宝石，将其抛入半空之中，耀眼的金光在空中绽放。紧接着，奥布莱恩开始吟唱咒语，一个巨大的金色六芒星出现在他脚下，他高举手中的魔法杖，将一圈圈乳白色的光芒注入空中的金色宝石之中，金光变得越来越亮。

魂塔塔主麦克米兰同样在吟唱咒语，只不过，他的声音洪亮且清晰，在场的每一名战士都听到了他的话。

“镇静是一种美德，任谁鬼哭狼嚎，我自岿然不动，灵魂是永远的骄傲，任他恶浪滔天，烙印永在心间。”

在吟唱咒语的时候，麦克米兰的双眼不知不觉变成了银色的，那是精神力释放到极致的表现。

法蓝七塔塔主之中，麦克米兰的实力排名第三，排在光明塔塔主奥布莱恩和暗塔塔主斯隆后面。他的精神力是所有塔主中最强的。

麦克米兰身为魂塔塔主，十分擅长精神系魔法，连奥布莱恩都要忌惮他几分。

此刻，奥布莱恩与麦克米兰就像空中突然亮起的两个太阳，只不过一个是金色的，一个是银色的。

麦克米兰全身大放银光，他现在施展的是以大预言术为根本的精神系最高级的魔法，这魔法牢牢地将己方战士的灵魂锁在精神之海内，令其不被外界的一切所影响。

这时，奥布莱恩的咒语终于念完了，原本罩在他身上的金光渐渐升起，点点金星隐藏于其中，眨眼间变成了一个巨大的金色光罩，将琴帝号战斗群完全保护在内，将黑云阻挡在外，令黑云无法伤害己方战士。

第三百三十三章

毁灭吧，黑妖魔王

黑云与金色光罩相撞，黑云里面传出了更为凄厉的声音。

尽管黑云之中蕴含的灵魂众多，可在光明系魔法面前，一些灵魂还是撑不下去，渐渐被净化了。

在这个时候，奥布莱恩、麦克米兰的做法无疑是最为正确的。

对敌的时候，最忌慌乱。要想胜利，首先己方一定要保持镇定，麦克米兰施展以大预言术为根本的精神系最高级的魔法，稳住了己方战士的心神，避免了不必要的慌乱。

奥布莱恩和麦克米兰都不知道在这黑云之中还有什么，一切小心为上。虽说叶音竹要和小龙女一起对付萨琳娜，但是他们也不能离去，不能将叶音竹和小龙女两个人留在这里，谁知道接下来会发生什么事情呢？因此，用魔法抵抗黑云，令其无法伤到己方战士才是最好的做法。

奥布莱恩施展的是光明系魔法中最强的防御魔法，以他的实力，在一定时间内，外面的黑云绝对无法越雷池一步。

小龙女悄悄地对叶音竹传音：“这些黑云应该是要耗费死灵能量来控制的，只要杀了萨琳娜，没人用死灵能量指挥黑云，黑云就不会再成为我们的威胁。不过，我们现在位于深渊上空，她的战斗力应该会加强不少，再加上她之前吞噬了那么多深渊生物，你要小心了。”

看到奥布莱恩和麦克米兰居然克制住了自己准备多时的灵魂黑云，萨琳娜眼中满是杀意，面带煞气。

“你们都给我去死吧！”

萨琳娜伸出双手，在胸前环绕一圈，太阴冰环骤然释放，两个蓝色圆环，朝着叶音竹和小龙女套过来。

两个蓝色圆环的速度极快，一眨眼就来到了小龙女和叶音竹面前。

这种如同实体一样的太阴之火根本不是一般瞬发的太阴之火能比的，这种太阴之火的威力更大，比禁咒还可怕。

哪怕叶音竹身上穿着由神兽化成的铠甲，也不敢让蓝色圆环套中自己。他先是一闪身，躲了过去，然后迅速后退，同时连连挥动星辰之剑，四道阴阳斩形成一个金色的“米”字，朝那蓝色圆环飞去。

小龙女没有躲，她抬起双手，在胸前画圆，之后掌心便出现了一个金色的圆盘。她伸出双手，将金色圆盘推出去，让其迎上了另一个蓝色圆环。

“轰——轰——”

两声巨响先后传来，叶音竹和小龙女应声飞退，两人都感觉到有一股极寒之气袭向自己的身体，他们用生命能量抵抗了一阵子，才将极寒之气挡在外面。

围绕在萨琳娜身边的黑云还是不停地涌动。萨琳娜张嘴喷出一口蓝雾，接着身子一晃，半空中便出现了九个萨琳娜。

不断从深渊底部升起的黑云瞬间分为九股，分别注入那九个萨琳娜身体之中，原本有些虚幻的九道身影，一下就变得有如实体一般。最令人惊讶的是，这九个萨琳娜竟然都拥有灵魂波动。

就算是叶音竹和小龙女，也无法依靠天人合一的能力，分辨出哪个是真正的黑妖魔王萨琳娜。

九个萨琳娜背后的披风同时扬起，她们做出了同样的动作——双掌掌心向外在胸前交叠，然后推出。

九道冰蓝色光芒飞快射出，其中四道光芒攻向小龙女，另外五道光芒则攻向了叶音竹。

见此情景，叶音竹赶忙取出了超神器枯木龙吟琴，身上发出了乳白色光芒。

超神器枯木龙吟琴悬在了叶音竹面前，叶音竹右手持星辰之剑，左手按在琴弦之上，四指同时往后拉琴弦，做出一个奇异的手势，然后松开琴弦，发出七道阴阳刃。

“吃我一记七弦叠浪阴阳刃！”

“轰——”

七根琴弦同时发出一声爆鸣，令九个萨琳娜颤抖了一下。

七道阴阳刃从超神器枯木龙吟琴上飞出，每一道阴阳刃都比前一道阴阳刃快上半分，眨眼间，七道阴阳刃已经融为一体，变成了一个月牙形的金刃。

“嗡嗡嗡嗡嗡——”

叶音竹发出的阴阳刃仿佛拥有无穷的吸力一般，将萨琳娜朝他发出的五道冰蓝色光芒全部吸了过来，只听五声嗡鸣之后，五道冰蓝色光芒消失，金刃不仅没有破碎，反而在空中划出一道优美的弧线，直奔最右侧的萨琳娜而去。

按照这个轨迹，这道金刃完全可以击中九个萨琳娜。

小龙女应对的方法和之前一模一样，她再次用双手在胸前画圆，发出了另一个金色圆盘，硬生生地挡住了萨琳娜的攻击。

随着萨琳娜攻击力度的加强，小龙女的防御也变得更强了。

叶音竹那一招七弦叠浪阴阳刃，利用琴弦共振的频率，发出了阴阳刃，不仅增强了阴阳刃的切割力，而且成功让七道阴阳刃合而为一，产生了极大的威力，所以他才能挡住萨琳娜的攻击，并且开始反击。

萨琳娜的战斗力果然比上次强了许多，眼看叶音竹发出的金刃已经到了自己身前，九个萨琳娜迅速分散开，朝九个不同的方向逃去，紧接着，九个萨琳娜再次发出冰蓝色光芒，轰击在金刃之上。

“轰轰轰——”

伴随着剧烈的轰鸣声，金刃瞬间破碎，尽管这一击没有伤到萨琳娜，可金刃附带的生命能量还是将九个萨琳娜身体周围的黑云驱散了一些。

见状，叶音竹和小龙女同时朝敌人扑了过去。这里是深渊，可以说是死灵能量的发源地，萨琳娜在这里占据了得天独厚的条件。她可以很快得到能量补给，甚至比金银魔纹双翼为叶音竹补充能量的速度还要快。

从能量补给这个角度来看，战斗时间拖得越长，对叶音竹和小龙女越不利，因此，两人决定不再与萨琳娜远距离纠缠，趁着萨琳娜抵挡金刃的时候，瞬间加速，朝着萨琳娜冲了过来。

以叶音竹、小龙女、萨琳娜的实力，三人在战斗时，从根本上说，其实是无法彻底摆脱对方的攻击的，因为对方的精神力一直牢牢锁定自己，它们只能硬拼。

近距离对战的时候，双方的攻击都会具有超强的杀伤力和爆发力，萨琳娜一个人怎么能比得上叶音竹和小龙女两个人？

眼看叶音竹和小龙女同时扑来，九个萨琳娜脸色都是一片冰冷，她们做出了一个惊人的动作。

九个萨琳娜张开嘴，各自吐出一颗墨绿色的珠子，珠子一离体，立刻围绕萨琳娜的身体转了起来。接着，原本分散的九个萨琳娜迅速聚集在一起，她们发出了九道光芒，这一次，她们发出的光芒之中，多了一层淡淡的绿色。

“魂珠！”

叶音竹心中暗惊，尽管萨琳娜的魂珠和他的魂珠有很大区别，可他还是一眼就认出了那就是魂珠。

那墨绿色的珠子正是萨琳娜灵魂的本源，是萨琳娜精神力的根本存在。当然，这是辅助死灵能量的魂珠。

虽然叶音竹知道九个萨琳娜中有八个是假的，也知道有八颗魂珠是假的，但是一下子看到九颗魂珠，他还是被震撼到了。

眼看九道光芒再次飞来，叶音竹已经不像先前那么轻松了。

“我来！”

小龙女沉声大喝，下一刻，已经加速冲到叶音竹前面，双手再次在胸前画圆。

这一次，金色圆盘发出的金光明显比之前耀眼许多，小龙女强行将九个萨琳娜发出的九道攻击揽到了自己面前。

没有爆鸣声传出来，金色圆盘与萨琳娜发出的攻击一起消失了。

小龙女的身体略微晃动了一下，叶音竹听到了她的声音。

“小心，萨琳娜发出的攻击具有很强的腐蚀性。她的魂珠肯定有极强的腐蚀作用，连我的生命能量也可以腐蚀。”

趁着小龙女喘气的时间，叶音竹已经从她身边掠过，来到其中一个萨琳娜面前。

当萨琳娜准备再次展开攻击的时候，叶音竹却在她面前施展了一次瞬间转移。

尽管萨琳娜一直用精神力锁定着叶音竹，可她也无法阻止叶音竹施展瞬间转移，九个萨琳娜只能朝叶音竹瞬间转移后即将到达的位置发起攻击。

一点金光瞬间扩散，眨眼间化为一个金色旋涡扩大开来。

九个萨琳娜发出的九道光芒竟然被那个金色旋涡带得偏离了轨道，四散纷飞。那个金色旋涡瞬间扩大，同时飘向九个萨琳娜。

叶音竹之所以会在距离九个萨琳娜那么近的时候施展瞬间转移，是因为他找不出真正的萨琳娜，他又想快点结束战斗，便决定同时攻击九个萨琳娜，反正真的萨琳娜肯定在里面。

星辰激光斩，再次降临于世间！

紫晶比蒙的奥义被叶音竹这样的强者施展出来，瞬间爆发出了超强的攻击力。

叶音竹这一招的攻击力实在太强了，这一招不仅蕴含着他一个人的力量，还融合了几大神兽的力量，菲尔杰克逊的魂珠和他自己的魂珠也在发力，辅助他发出这一招。

萨琳娜怎么也想不到叶音竹还有这样的绝招，她终究还是低估了叶音竹的实力，尽管她反应极快，在接触到金色旋涡之后，控制着所有分身迅速往后飞去，可终究还是慢了半分。

“啊——”

九个萨琳娜同时惨叫一声，口中不断吐出黑雾。

从深渊升起的黑云一下子就被叶音竹搅散了三分之二。

眼见叶音竹打得萨琳娜毫无还手之力，小龙女又怎么会放过这样的好机会呢？

她体内的生命能量抵挡住了之前萨琳娜发出的腐蚀性攻击，叶音竹攻击萨琳娜的这段时间，她一直在恢复战斗能力，此时，正好完全恢复。

她一闪身冲上前，开始无差别攻击，萨琳娜的两个分身在她释放的生命能量的攻击下碎裂，剩余的七个萨琳娜身上的光芒明显暗淡了许多。

叶音竹发出的那个巨大的金色旋涡并没有就这样放过萨琳娜，金色旋涡以极快的速度追上了速度稍慢的两个萨琳娜，一瞬间就让那两个分身变成了碎片。

此时，九个萨琳娜已经只剩下五个了。

剩余的五个萨琳娜飞速分散开来，同时朝着深渊的方向飞去，眼中尽是惊恐之色。

“哼！想走？”

叶音竹冷哼一声，收拢双翼，如同流星赶月一般朝着深渊冲去。

叶音竹并不知道深渊内部是什么情况，他只知道如果让萨琳娜逃入深渊之中，再想杀掉她，就困难多了，所以，他绝对不会给萨琳娜这样的机会。

萨琳娜仓皇逃窜，叶音竹有备而来，几次眨眼的工夫，叶音竹就已经追上了萨琳娜。

追上所有萨琳娜之后，叶音竹瞬间张开双翼，向下拍打，同时拨动超神器枯木龙吟琴的琴弦，弹出一连串旋律，展开精神攻击，令萨琳娜的身体暂时迟滞了一下。

叶音竹不断拍动双翼，一层耀眼的金光骤然爆发，形成了一个金色封印，截断了所有萨琳娜的去路。

同时，他取出雷神之锤，发出一道蓝紫色光芒，让其射向一个萨琳娜，那个萨琳娜慌忙逃窜，之后，他拿着星辰之剑，发出一条光带，挡住了其他三个萨琳娜。

“给我上去！”

叶音竹要把所有萨琳娜逼上去。

四个分身先后被毁，黑云中的死灵能量又被叶音竹的星辰激光斩驱散了一大半，萨琳娜的实力大大减弱了。

没错，萨琳娜通过吞噬众多深渊生物，确实已经踏入了半神境界，可是，身穿由几大神兽所化的铠甲的叶音竹同样跨入了这个境界。

叶音竹有枯木龙吟琴和雷神之锤两大超神器，综合实力本就在萨琳娜之上，更何况还有一个从旁协助的小龙女，萨琳娜又怎么可能会赢？

“轰——”

被蓝紫色光芒追击的那个分身还是没能逃掉，最终变成了碎片。

叶音竹此时才明白，九个萨琳娜都可以是分身，也都可以是本体，只有将所有分身全部毁掉，才能真正杀死萨琳娜。

萨琳娜无法突破叶音竹布下的金色封印，对星辰之剑发出的饱含生命能量的光带也无能为力，既然向下的路已被堵死，她毫无办法，只能向上飞去，就像是被叶音竹一剑打出来似的。

突然，叶音竹的双眼完全变成了金色的，两道金光从他眼中射出，然后逐渐合为一道光芒。

只听一声巨响，那道光芒追上了两个萨琳娜，再灭其两个分身。这是山岭巨人会的招数——雷霆一击，现在的叶音竹完全可以使用每一位神兽的技能。

最后两个萨琳娜仓皇向上飞去，两个萨琳娜看到上空有一个金色的阴阳鱼图案，那是小龙女设下的杀局，惊恐之下，其中一个萨琳娜从阴阳鱼图案边缘逃了出去，另一个分身则已经被阴阳鱼图案磨成了齑粉。

至此，九个萨琳娜已经消失了八个，剩余的那个必定是萨琳娜的本体。

叶音竹飞身而上，来到小龙女身边，两人没有再追击，只是不断地从后面攻击萨琳娜。他们也需要喘口气，休息一下。

此时，萨琳娜已经完全被他们锁定了，根本没有逃跑的可能。

萨琳娜飘浮在空中，墨绿色的珠子绕着她的身体缓缓转动。

此刻，萨琳娜眼中充满了不甘，呆呆地看着叶音竹和小龙女，喃喃地道："为什么，为什么要这样，难道……"

小龙女冰冷的声音响起："不为什么，死才是你唯一的结局。"

黑妖魔王萨琳娜似乎正想说些什么，小龙女就动了。

"嗷——"

小龙女仰天发出一声龙吟，身上金光大放，龙吟之声将萨琳娜的声音完全盖住了。

随着金光越来越耀眼，小龙女化身为一条金色五爪巨龙，朝着萨琳娜扑了过去。

这就是小龙女的本体，神龙本体，现出本体之后，小龙女才能发挥出其真正的实力。

那一刻，小龙女所爆发出的生命能量使得之前没被驱散的黑云完全消散。

小龙女释放出生命能量，从萨琳娜身上一掠而过。

之后，金光收敛，渐渐消失，小龙女又变成了人形，她的俏脸上多了几抹红晕，似乎刚才那一击她费力不少。

萨琳娜依旧飘浮在那里，那颗墨绿色珠子不再绕着她转动，整个人完全僵硬，痴痴地看着前方，喃喃地说道："你……你……"

只听"叮"的一声轻响，首先破碎的是那颗墨绿色珠子。

墨绿色珠子化为点点绿光，渐渐消散，紧接着，萨琳娜的身体上面出现了无数细密的裂痕，黑气喷涌而出。

"砰——"

一声巨响过后，世间不再有萨琳娜这号人物，一切都化为尘埃，就此消逝。

深渊上方一片寂静，能听到的，只有叶音竹和小龙女急促的喘息声。

深渊内，原本不断上升的黑云渐渐落了下去，重新回归深渊的怀抱。

天空中，那全是深渊生物灵魂的黑云之中，灵魂的悲鸣变得更加凄厉了，这一次，黑云不断向外扩散，后来越来越稀薄，渐渐变得看不见了。

没有了萨琳娜，黑云中的灵魂也只能消散。

叶音竹深吸一口气，并没有立刻让几大神兽解体，而依旧穿着铠甲。他的目光有些深邃，似乎在思考着什么。

小龙女缓缓转过身，看向叶音竹，俏脸上难得露出了一丝微笑。两人四目相对，小龙女有些羞涩似的低下了头。

黑云终于散了，帝领周围的浓雾也散了，天空虽然说不上晴朗，但至少众人能看清天上那一轮惨绿色的月亮了。

光明塔塔主奥布莱恩和魂塔塔主麦克米兰也不再维持自己的魔法，脸上露出了如释重负的微笑。

叶音竹带着小龙女回到琴帝号之前，命令道："除琴帝号以外，其余空中部队都飞到帝领外围暂时休息，保持警惕，遇到深渊生物，杀无赦。"

"是。"

角鹰德鲁伊、骨龙、精灵龙、双头奇美拉同时向外飞去，此时，没有了深渊生物的威胁，琴帝号已经不需要它们保护了。

奥布莱恩朝叶音竹微笑着道："终于杀掉了最后一个魔王，我们接下来要做的，就是将这个位面的四个深渊全部毁掉。到那时，这场生存之战就真的结束了。音竹，谢谢你，没有你，我们绝对无法完成这伟大的创举。从今以后，法蓝再不需要为了守护封印之地而担惊受怕。龙崎努斯大陆上的人类也永远不用担心来自这个位面邪恶生物的威胁了。或许，我这一生之中，最正确的决定就是让你成了这次生存之战的联军统帅。"

说完，奥布莱恩开怀大笑，他已经很久没有像现在这样开心了。

尽管他们为这次生存之战付出了许多，可他们最终取得了胜利，要知道，因为深渊位面的存在，法蓝的人被折磨了整整一万年，深渊位面的问题在他身为首席塔主的时候被解决了，他又怎么能不因此而开心呢?

"两位师兄，辛苦你们了。我们先将这个深渊毁了吧。两位先上琴帝号，外面有我和小龙女就行了。这里的环境太差了，不利于你们恢复身体。我让空中部队先走，就是怕待会儿摧毁深渊的时候出现什么问题，波及空中部队。"

奥布莱恩点了点头，道："好，剩下的就交给你们了。"

在叶音竹的命令下，琴帝号舱门开启，奥布莱恩和麦克米兰先后进入琴帝号。

"琴帝号升空，全体魔导炮准备发射，充能完毕后向我汇报。"叶音竹向琴帝号下达着命令。

叶音竹一手握着星辰之剑，另一只手牵起小龙女的手，飞到深渊旁的岩石上站定。

小龙女微微挣扎了一下，俏脸上浮现出一丝红晕。

“你干什么？苏拉、海洋和安雅可都在琴帝号里面看着呢，你不怕她们误会吗？”

叶音竹微微一笑，深深地看了小龙女一眼，道：“不，当然不怕。我行得正，坐得直，有什么可怕的呢？小龙女，你真美。”

听到叶音竹的话，小龙女的脸羞得更红了。

“真的吗？音竹，还记得当初我们第一次见面的时候吗？”

“记得，当然记得。”叶音竹故意做出一个夸张的表情，很自然地松开握住小龙女的手，在自己的心口上拍了拍，似乎还心有余悸，“那次，你把我打得很惨，差点就直接把我打死了。”

小龙女扑哧一笑，不再一脸冷意，宛如冰雪消融一般，美得那样摄人心魄，令叶音竹不禁微微一呆。

“你是不是很恨我？”小龙女似笑非笑地问道。

叶音竹看着小龙女，摇了摇头，道：“不，我怎么会因为那件事恨你？那是神龙王让你给我的考验。”

小龙女轻轻地摇了摇头，道：“不，你错了。其实，那并不是神龙王给你的考验。”

“哦？”叶音竹惊讶地看着她。

小龙女认真地道：“老家伙让你来找我的时候，其实你就已经通过了它的考验，否则，它也不会让你来见我，你是它选中的人。你是不是想问，既然老家伙已经认可了你，我为什么还要那样攻击你，甚至将你逼入绝境，差点害死你？”

叶音竹下意识地点了点头。

小龙女轻叹一声，道：“因为那不是它对你的考验，而是我对你的考验。

时过境迁，一切都过去了，现在我也没什么好向你隐瞒的，是时候让你做出选择了。

“老家伙把我放入生命之泉的时候，就在我的精神之海中留下了印记。老家伙说，如果有一天，有一个男人通过它的考验来寻找生命之水的话，那么，这个男人就是我的丈夫。”

说到这里，小龙女抬头看了叶音竹一眼，可惜，她从叶音竹眼中看到的只有愕然。

她似乎有些失落，遂又低下头，轻声道：“后来，当我的精神力能够支撑我与老家伙交流的时候，我告诉它，我的命运不需要它来决定，它认可的人，未必就是我认可的人，除非那个人能够通过我的考验。现在，你明白了吗？”

叶音竹看着小龙女，点了点头，道：“我想，我明白了。那么，我算是通过了你的考验？”

小龙女温柔地道：“那时，你的实力远不如我，更不熟悉我的战斗方式，即使那样，你依旧没有放弃。

“你让我见识到了琴的奥妙之处，如果不是你的实力和我的实力差距太大，或许，那次你真的能够战胜我。是你的勇敢和智慧打动了我，在那样艰难的情况下，你依旧能够保持冷静，拼尽全力，与我同归于尽。在那之前，我从未想过，能有一个男人这样的勇敢。”

叶音竹静静地聆听小龙女的话，看着她的脸。换了任何一个男人，站在他的位置上，倾听这样一位绝色少女的表白，都会开始动摇，可叶音竹依旧能够保持平静。他注视着小龙女，眼中闪着精光。

“老家伙死了，灵魂也不在了，这个世界上，只有你和我的血脉相同，你是我唯一的亲人。生存之战已经结束了，叶音竹，你能不能告诉我，我的未来在哪里？”小龙女轻声问道。

叶音竹茫然地摇了摇头。

小龙女脸色微微一变，问道："你摇头是什么意思？你不愿意接受我吗？是不是因为你已经有妻子了？"

叶音竹再次摇了摇头，依旧没有吭声。

小龙女眼中流露出一抹凄然之色。

"我明白了，你是嫌弃我太老了吧？要是按照辈分算的话，我应该是你的先祖，比你大一万岁。在你心里，我应该跟个老妖怪差不多吧？你又怎么可能接受我呢？看来，你通过了我的考验，我却没能通过你的考验，对不对？"

叶音竹不知道该如何回答小龙女，他慢慢低下头，眼神复杂，半天才问出一句："你真的喜欢我吗？"

小龙女没有直接回答叶音竹的问题，只说道："外面的世界真的很美好，和你一起离开生命之泉之前，我从没想过外面的世界居然这样精彩，有那么多新鲜事物：美味佳肴，各种各样的人，各种各样的族类，魔法、斗气，魔法师、战士，这一切的一切对我来说都是那样的新鲜，我要学的东西太多了。

"是的，我的实力很强，可以说比龙崎努斯大陆上的人都要强。可是，我心中还是有些害怕。虽然我已经有一万岁，但是我没在大陆行走过，很多事情我都没经历过，我不知道该如何面对未知的一切。"

说到这里，她抬头看向叶音竹。

"幸好有你，是你带着我离开了生命之泉，是你带我来到了现实世界。不论我心中有多么彷徨和迷惘，你都始终在我身边。对我而言，你就像一个避风港一样。我不需要考虑外面的事如何，只要跟随在你身边就可以，因为你会把所有事情都处理好，那或许就是你给我的安全感吧。

"我是神龙，也是一个女性，女性的要求真的很简单，只要有一个可以依靠的肩膀就足够了。现在，你还需要问我刚才的问题吗？"

叶音竹道："不需要了。我一直以为，你不会思考这些，没想到，你想的比我还要多。"

小龙女直勾勾地看着叶音竹，问道："那么，现在该我来问你了，你有没有喜欢过我？"

叶音竹深吸一口气，道："在我眼中，或者说在所有人眼中，你都是完美的，你拥有绝世容颜，还有强大的实力，再加上你高贵的出身，龙崎努斯大陆上根本没人能比得上你。这一切都让你成了这个世界上最完美的女人。

"我是一个正常的男人，而作为一个正常的男人，接触到如此完美的女人之后，又怎么可能不动心呢？我承认，我喜欢小龙女。"

小龙女笑了，这一次，她的笑容极为明朗，可泪水还是流了下来。

"后面是不是还有'但是'二字？你会说，你虽然喜欢小龙女，但是你已经有妻子了，还有孩子，所以你不能接受小龙女。我说得对不对？"

叶音竹摇了摇头，道："不，你说得不对。"

"不对？"这次轮到小龙女惊讶了，"你说我说得不对？好吧，我不明白你是什么意思。你不要忘记了，现在只有你和我身上有神龙血脉，如果我们不能结合，不能顺利繁衍后代的话，神龙一族将至此终结。难道你愿意看到这样的结局吗？既然你喜欢我，那么，就接受我。"

叶音竹苦笑道："我会接受小龙女的。你说得对，神龙一族的血脉需要延续，可惜……"

他刚说到这里，就听到了从扩音舱传来的苏拉的声音。

"全部魔导炮充能完毕，等待命令。"

叶音竹和小龙女同时抬头朝空中的琴帝号望去，此时，琴帝号已经来到了深渊正上方，所有魔导炮的炮管都伸了出来，聚集好了能量，对准了深渊正中心，随时都可以发射。

小龙女脸上闪过一丝懊恼和狠戾之色，很快又恢复了正常。叶音竹一直看着琴帝号，所以并未发现小龙女的异常。

虽然琴帝号上储存的能量极多，但是三百四十五门魔导炮同时充能，还是令琴帝号产生了极大的负荷。

自从新的琴帝号建好以来，叶音竹还是第一次让三百四十五门魔导炮同时充能，准备发射。

没有人知道深渊怎样才能被毁掉，只能尽力试一试。

三百四十五门魔导炮同时朝着一个地方轰击，在众人看来，遭受如此打击，深渊必将被摧毁。

叶音竹沉声喝道："琴帝号，全部魔导炮发射，目标深渊。"

"是。"

通过扩音设备，苏拉的回答传了出来。

所有炮口同时亮了起来，下一刻，琴帝号就要彻底发挥出自己的威力了。

小龙女轻叹一声，道："一切都结束了。"

叶音竹淡然地道："一切真的结束了吗？不，在我看来，还远远没有结束。"

听到叶音竹这样的话，小龙女很是愕然。

突然，叶音竹毫无预兆地抬起了自己的右脚，狠狠地跺向地面。

"轰——"

原来，叶音竹使出了战争巨兽格拉西斯的战争践踏，距离他最近的小龙女没料到他会突然发威，即便她实力强大，在毫无准备的情况下，还是被震得有些眩晕。

第三百三十四章
我该叫你小龙女还是母妖王

叶音竹施展完战争践踏之后，立马飘然而起，飞入空中，他那冰冷的声音仿佛来自九幽地狱一般。

“因为，你还没有死！”

这句话震慑着小龙女的灵魂。

就在这时，琴帝号突然快速旋转起来，就像一个深蓝色的旋涡，三百门中级魔导炮，四十门高级魔导炮以及五门寂灭之炮一起射向了同一个地方。

它们并未射向深渊，反而射向了深渊上空的一个点。

小龙女看到了叶音竹冰冷的眼神，即使战争践踏是由叶音竹发出来的，也只能让她眩晕片刻而已，此时，她已经完全恢复过来。

叶音竹没有给她开口的机会。

就在三百四十五门魔导炮发射前的那一瞬间，叶音竹使出一记鞭腿，重重地踢在小龙女的腰间，令她的身体飞了出去。

战争践踏带来的眩晕效果已经完全消失了，小龙女睁眼看到的却是那三百四十五道光柱。

叶音竹的那一腿，将她送到了魔导炮攒射的中心点。

踢完那一腿之后，叶音竹开始飞速后退。三百四十五门魔导炮全力一击释放的能量实在太恐怖了，三百四十五根光柱中包含的能量使得整个空间都变扭曲了，一瞬间就撕裂了这个空间。

没有轰鸣声传出，当那三百四十五根光柱同时射到小龙女一个人身上的时候，时间、空间以及深渊位面的一切仿佛都静止了，紧接着，一圈夺目的光环骤然爆发开来，剧烈的冲击波削平了深渊两旁的山峰，令周围变得一片死寂。

那可是三百四十五门魔导炮的全力一击啊！耗费了那么多高级魔晶石的能量，其攻击力可不是寻常武器能比的。

或许，法蓝的上万名魔法师联合起来发动的魔法攻击，其攻击力会超过三百四十五门魔导炮的攻击力，可是，魔法师们的攻击不可能完全集中在一点上，而琴帝号做到了。

在地精部落大师们的设计下，琴帝号就是一架超级完美的机器，攻击的精准度无比高。

叶音竹退得飞快，一瞬间就飞到了数千米之外。

尽管如此，在那狂暴的冲击波的作用下，他依旧飞出数百米才停下来。他穿着由几大神兽化成的铠甲，都被魔导炮的余波逼得如此，那被直接轰中的小龙女又会如何呢?

光芒渐渐暗淡，琴帝号飞得比之前更高了，那是能量反冲的效果。

被撕裂的空间缓缓闭合，爆炸中心的强光逐渐暗了下来。

叶音竹略微松了口气，缓缓地道：“或许，这次才真的结束了。”

“结束了？告诉我，为什么？”伤感而冰冷的声音响起，声音虽然不大，但不论是叶音竹，还是琴帝号中的众人，都听得很清楚。

哪怕是已经退到帝领外围的空中部队，也听到了这个仿佛从自己灵魂深处响起的声音。

听到这个声音，叶音竹脸色骤变，眼神变得无比冷厉。他死死地盯着之前爆炸的中心点，看到了一道身影站在渐渐暗淡的光芒之中。

她的衣服已经被炸毁了，黑色的长发披散在背后，肌肤雪白，身体却是毫发无伤，每一个部位都是那样完美，遵循了黄金比例。

看着这样的小龙女，叶音竹完全不为所动，眼中只有冰冷的寒意。

小龙女轻轻地抬起自己的右手，抹掉嘴角溢出的一丝鲜血，故作悲伤地盯着远处的叶音竹。

“告诉我，为什么？”

叶音竹飘浮在半空之中，深吸一口气，缓缓抬起握住星辰之剑的右手，将剑身横在自己胸前，他的目光已经变得极为冰冷。

“没想到，这样都杀不了你。看来，我还是失算了。”

小龙女的声音突然变高昂了几分：“告诉我，为什么？”

叶音竹寒声道：“为什么？我只问你一个问题。我该叫你小龙女，还是母——妖——王？”

他一字一顿地说出了“母妖王”三个字，声音中所蕴含的精神力震得人灵魂都在颤抖。

小龙女的脸色看上去有些苍白，她失声道：“你、你胡说！我是神龙王的女儿，你竟然说我是母妖王？叶音竹，就算你不想要我，也不能污蔑我。”

“污蔑？真的是污蔑吗？”叶音竹冷笑一声，“母妖王，你是不是一直都以为自己伪装得很好？确实，我不得不承认，你的伪装能力真的已经近乎完美，哪怕是神龙王大人都没有发现你的真实身份。只不过，这世间本就没有什么是完美的，哪怕你伪装得再好，终究会露出破绽。”

小龙女脸色苍白，失神地看着叶音竹，问道：“为什么？音竹，你竟然这么狠心地污蔑我。”

叶音竹淡然一笑，道："我想，你一定很想知道我是怎样看出你的真实身份的吧？让我来一一告诉你，那样你就不会再否认了。"

闻言，小龙女直直地盯着叶音竹，不说一句话。

此时，琴帝号内，所有人都极度震惊。哪怕是苏拉和海洋，先前也不知道事情居然会变成这样。叶音竹只告诉了她们，不要让魔导炮直接瞄准深渊，而是要瞄准深渊上方的一个点。叶音竹在地图上，给她们详细地标示出了那个点的位置。

当叶音竹施展战争践踏，再一脚将小龙女踢入魔导炮齐射的中心点时，琴帝号内所有的人都惊呆了。他们怎么也没想到，叶音竹居然会这么做，这究竟是为什么呀？小龙女不是他们的伙伴吗？

当叶音竹说出小龙女是母妖王的时候，琴帝号内所有人都一脸愕然。小龙女是谁？在他们心中，小龙女是神龙王的女儿啊！连神龙王都没怀疑过小龙女的身份，现在叶音竹竟然说她是母妖王，这是何等的不可思议啊！所以，不仅小龙女在等待叶音竹的解释，就连琴帝号内的人也在等待叶音竹的解释。

叶音竹淡淡地看着小龙女，道："事情要从头说起了。当初，我们刚刚认识的时候，我确实没有看出你的身份，那时的我也不可能看得出来。与你一战之后，我身受重伤，被你放入生命之水之中，恢复了视觉和味觉。那时的我对你除了感激，还带有几分尊敬。你是神龙王的女儿，自然就是我的先祖，我从来没想过要怀疑你，直到后来发生了一些事。你知道我是从什么时候开始怀疑你的吗？"

小龙女下意识地摇了摇头。

叶音竹沉声道："是听到你对神龙王大人的称呼之后。从我认识你到现在，你从未叫过神龙王大人一声父亲，哪怕神龙王大人燃起灵魂之火来帮助我们，你也没有叫神龙王大人一声父亲。尽管那时候你装得很悲伤，可是，我真的感受不到你的悲伤，而且，直到那时候，你也没叫过神龙王大人父亲。"

小龙女激动地道："它让我孤独万年，难道我还要认它吗？它尽过一个父亲的责任吗？我为什么要叫它父亲？"

叶音竹摇了摇头，道："不，你对人性的了解远远不够，才会露出破绽。苏拉也遇到过类似的事情，我一直陪伴苏拉，我看得很清楚，尽管马西莫曾经狠狠地伤害了苏拉，可是，在苏拉心中，马西莫始终是她的父亲，就算她再恨马西莫，她也没叫过马西莫'老家伙'，那样太不尊敬长辈了。因为血浓于水，不论怎么说，她都是马西莫的女儿。同样的，不论怎样，小龙女都是神龙王大人的女儿，真正的小龙女绝对不会这样称呼神龙王大人。

"或许，因为寂寞，小龙女会埋怨自己的父亲，可是她不会像你一样不给神龙王大人一点面子。再说，神龙王大人也不是自愿将小龙女放入生命之水中的，它是被迫的，那样做是为了保住小龙女的性命。连我都能深切地感受到神龙王大人对小龙女的爱，真正的小龙女会感受不到吗？真正的小龙女一定会理解神龙王大人。

"如果不是万分无奈，再加上肉身已死，神龙王大人又怎么会不照顾自己的孩子？就算这样，它依旧用最后的力量将自己的孩子放入了生命之水之中，让其得到最好的滋养。小龙女会感受不到神龙王对她的爱吗？不，当然不会。因为你不是小龙女，你是母妖王，所以你不知道小龙女的真实感受。你来自这个没有感情的冰冷深渊，你根本无法理解人性中的父女之爱究竟是什么。"

小龙女怒道："这只是你的单方面臆测，就凭这一点，你就说我是母妖王？"

叶音竹淡然一笑，道："如果只是这一点的话，恐怕我无法说服任何人。这只是其中的一点，第二个疑点出现在苏拉身上。"

小龙女愣了一下："苏拉？"

叶音竹道："是的。还记得你和我一起返回法蓝，来到暗塔以后遇到了什么吗？那时，苏拉从暗塔出来，什么也没说，直接一剑刺向了我的胸口。虽然我抹去了她的那一部分记忆，让她忘记了那段不好的回忆，但是，后来我仔细思考过苏拉这样做的原因。当然，那时候我还没有怀疑到你身上。

“后来，我们一起到深渊位面进行探察，探察之后，返回法蓝时，我发现苏拉一直被一股奇怪的能量折磨。通过生命能量，我才将那股奇怪的能量缓缓化解。我发现，那种能量不是诅咒的能量，而是死灵能量，根本不应该出现在龙崎努斯大陆上的死灵能量。

“在龙崎努斯大陆上，谁会使用死灵能量？那只能证明，龙崎努斯大陆上有深渊生物存在。我和苏拉彼此相爱，为了找寻生命之水，我离去了三年，回来的时候还带着你。苏拉是那么爱我，就算她有些偏激，也一定会问清楚我和你究竟是什么关系，才会决定接下来怎么做。即便我和你真的有了感情，苏拉知道之后，也不会对我痛下杀手。因此，我可以肯定，那时候，苏拉就已经被死灵能量感染了。

“后来，我询问过海洋，海洋告诉我，在我回来之前，苏拉都没有什么异常，也就是说，在我和你回来之前，苏拉还是正常的，可为什么一见到我，她就变得不正常了呢？答案很简单，因为就在我回来的时候，她的灵魂被死灵能量影响了。而那时候，只有你在我身边。”

小龙女愤怒地看着叶音竹：“你说的这些都只是猜测而已，难道就凭这些猜测，你就断定我不是神龙王的女儿吗？”

叶音竹冷冷地道：“你不用着急，这只是两个疑点而已，我没有说它们是证据。这样的疑点还有很多，让我一一说给你听，我看你还如何反驳。

“第三个疑点，是你那招原身夺舍。你是谁？你是神龙王大人的后裔，你是小龙女，可是，你不觉得原身夺舍过于霸道了吗？夺取他人的身体，吞噬身体被夺取者的灵魂，从而达到控制他人的目的。这是一个一直泡在生命之水里面，受生命能量影响的神龙后裔应该会的技能吗？开始的时候，我并没有多想，我认为，或许这是神龙一族的神秘技能。可后来，我看到萨琳娜也使出了相似的技能，我就知道，并不仅仅是拥有生命能量的人能施展原身夺舍，拥有死灵能量的人同样可以施展。那时候我就知道，原身夺舍并不是神龙一族特有的技能。可惜，当我看到萨琳娜施展这个技能的时候，神龙王大人的灵魂已散，我没办法向神龙王大人求证原身夺舍的问题。”

“你……”小龙女刚想说什么，就被叶音竹打断了。

叶音竹抬起自己的左手，伸出四根手指，道：“别急，我还没说完。当初，我们来到深渊位面的时候，你很少使用自己的力量，那是为什么？就算生命能量在这里很难恢复，以你的实力，也不至于因此而不出手。当然，这个解释或许牵强了一点，可是如果我们联想一下，说不定你就是怕被深渊生物看出你的真实身份，所以才尽量不出手的，对不对？”

小龙女声音发寒地道：“你刚才说的根本就不成立。你说那时我不出手是怕被深渊生物认出来，那现在呢？这次决战，难道我出力不够多吗？你别忘了，黑妖魔王萨琳娜是死在我手上的。如果我是母妖王，为什么不帮萨琳娜把你们都杀了，如果我反水的话，你们还能取得生存之战的胜利吗？”

叶音竹点了点头，道：“不错，我承认，在这场生存之战之中，你起了很大的作用，也杀死了不少深渊强者，没有再吝惜自己的生命能量。如果我猜得不错，你这次之所以敢于这样做，是因为你的实力已经有了质的飞跃，达到了神级。你对自己有绝对的信心，你认为就算是魔王级别的深渊生物，也看不出你的真实身份，对不对？”

小龙女颤抖了一下，她呆呆地看着叶音竹，问道：“你、你怎么知道我达到了神级？”

叶音竹冷笑道：“如果你没有达到神级的话，你怎么可能抵挡得住三百四十五门魔导炮的轰击？你应该只受了一点轻伤吧，可惜了，三百四十五门魔导炮一起发力，最终只毁了你的衣服。”

小龙女苦笑道：“是的，我已经达到了神级，在神龙王将它的灵魂之力注入我的精神之海的时候，我突破了最后的瓶颈，达到了神级。可你所说的这些，还是不足以证明我不是小龙女，而是母妖王。你不要忘了，我是神龙王的女儿，行动的时候消耗的都是生命能量，不是死灵能量，先前我击杀黑妖魔王萨琳娜的时候，更是现出了本体。要不要我再现出本体，让你好好感受一下，我体内有没有死灵能量？”

叶音竹淡然地道：“不用了，疑点还不止这些。其他三个魔王可能不知道你的存在，以为你早就死了，但我可以肯定，黑妖魔王萨琳娜必定知道你的存在。不然，在之前的战斗中，她就不会那么冷静。她一直坚持到最后关头都没有燃烧灵魂之火，与我们进行殊死搏斗。为什么？因为有你在，她以为你会做她的后盾，你是她的希望，所以，在她被你击杀那一瞬间，她露出了无比吃惊的表情，她还说了句什么，可惜，当时你现出本体，龙吟之声太大，导致我们没听到萨琳娜说的话。你杀她，是为了灭口。她死了的话，这世上就没人知道你就是当初的母妖王了。

“如果没有你的指点，萨琳娜怎么会知道香鸾和我有关系，还利用原身夺舍，占了香鸾的身体？当时情况混乱，强者那么多，萨琳娜可以随便对一个人施展原身夺舍，怎么会找上香鸾？

“生存之战开始之后，苏拉和海洋一直待在琴帝号内，你不方便下手。安雅姐姐的实力强大，不是什么人都能对她施展原身夺舍的，所以，你才让萨琳娜选了实力稍弱的香鸾。

“你让她占据香鸾的身体，就是想利用香鸾打击我。你当初将死灵能量传入苏拉体内，也是想利用苏拉打击我。”

小龙女的眼神渐渐变得冷厉了，她怒道：“叶音竹，这些都是你的主观臆测，就凭这些，你就认为我是母妖王？就那样判我死刑，让琴帝号攻击我？你真是太残忍了，你……”

叶音竹叹息一声，道：“我也不愿意相信这些是真的，你以为我愿意看到神龙王大人唯一的后裔死去吗？要是神龙王大人唯一的后裔还在该多好，那是我的先祖啊！但是，事实摆在眼前，我不得不信，小龙女已经死去，你就是母妖王。如果我之前说的这些都是疑点，都是我的主观臆测，那么，神龙王大人灵魂消散之前说的话，却证实了这一切，所有猜测都是真的。”

“神龙王灵魂消散前说的话？”

叶音竹沉声道：“没想到吧？神龙王大人竟然发现了事实真相。你一直都隐藏得很好，把自己隐藏得很深。你可以脱胎换骨，可以从头到脚地改变。你甚至已经没有了死灵能量，你用的全都是小龙女的生命能量。

“就算你掩藏得再好，当神龙王大人燃烧自己的灵魂，并且把最后的灵魂之力注入我们的精神之海的时候，它还是发现了问题。那时候，你怕神龙王大人发现你的真实身份，突然加速吸收它的灵魂之力，结果还是没能阻止神龙王大人，它发现了真相。神龙王大人怕打草惊蛇，当时并没让你发觉，只是悄悄地在我的精神之海内说了四个字。可怜神龙王大人一直记挂着小龙女，没想到小龙女早已遭了毒手。”

“它说了什么？”小龙女问道。

叶音竹道：“它说龙女有假。”

“龙女有假，好一个龙女有假。”小龙女，不，现在应该称她为母妖王，母妖王冷笑一声，“没想到，我千算万算，终究还是没能算过那个老家伙。好一个叶音竹，不愧是我看上的男人，但是，你又何苦非要揭穿我呢？”

母妖王不再狡辩，只是看着叶音竹，一脸的不甘心。

叶音竹淡淡地道：“你知道当时我有多震惊吗？那时候，我真的不敢相信这是真的，可是，随着时间的过去，我跟你的接触越来越多，还看到了你在战场上的种种表现，我才确信神龙王大人说的是真的，而且我也猜到了你的真实身份。现在，你是不是应该告诉我，这一切究竟是怎么回事，还是你想听听我的推测？”

听到母妖王承认自己不是小龙女，琴帝号内的众人大惊失色，谁也没想到事情居然会发展到这一步，神龙王唯一的后代小龙女居然是母妖王，这实在令人难以置信。

母妖王微微一笑，不再像小龙女一样冰冷，反而多了一种萨琳娜式的妩媚。

“那就让我听听，你是如何推测的好了，正好让我看看你究竟猜到了多少。”

叶音竹冷冷地道：“万年前，东龙、西龙两片大陆碰撞，开启了深渊位面与龙崎努斯大陆之间的通道。你带领深渊生物杀入龙崎努斯大陆，想要吞噬更多生物，促进自身和属下的进化。但是，你没想到会遇到我们的先祖——神龙，神龙王大人带领神龙一族顽强抵抗，东龙帝国人民奋起作战，结果你不仅没能如愿，反而损失惨重。到了最后，通道终于被神龙王大人封印了，在你与神龙王的最后一战之中，你们两败俱伤。神龙王为了牢牢地封印住通道，和其他神龙一起付出了自己的生命。那时候，神龙王大人以为，你就算没死，也应该逃回了深渊位面，不敢再来了。

“那时，你拥有神级实力，就算肉体被毁，灵魂也能永存，只不过经过与神龙王大人的一战，你的灵魂应该也受了很重的伤，再也无法对神龙王的灵魂产生任何威胁，而你之所以没有跟随深渊大军退回到深渊位面，则是因为你恐惧。”

“恐惧？我有什么好恐惧的？”被叶音竹说到痛处，母妖王有些心虚。

叶音竹道：“你的灵魂受伤后，已经不够强大，仅有灵魂的你也无法再统治整个深渊位面。你要是逃回去的话，很有可能会被强大的属下吞噬。那样的话，你就会彻底死去。

“为了活下去，你选择留在了龙崎努斯大陆。机缘巧合之下，你正好碰到神龙王大人将龙蛋，也就是小龙女放入由神龙一族的鲜血汇聚而成的生命之水中。那时候，你就是一个灵魂，神龙王大人并没有发现你。你为了报复神龙王大人，也为了生存，就直接侵入了龙蛋之中，利用灵魂夺舍，侵占了小龙女的身体，并且吞噬了小龙女的灵魂。如果你没有这样做的话，神龙王大人又怎么会被你欺骗呢？”

听叶音竹说了这么多，母妖王渐渐恢复了平静，她没有插话，只是静静地听叶音竹继续说下去。

“随着时间的推移，你的伤渐渐痊愈了，只不过因为之前那一场大战伤到了元气，所以你伤好之后也没有重新回到神级境界。那时候，除了你那由死灵能量孕育出来的灵魂以外，你体内的能量全都是属于小龙女的生命能量。这也是你身为母妖王，却会施展神龙绝学的原因。

“至于你为什么肯帮助我毁掉深渊位面，原因其实很简单。你早就已经厌倦了深渊位面的生活，深渊位面死气沉沉，环境恶劣，一切都那么不如人意，而龙崎努斯大陆则完全不一样，那里的一切都是那么有趣，深深地吸引住了你。

“对你来说，深渊位面已经没有任何存在的意义，你体内全都是生命能量，也不可能再去吞噬那些深渊生物，你只能吞噬拥有生命能量的人。那些深渊生物继续活着的话，反而有可能揭穿你的身份，所以，你才会不遗余力地帮助我攻打深渊位面。至于你为何找上萨琳娜，是因为你想利用她帮你扫除一些障碍，最后你只要杀了她灭口，一切就都结束了，你可以永远待在龙崎努斯大陆，就算作恶，也没人会发现。

“其实，你要是不杀萨琳娜，我还想不清楚这一切，你以迅雷不及掩耳之势击杀萨琳娜，引起了我的怀疑，你肯定想要隐藏什么事实。你能够利用萨琳娜，就证明你的地位比萨琳娜还高，也就从侧面证实了你就是母妖王。我想了那么多，考虑了那么久，却没想到香鸾会因我而死。”

母妖王静静地看着叶音竹，两人就这样对视着，良久，母妖王才缓缓地点了点头，冷冷地看着叶音竹，道：“可你为什么要揭穿我呢？难道你不觉得，我已经不是万年前的那个母妖王了吗？我是吞噬了小龙女的灵魂，可她的灵魂也对我产生了一定的影响。现在我都不想统治人类世界了，我只想做一个女人，一个真正的女人，嫁给你，给你生孩子，过上和人类一样的幸福生活，我想去感受这个世界的美好。只要有我的帮助，不久后你也会达到神级，到时候，我们就不会被寿命所限，我们会一直在龙崎努斯大陆生活下去。

“你真的很聪明，可以说是我见过的最聪明的人，你的推测也都是对的。可是，你也真的很笨，如果你不揭穿我。我也永远不会做出伤害你的事。以前不会，以后也不会。哪怕你还有其他几个妻子，只要你对我好，我都会忍下来。没想到，你竟然揭穿了我。难道你不知道，这样做对你没有任何好处吗？一万年过去了，这一万年来，我一直老老实实地待着，没有做什么坏事，你为什么要苦苦相逼？”

母妖王哀怨地看着叶音竹，表达自己的不满。

叶音竹冷冷地看着她，不为所动。

“母妖王，有些事情，不是时间长了就能淡化的。不错，你的皮相是很美，可以说是人间尤物。我相信你刚才说的话是真的，甚至相信你对我是有感情的，可是，这一切都无法抵消我们之间的深仇大恨。是你，带领着深渊生物杀入龙崎努斯大陆，杀了无数东龙帝国人，是你害死了我们的先祖——神龙王大人。我身为东龙后裔，难道你认为我会为了你背弃自己的先祖吗？

“我答应过神龙王大人，一定会为他复仇，我也一定会兑现自己的承诺。哪怕你是神又如何？你我之间，根本没有和解的可能。更别提，你还指使萨琳娜害了香鸾。现在，我对你，只有仇恨。只有杀了你，才对得起死去的神龙王大人，才对得起香鸾。只有杀了你，深渊位面才算真正被摧毁了。”

叶音竹举起了星辰之剑，超神器枯木龙吟琴缓缓飘到了他面前，他之所以没有让几大神兽化成的铠甲解体，并不是因为琴帝号即将轰击深渊，他想保护自己，而是因为他要提防母妖王。

听着叶音竹的话，母妖王周身满是煞气。

“没想到，我唯一看上的男人竟然会如此绝情。叶音竹，你真的以为你能杀得了我吗？你是能够战胜萨琳娜，但这不代表你能战胜我。我和萨琳娜完全不一样，我是进入神级境界的人，不是你能对付的。

“在超神器的帮助下，你就是个半神。半神和神，是截然不同的两个概念，一步之遥，却是天与地的差别。你要是现在后悔的话，还来得及。跟我一起杀死眼前的人，然后回到龙崎努斯大陆，我可以做你的妻子，只要你愿意，我就可以让你成为整个龙崎努斯大陆的主人。”

叶音竹冷哼一声，道：“母妖王，别做梦了，动手吧！”

“嗡——”

光芒一闪，叶音竹左手一动，琴弦颤动，琴音传出，肃杀而充满杀机。

一道道金色的光刃不断飞出，在空中融合成金刃后，再飞向母妖王。

这时的金刃，比之前攻击萨琳娜的金刃还要可怕。

母妖王一动不动地飘浮在那里，眼看金刃飞到自己身前，缓缓抬手，直接用两根手指夹住了金刃。

“论头脑，我不如你；论实力，你不行。”

母妖王眼中闪过一丝淡淡的轻蔑，两指稍稍用力，那金刃就化为点点金光，消失了。

见状，叶音竹朝母妖王冲了过去，左手一刻不停地拨动琴弦，试图用琴音干扰母妖王的灵魂。

但正如母妖王所说，半神和神，一步之遥，却是天与地的差别。不论叶音竹的琴音有多奇妙，对于达到了神级的母妖王来说，根本没有一点作用。

眼看着叶音竹人剑合一扑了上来，母妖王伸出双手，缓缓在胸前合十，虽然她的动作看上去很慢，但是没想到正好夹住了叶音竹刺来的星辰之剑，看上去毫不费力。

两人的生命能量剧烈碰撞了一下，叶音竹全身腾起了一层金色的雾气，母妖王双掌向上一抬，便将握着星辰之剑的叶音竹甩了出去。

叶音竹倒飞出去了，不过，他还没有放弃，在倒飞出去的同时，他发出了一道蓝紫色光芒，使其朝母妖王砸去。

那是超神器雷神之锤的附带技能——雷霆一击。

母妖王眼看雷神之锤朝自己砸来，不禁皱了皱眉，不过她还是没有挪动脚步，依旧飘浮在空中。

一层金色光罩悄然出现在母妖王身体周围，只听“砰”的一声闷响，雷神之锤被反弹回去，重新回到了叶音竹手中。

雷神之锤没能砸破那层金色光罩。

叶音竹周身涌起了剧烈的能量波动，他瞪着母妖王，眼中毫无惧意，嘴角同样溢出了一丝金色的鲜血，那是神龙的血液。

母妖王对着叶音竹摇了摇手指，不屑地道：“我说了，论实力，你不行。这些招数根本伤不到我。要是你全力弹琴的话，我可能还会受一些影响。来吧，音竹，弹首曲子给我听听，好吗？”

第三百三十五章
母妖王的威逼

“你去死吧！”

叶音竹大怒，母妖王明显是在调侃他，一点也没把他当一回事。

叶音竹再次飞身而起，这次他放弃了超神器枯木龙吟琴，双手握住星辰之剑，身上燃起了炽烈的金色火焰。

他点燃了自己的生命之火。

如果是普通人燃烧生命之火的话，只要生命能量消耗殆尽，就会立刻死亡。叶音竹不用担心这个问题，他体内有用之不尽的生命能量，完全可以撑到战斗结束。

这时，空中的琴帝号正在充能。弄清楚是怎么回事之后，琴帝号内的众人就将母妖王看成了最后的敌人。没想到，万年前搅得龙崎努斯大陆不得安宁，逼死了四十七条神龙的元凶就在自己面前，琴帝号内的众人也是感慨万千，惊怒交加。

正像叶音竹说的那样，母妖王如果不死，深渊位面怎么能说被彻底毁掉了呢？高级魔导炮和寂灭之炮的冷却时间还没过，中级魔导炮的冷却已经完成了，可以再次发射。

为了帮到叶音竹，众人让三百门中级魔导炮飞快地充能。

母妖王抬头朝空中的琴帝号看去，显得有几分懊悔。

“真是令人讨厌啊！这个琴帝号不愧是地精和矮人设计的，消耗了龙崎努斯大陆各族的宝物，竟然能够使达到神级的我受伤。可惜，那应该是它唯一一次伤到我了。”

母妖王一边说着，一边慢慢地抬起了自己的双手，和黑妖魔王萨琳娜当初做的动作一样。

叶音竹推断得很对，萨琳娜就是母妖王最信任的属下，是母妖王让萨琳娜留在深渊位面，负责镇守大本营的。

母妖王本身就来自女巫一族，既然她的真实身份已经被拆穿，那她就不需要再掩饰什么，可以使出女巫一族的技能。

母妖王掌心腾起了两团火焰，和叶音竹的金色火焰不同，她掌心腾起的是乳白色的火焰。

母妖王双手在头顶旋转一圈，一个乳白色火焰光环便朝着空中的琴帝号飞了过去。

见此情景，叶音竹大惊，想要立马去救援，没想到他的灵魂已经完全被母妖王锁定，没等他升空，母妖王就出现在了他面前。

“你的对手不是我吗？”叶音竹道。

叶音竹身上的生命之火再次炽盛地燃烧起来，那金色火焰之中竟然也多了一丝乳白色光芒，令母妖王有些惊讶。

母妖王双掌一合，再次夹住了星辰之剑，剑身上的火焰与她手上的火焰同时剧烈燃烧起来。

“没想到，你跨入半神境界之后，比吸收了那么多死灵能量的萨琳娜还要强大。看来，即使没有我的帮助，你只要一直修炼下去，也一定能够成为神级强者。”

星辰之剑就像长在了母妖王双掌之上一样，不论叶音竹如何用力，都无法再刺进半分，无法伤到母妖王。

母妖王发出的乳白色火焰光环，已经渐渐扩大，罩在了琴帝号上面。

“放心吧，打造琴帝号的材料太好了，致使琴帝号拥有了超强的防御力，就算是我，也不可能一下就将其摧毁。更何况，里面还有那么多你的亲人和朋友，我怎么忍心伤到他们，让你伤心呢？”

母妖王笑着看向叶音竹，吹气如兰，显然一点也没把叶音竹放在眼里，也没有战斗的意思，倒像是在和小辈过招。

叶音竹的呼吸已经开始变得有些急促了，生命之火一直在燃烧，却没有什么效果。

乳白色火焰光环笼罩了琴帝号，如母妖王所说的那样，她没办法一下子毁掉琴帝号，但这不代表她的攻击没用。

骇人的一幕发生了，那个乳白色火焰光环轻松地熔化了琴帝号上所有突出部位的零件，也就是说，那三百四十五门魔导炮，琴帝号最强大的攻击武器，竟然在一瞬间就报废了。

母妖王柔声道：“这样多好，他们再也不能打扰我们了，不是吗？”

“哼！”

叶音竹闷哼一声，强忍着与母妖王碰撞的痛苦，右脚在空中踏了一步，使出了战争巨兽的战争践踏。

“轰——”

只听一声轰然巨响，两人骤然分开。母妖王的身体只是晃了晃，叶音竹却倒飞而出，再次喷出一口淡金色的血液。

母妖王微怒，道：“你就那么执着，非要置我于死地吗？”

叶音竹冷冷地道：“你认为呢？”

母妖王冷哼一声，道：“好，既然你如此自不量力，那我就让你看看，什么才是神的力量。”

她一边说着，一边用燃烧着乳白色火焰的手掌画出一个圆，淡淡地道：“在神的世界之中，神就是一切的主宰，没有人能够改变这个结果。这是属于我的世界，在我的世界之中，我让你生，你就生；我让你死，你就死。这就是神所拥有的力量，名叫神界。”

母妖王身上发出的乳白色光芒骤然扩散，叶音竹发现，自己的身体动不了了，就连灵魂之力也无法探出体外。

一切都在这一刻停止了。

叶音竹是半神之体，此刻竟然无能为力。

“这是我们两个人的事，不应该让其他人参与进来，你说对不对？让我帮你扔掉这些累赘吧。”母妖王轻笑一声，右手食指朝着叶音竹的方向轻点，“剑，脱离；铠甲，脱离；翅膀，脱离。”

只听“叮”的一声轻响，紧接着，叶音竹身上的铠甲便解体了，重新变回了战争巨兽格拉西斯和山岭巨人明，背后的翅膀与手中的星辰之剑也脱离了，闪、雷、紫分别出现在叶音竹身边。现在，他身上只剩一套劲装。

超神器枯木龙吟琴和菲尔杰克逊的魂珠，竟然在母妖王的神力作用下强行回到了叶音竹体内。

此时的叶音竹，完全是赤手空拳的。

几大神兽脱离了叶音竹的身体之后，依旧处在母妖王的神界影响范围之内，无法动弹。

母妖王微微一笑，道：“看见了吗？这就是神界的力量，这就是神的能力。当初，我与神龙王那老家伙的战斗，就是神界的碰撞。可惜，在这个世界上不会有第二个神来与我对抗了。放心吧，他们都是你的兄弟，我不会要他们的命。

“你们都去吧，滚得远远的，不要影响我和音竹说话。”

说着，母妖王随手一挥，几大神兽的身体就远远地飞了出去，眼看就要飞到帝领之外了。

就在这时，琴帝号的舱门打开了。光明塔塔主奥布莱恩、魂塔塔主麦克米兰率先飞出，紧随其后的，是苏拉和海洋。

苏拉和海洋分别骑在银龙和雪龙豹背上，安雅也已飞出，飘浮在她们身边。她们神色坚定，势要与母妖王抗争到底。

另外两百多人也离开了琴帝号。

龙狼虽然不能飞行，但它们有翅膀，可以在空中自由滑翔。叶鸿雁端坐在龙狼太子背上，高举手中长剑，大喝一声：“剑！”

死神龙狼骑兵同时举起了手中的长剑，他们的头顶上方亮起了深紫色光芒，深紫色光芒聚集在一起，成了一片紫云。

死神龙狼骑兵借助滑翔之势，朝着下方的母妖王冲来。

“裁——决——”叶鸿雁再次呐喊。

两百多名死神龙狼骑兵手中的长剑同时向前斩下，紫云在空中变成了一把利刃，朝着下方的母妖王斩来。

母妖王皱了皱眉，不耐烦地道：“你们这些人类还真是很讨厌呢。裁决神力吗？你们以为这种招数就能破开我的神界吗？如果你们是真正的死神，或许还能做到，可惜，你们不是。以你们现在的力量，根本不可能打败我。去吧，到深渊里面去吧。”

说着，母妖王双手掌心向上，缓缓抬起。神界的影响范围骤然扩大，空中正准备释放魔法的两位塔主，以及苏拉、海洋、安雅都动弹不得了。

紫云化成的利刃斩在母妖王的神界上，母妖王的神界只颤动了一下。

虽然裁决神力号称破神之力，但毕竟死神龙狼骑兵的实力和母妖王的实力差距太大，裁决神力也起不了什么作用。

下一刻，叶鸿雁和死神龙狼骑兵便朝着深渊落去。他们也没能摆脱母妖王的控制。

“不愧是裁决神力，如果他们的力量再强十倍的话，说不定真的能够将我消灭。可惜，他们永远也不会有这样的机会了。”

母妖王缓缓转向叶音竹，面带微笑地看着他：“好了，现在终于不会再有人来打扰我们了。音竹，你真的不肯向我妥协吗？如果你不愿意出手的话，我可以帮你把这些人都杀掉。于我而言，这只不过是举手之劳而已。”

叶音竹冷冷地看着母妖王，道：“是我失算了，没料到你竟然强大到了这种地步。即使是琴帝号，也没能将你消灭。

“你杀了我吧，我是不会向你妥协的。要是你真的杀了他们，留我独活，我也一定会找机会随他们而去。

“不错，你的实力很强，可以用神界控制住我，但你没办法永远控制我。我想杀你很难，杀我自己却很容易。死了之后，我还可以在地下跟他们团聚，也不算太坏，至少不孤单。”

“你……”母妖王的怒气终于再次被叶音竹挑了起来，“你们这些人类还真是愚蠢。难道你不知道生命是何等的珍贵吗？不论是人类还是我们深渊生物，都只有一次活的机会。死了，就永远消失了。什么天上地下，那只不过是心理安慰而已。”

叶音竹笑了，轻声道：“你还知道生命宝贵吗？那你又为何要作恶，就因为他们没有顺着你的心意行事吗？

“要是他们死了，我真的不想独活，他们当中，有我的爱人、我的亲人和我的伙伴。能够和他们一起死去，对我来说，也是一种幸福。这是像你一样自私的深渊生物永远也无法理解的快乐。”

母妖王恶狠狠地盯着叶音竹，叶音竹并没有回避，也用清澈的眼睛望着母妖王，没有因为母妖王的强势而生出半分怯懦。

两人就这么彼此对视着，谁也没有退让。

“哈哈哈……”

突然，母妖王笑了起来。

叶音竹不得不承认，她的笑声很动听，当然，这笑声原本应该是属于小龙女的。

“叶音竹，你忘记了吗？你之前说过，你喜欢我。”

眼中的怒气消失，母妖王已经能够很好地控制自己的情绪了，此时她神色温柔，不知道她真面目的人，可能会忍不住想要怜惜她。

叶音竹不屑地看着她，道：“我有说过吗？不对吧，我从没说过我喜欢你。”

母妖王道：“不，你说过。在琴帝号攻击我之前，你说你喜欢我，像我这样完美的人，你怎么可能不喜欢呢？”

叶音竹毫不留情地道：“不，你记错了。我说的并不是喜欢你，而是喜欢小龙女。那是一种欣赏性的喜欢，爱美之心人皆有之，小龙女长得美，我喜欢她也没错。当时，我说的是我喜欢小龙女，并没说我喜欢母妖王。”

“你……”母妖王的呼吸明显变得急促起来，“好，好你个叶音竹，竟然和我玩这种文字游戏。你以为，这样我就治不了你了吗？只要是我想得到的，就一定要得到。哪怕我想将龙崎努斯大陆毁掉，我也一样做得到。我是神，是主宰一切的神。”

叶音竹冷笑着，看着母妖王，道：“那我倒想看看，你要如何得到我。”

母妖王的脸色有些难看：“你刚才说，如果你的妻子死了，你独活也没意思，死了也无所谓，可以和她们在地下团聚，对不对？”

叶音竹傲然地道：“不错。死并不可怕，可怕的是像你一样永远孤独。”

母妖王眼底闪过一丝杀意，但她强忍着没有发作。

“那如果你的妻子没有死的话，你是不是就会有所牵挂，就不愿意去死了呢？”

叶音竹淡淡地道：“你想折磨我们吗？那你尽管动手好了。不过，你千万不要给我机会。否则，我宁愿带着她们去死，也不愿意受你凌辱，更不会向你妥协。”

母妖王笑了，她笑得很开心，一闪身便来到了叶音竹面前。她抬起右手，轻轻地在叶音竹脸上摩挲着，向他脸上吹了一口气。

淡淡的香气扑面而来，这样近距离地观察，更能感受到母妖王那惊心动魄的美。

“亲爱的，放心吧，我不会给你那样的机会的。同时，我相信，你也不会那么做。你似乎忘记了，在这个世界上，除了这些人以外，还有你无法舍弃的人存在。你想要和我抗争吗？我只能告诉你，最后的胜利必将属于我。我是神，神是无所不能的。”

说完，母妖王骤然后退，她退到了百米之外的地方，她将双手缓缓在胸前合十，最后闭上了双眼。

她的神情看上去有些凝重，哪怕是之前对付叶音竹以及抵挡裁决神力的时候，她也没有过这样的表情。

她开始用叶音竹听不懂的语言吟唱怪异的咒语。

这一次，母妖王身边亮起的是银色光芒。

尽管叶音竹不知道母妖王要干什么，可叶音竹依旧感觉有些不安。

银色光芒逐渐变得耀眼了，母妖王脸上竟然露出了几分痛苦的神色，可见她调动了多少能量，就连她都感到负担有些重。

她究竟在干什么？

此时此刻，叶音竹想不出有什么招数需要母妖王消耗如此多的能量。她想要杀死在场的人实在太容易了。

尽管琴帝号没能成功将母妖王击杀，逼迫叶音竹不得不使用第二套方案，将众人都推入了危险的境地，死神龙狼骑士团更是坠入深渊，生死未卜，可叶音竹对于自己的计划，还是有几分把握的。

叶音竹相信，母妖王绝对不会轻易杀死他，这是他揣摩母妖王的心理之后得出的结论。

侵占了小龙女身体的母妖王最想要的并不是他们全部死去，而是融入龙崎努斯大陆之中，像一个真正的人类那样生活，并且掌控众生。

叶音竹摸清了母妖王的心理，他的计划就有成功的机会。尽管第二套方案很冒险，可叶音竹还是决定这么做，他心中多少有几分把握。

眼前母妖王所施展的能力却令他不安，未知的东西最容易带给人恐惧。

母妖王究竟在干什么？

没有人知道，叶音竹不知道，其他人就更不知道了。

那从她身上发出的银色光芒缓缓集中到她掌心之中，光芒不断晃动，让人隐约感觉到其中的能量极为活跃。

“啊——”

母妖王低喝一声，猛地挥出握住银色光芒的右手，在空中拉出一条银色的细线，在场的每个人都感觉自己的灵魂颤动了一下。

“刺啦——”

刺耳的撕裂声令他们极度痛苦。

突然，叶音竹明白了母妖王要做什么。他怎么也没想到，神级的母妖王居然这么强大。此时的她，恐怕比万年前的她更加强大。

母妖王收回右手，那根银色丝线却依旧存在于母妖王面前。

她神情凝重地将手伸向那根银色丝线，诡异的事情发生了，她的双手接触到那根银色丝线之后，竟然慢慢消失了。

紧接着，她双掌分开，那根银色的丝线被撕开，一分为二，最后形成了一道银色的长方形光幕，飘浮在她面前。

母妖王张开嘴，吐出一颗透明的珠子。

母妖王看着那颗珠子，眼中充满了眷恋。

那颗珠子看上去并没有什么力量，可是，它出现的瞬间，母妖王脚下的深渊似乎发出了一声呻吟，整个深渊位面的大地都颤动着，就像是发生地震了一样。

没错，这颗珠子就是母妖王的魂珠，也是一颗真正意义上的神级魂珠。

魂珠飘浮在母妖王面前，缓慢自转，母妖王的双眼变成了白色的，她的精神力借助离体的魂珠直接刺入那道银色的光幕之中。

母妖王嘴角处露出一丝邪邪的笑容，她转头瞥了叶音竹一眼，顿时令他的心脏都漏跳了一拍。

“找到你们了，一个个的都给我出来吧。”

母妖王的双手再次探入银色光幕之中。

紧接着，一道接一道身影被她从光幕中拉了出来。

由于神界还存在，这些身影出现之后立刻飘浮在半空之中，静止不动。

被母妖王从光幕中拉出来的是四个孩子。他们正是叶音竹和苏拉、海洋以及香鸾生下的四个孩子。

叶思琴、叶恋琴、叶念琴和叶睿琴。

看到四个孩子出现，不仅叶音竹脸色大变，就连被禁锢在空中的苏拉、海洋、奥布莱恩和麦克米兰也脸色骤变。

他们是不怕死，可是他们怕孩子出事。当他们看到这四个孩子之后，他们心中都不受控制地充满了恐惧。

他们终于明白母妖王要做什么了。

她竟然凭借无比强大的实力，直接撕裂空间，用自己的力量穿越深渊位面，到达龙崎努斯大陆，通过恐怖的神级精神力，找寻到了四个孩子，并将四个孩子强行带到了深渊位面之中。

叶思琴、叶念琴、叶恋琴脸上都露出吃惊的神色，他们看看面前的母妖王，再看看另一边的父母，不知道这是怎么回事，感觉很是混乱。

“妈妈，爸爸，这、这是哪里？”叶思琴问道。

深渊位面的环境不比龙崎努斯大陆的环境，一切都很是压抑，脚下那深不见底的深渊，令叶思琴感觉非常恐惧。

在四个孩子中，只有叶睿琴还能勉强保持冷静。他看看母妖王，再看看另一边的叶音竹，开始思索眼前到底是个什么情况。这个聪明的孩子，不论什么时候，都能保持清醒的头脑，不愧是米兰帝国太子。

叶音竹怒视着母妖王，气愤不已：“你想干什么？没想到你居然如此卑鄙，拿孩子来威胁我！”

母妖王认为自己已是胜券在握，因而有些得意扬扬。

她看着叶音竹，微笑着道：“你说我想做什么呢？你和你的妻子都不在乎自己的性命，那我倒要看看，你们在不在乎这些孩子的命。多么可爱的孩子啊！他们不愧是你的儿女。音竹，我多么希望我们也能拥有属于自己的孩子。进入神级境界后，那就是我最大的心愿了。”

“思琴、恋琴、念琴，你们别怕，爸爸妈妈会救你们的。”苏拉大叫一声，想让孩子们安心一些，眼中已满是泪水。

苏拉再怎么坚强也终究是女人，是母亲。眼看自己的孩子落入母妖王手中，她又怎能保持冷静呢?

母妖王一伸手，将叶睿琴抱在自己怀中。

“这是你和香鸾的儿子吧？这个孩子还真是可爱，听说，他十分聪明，只是可惜，他妈妈已经不在了，或许，让他跟随他妈妈，一起到地下去，倒是个不错的选择。你说是不是，音竹？”

母妖王一边说着，一边用双手托住叶睿琴，将他横在自己面前。她温柔地看着叶睿琴，说出来的话却令人毛骨悚然。

“真是可惜啊，不知道深渊究竟有多深，要是从这里摔下去，这个孩子能不能自己想办法活下来呢？音竹，要不我们试试吧。”

说着，她就要慢慢松开手。

“住手！”愤怒的声音响起，吸引了母妖王的注意力。

母妖王朝声音传来的方向看去：“哦，原来是音竹的安雅姐姐。你认为，你能够阻止得了我吗？”

喝止母妖王的正是同样被限制住的安雅。她深吸一口气，坚定地道：“你堂堂深渊之神，何苦为难几个孩子？”

母妖王突然怒道：“闭嘴！我不是什么深渊之神，我只想做一个普通的女人，你们连这一个小愿望都不愿意满足我，是你们逼我这样做的。我只想做个普通人，这样都不行吗？”

安雅看着母妖王，劝道：“孩子还小，受不得惊吓，你先放了四个孩子，就拿我来威胁音竹吧。我相信，音竹不会弃我于不顾的。既然你不愿意与音竹真正地决裂，那么，就不要让这四个孩子再受惊吓。”

母妖王不屑地看了安雅一眼，道：“你？你认为自己在叶音竹心中有这四个孩子重要吗？拿你就能威胁他的话，我为什么还要费力破开位面把这四个孩子带过来。”

安雅淡然地道：“反正你要用音竹的孩子来威胁他，那么，用我也是一样的。我的肚子里，有音竹的第五个孩子。这够不够分量？”

“什么？”母妖王和叶音竹同时惊呼出声，苏拉和海洋也感到难以置信。

一时间，安雅成了全场的焦点。

察觉到苏拉和海洋的目光之后，安雅开始道歉：“你们不要误会，那只是个巧合。当时情况危急，音竹是为了救我的命才这样做的。他必须让自己的生命之火和我体内的生命之火融合，才能救我。他一直都爱着你们，我和他之间，只是个巧合，或者说，是个错误。”

苏拉和海洋对视一眼，刚要说什么，却被母妖王禁言了。

母妖王皱眉道："你和他只发生过那一次关系而已。那件事情已经过了三四年了，你要是真的有了他的孩子，应该早就生下来了。你以为这样就能骗过我吗？"

安雅冷冷地道："我没有骗你的必要。我们精灵皇族的孕期和人类的孕期不一样，是二十年，距离孩子出生，还有很长一段时间。"

母妖王盯着安雅，嫉妒不已。

"没想到，竟然连你都有了他的孩子。不过，你可千万不要小看自己，叶音竹对你还是有感情的。说不定，你比这几个孩子更有用。好吧，我也不愿意让这几个孩子受到惊吓，换成你也没什么。"

说完，母妖王挥了挥手，四个孩子便分别朝着苏拉和海洋飞去。同时，母妖王招手将安雅吸到了自己身边。

母妖王暂时解除了对苏拉和海洋身体的限制，她有自信，苏拉和海洋掀不出大浪。

一恢复行动能力，苏拉和海洋赶忙将孩子抱入自己怀中。

当苏拉搂住叶思琴和叶恋琴时，她忍不住哭出声来，看向安雅的目光中充满了感激。

孩子们刚出现，苏拉和海洋的心就已经乱了，反而是安雅能够保持冷静，她也看出母妖王做这么多，并不是想要杀死他们，而是想要得到他们的承认，尤其是叶音竹的承认。

叶思琴、叶恋琴一回到母亲的怀抱，立马安静下来，他们还太小，理解不了眼前的情况。尤其是恋琴，作为四个孩子中唯一的女孩儿，她不禁泫然流涕。

相对来说，叶念琴神经大条一些，他没什么太大的反应，和叶睿琴一起落入海洋的怀抱之后，反倒对叶睿琴很感兴趣。

"你是我的哥哥还是弟弟？"叶念琴问道。

叶睿琴有些失神地看着叶音竹，他很少这样失态，可见刚才母妖王的话对他的冲击有多大。

“如果他们说的是真的，那么，我应该是你的哥哥才对。”过了好一会儿，叶睿琴才答道。

母妖王将安雅拉到自己身前，一只手搂住安雅的腰，另一只手则在安雅的小腹上轻轻地摩挲。

“这里有你和他的孩子吗？叶音竹，我再给你最后一次机会。你要是答应娶我为妻，我就放过她。否则的话，我先杀了她肚子里的孩子，再将你另外四个孩子一一杀死。我的忍耐是有限度的，不要逼我。”

叶音竹低下头，眼神复杂，心中大乱。好一会儿，他才抬起头，看着被母妖王控制的安雅，一时间竟然有些痴了。

“只要我答应你，你就放过苏拉、海洋还有孩子他们吗？”

母妖王冷冷地道：“当然，放过他们也没什么。不过，除了这几个人之外，其他人都要死。只有这样，才不会有人将我的身份泄露出去。之后，我会把几个活着的人的记忆全部抹去，他们只会记得深渊已经被毁了。如果不是你的精神力很强，我不能抹去你的记忆，我才不会和你浪费这么多口舌，早就直接抹去你怀疑我的记忆了。

“最后，当苏拉和海洋失去记忆之后，你要告诉她们，你决定娶我为妻，以后我就是你最爱的人，她们两个都只能排在后面。

“当然，最重要的一点是，在完成这些之后，你还要把自己脑海中关于我是母妖王的这段记忆抹掉。只有这样，你才会全心全意地对我。

“如果你能做到这些的话，我就放过你的妻子和孩子，否则，我就先杀掉你的孩子，让你痛苦终生。”

母妖王终究是母妖王，即便她想做人，手段依旧如此毒辣。只要叶音竹答应她，那么，除了两位塔主、苏拉、海洋，以及孩子，再加上一个安雅，其他人，包括比蒙巨兽、银龙公主离杀，以及几大神兽，全都要死。

“只要我答应你，你就现在放了安雅姐姐？”叶音竹沉声问道。

母妖王微微一笑，道：“我知道你很聪明，很有智慧。我也说过，论头脑，我不如你。可你应该也知道，你这个人有一个最大的缺点，当然，在人类看来，这可能会是一个优点，那就是你太重感情了。

“为了防止你耍花样，在这一切进行之前，你要先和我洞房。我是神，我可以肯定，只要我们有了亲密接触，我就会怀上你的孩子。我想，那时候，你再想算计我的话，心中总会多一些顾忌吧。”

第三百三十六章

再见了，母妖王

母妖王越说越兴奋，她已经开始憧憬自己与叶音竹的美好未来了。

“我真的很期待和你有个孩子呢。不知道我们的孩子会是什么样子的，我希望他会很出色，至少要比那四个孩子出色。”

叶音竹看着母妖王，冷冷地道：“你说你的头脑不如我，还真是妄自菲薄了。你的算盘打得如此好，一下就抓住了我的软肋，不愧是深渊之神，母妖王大人啊！”

母妖王的手依旧在安雅的小腹上轻轻地摩挲着，她微笑着道：“那你是答应，还是不答应呢？”

叶音竹冷笑一声，反问道：“我有选择权吗？”

母妖王笑了，笑得很甜蜜。

“没有，当然没有。”

叶音竹凄然地看了远处的苏拉和海洋一眼，然后重重地点下了头，道：“好，我答应你。”

这简单的五个字，他说得如此艰难，出奇的是，在场的人，没有一个阻止他。

母妖王是正确的，孩子成了在场每个人的软肋，包括两位塔主在内。

母妖王将安雅远远地抛了出去，当然，安雅逃不出去，因为她还在母妖王的神界禁锢范围之内。

母妖王解除了对叶音竹的限制，她眼中闪过一抹厉色，警告叶音竹："我希望你不要有任何侥幸心理。你应该明白，以我的实力，想要杀掉在场任何一个人，都只不过是举手之劳而已。"

叶音竹缓缓地飞到母妖王面前，并没有趁此机会向她发动攻击或者是有什么行动。当他身穿几大神兽化身的铠甲，实力处于巅峰状态的时候，都无法伤到母妖王，此时失去了铠甲的辅助，他又怎么可能是母妖王的对手呢？

看着叶音竹，母妖王竟然有些娇羞。

叶音竹冷淡地看着她，问道："现在就开始吗？"

母妖王微微一笑，对她来说，叶音竹已经是砧板上的肉，怎么也跑不了了。

"不急。你不是一直对你的妻子很好吗？我听她们说过，当初你为了找回苏拉，单枪匹马前往蓝迪亚斯城，用一曲《凤求凰》向她示爱。

"今天毕竟对我们意义重大，我也想听你弹奏一首琴曲，好吗？我希望你能让我更加动情。

"当然，我只是想听琴曲，如果你妄想通过琴曲做什么的话，我不介意让你立刻看到一具孩子的尸体。"

叶音竹看着母妖王，感觉万分屈辱，他默默地从须弥神戒中取出了一张有栗壳色漆，大小蛇腹间有牛毛与小冰裂断纹的古琴。

古琴一出，叶音竹的气质大变，此刻，他就是天地间的中心。

母妖王赞叹道："琴帝终究是琴帝，只要古琴在手，龙崎努斯大陆就没有一个男人能与你相比。"

叶音竹就像没有听到母妖王的赞赏一般，他双手轻抚琴弦，淡淡地道：“朝阳既升，巢凤有声。朱丝一奏，天下文明。此琴名曰：鸣凤。”

鸣凤琴原本音色清脆、悠扬，此时叶音竹却弹出了悲伤、苍凉之感，它似乎在诉说，诉说着爱人远去的痛苦，诉说着无尽的相思之苦。

只闻琴声时而如松涛怒号，时而如杜鹃悲啼，缭绕空际盘旋不散，穷琴之妙谛。

前奏尽，歌声起。歌声与琴声竟是如此和谐，令人徒生伤悲。

“相遇是缘，相思渐缠，相见却难。山高路远，唯有千里共婵娟。因不满，鸳梦成空泛，故摄形相，托鸿雁，快捎传。”

因为悲伤，叶音竹的声音都有些沙哑了。

他完全在重现当初为苏拉弹琴的一幕，可他此时心中装的不再是苏拉，而是死去的香鸾。他十分心疼香鸾。

母妖王听得有些痴了，叶音竹弹琴和唱歌的时候，完全没有释放半点精神力，只是纯粹地弹琴唱歌，却深深地触动了她的内心。

母妖王当然知道，叶音竹的歌唱得那样深情，并不是为了自己，可是她并不介意，她只想得到叶音竹，叶音竹越是这样，她就越发期待以后的生活。

叶音竹将双手缓缓地落于琴弦之上，眼眸低垂，就像他自己也回到了在蓝迪亚斯城拯救苏拉的时候。

他轻声道：“喜开封，捧玉照，细端详，但见樱唇红，柳眉黛，星眸水汪汪，情深意更长。无限爱慕怎生诉？款款东南望，一曲凤求凰。”

唱到这里，叶音竹似乎有些苦涩，他轻声道：“小龙女，如果你真的爱我，那么，我请求你，接下来发生的一切，我不希望让他们看到。毕竟，我的孩子还在这里，我不想伤害到孩子。”

母妖王注视着面前的叶音竹，眼前的一切渐渐变得蒙眬了。

“相遇是缘，相思渐缠，相见却难。多么动听的《凤求凰》，难怪她们会为你而痴狂。这就是爱吗？谢谢你，你知道吗？在这一刻，我真的感觉到了爱的滋味。好，我答应你。”

母妖王一边说着，一边拉住了叶音竹的手。

正在这时，一个稚嫩的声音突然响起：“老师。”

叶音竹和母妖王同时朝声音的来源处看去，开口的是海洋怀中的睿琴。

叶睿琴看着叶音竹，眼中的迷茫消失了。

“老师，你真的是我的爸爸吗？”

叶音竹默默地点了点头，道：“对不起，睿琴，一切都是爸爸不好，爸爸对不起你和你妈妈。”

睿琴轻轻地摇了摇头，道：“老师，我只是想告诉你，如果你真的是我的爸爸，那么，我引以为豪。”

叶音竹愣了一下，之后便红了眼眶，他看着叶睿琴，越发感觉愧对叶睿琴，也更加坚定了要打败母妖王的心。

空间出现了剧烈的能量波动，七彩光芒从母妖王身上发出，凝聚成一个巨大的茧子，将两人的身体笼罩在内。

下一刻，叶音竹身上的衣服就消失了，在这个封闭的空间之内，就只剩下他与母妖王了。

母妖王伸出双臂，勾住叶音竹的脖子，小声道：“音竹，你已经别无选择了，按我说的做，结果才能皆大欢喜。别再试图反抗了，爱我吧。”

叶音竹低下头，眼神复杂，现在，他在想什么，只有他自己才知道。

他慢慢地靠近母妖王，近到能感受到母妖王的呼吸之后，他停了下来，不过只停了一瞬间，就继续下去，两人的双唇相触。

不论小龙女体内的灵魂是谁的，她毕竟是神龙王的女儿，拥有最纯正的神龙血脉，她体内的生命能量与叶音竹的生命能量同出一源，没有人的生命能量比他们两个的生命能量更契合，更能融合到一起。

那一刻，不仅是母妖王，就连叶音竹也迷失了。

两人都沉溺进去了。

在发出七彩光芒的茧子的保护下，没有人能来打扰他们。七彩光芒越发耀眼，母妖王感觉一切都是那么完美。

“音竹，让我感受你的温柔吧。”

此时的母妖王，就像一个羞涩的女生。她伏在叶音竹宽阔的肩头，乌黑而柔顺的长发披散在两人身上，看上去是那样温柔。

叶音竹转头，看向母妖王，眼中带了一丝说不清，道不明的情感。

两人的生命能量已经融合。

他们是那样契合，也没有感觉任何不适，充足的生命能量使他们全身都暖洋洋的。

母妖王紧紧地搂着叶音竹的脖子，喃喃地道：“我从未想过，我能如此快乐。”

这个时候，母妖王心中已经没有了时间的概念，她只想一直和叶音竹在一起，不想任何人从她手里抢走叶音竹。

最后，叶音竹那代表光明的灵魂和母妖王那代表黑暗的灵魂终于碰撞在了一起，阴阳相触。

……

突然，一团耀眼的金色光芒骤然从叶音竹眉心释放出来。

母妖王下意识地睁开了双眼，就在这一刻，叶音竹嘴角流出了金色的血液，看着母妖王的眼神也变得无比冷酷。

“你……”

母妖王只说出了一个字，她感觉到有东西刺进了自己的灵魂深处。

“啊——”

她大叫一声，灵魂深处的疼痛让她难以忍受。

她发现自己已无法动弹，就算拥有神级的力量，此时她也无能为力。

叶音竹注视着母妖王，眼中闪过一丝不忍。

“你终究还是中了我的计，虽然我只有灵魂达到了神级，但我也是神。”

母妖王感觉到自己的灵魂开始破碎了。

她看着叶音竹，眼中满是不解，还带着一丝绝望。

“告诉我……”

叶音竹当然明白她想知道什么。

“早在知道你是母妖王的时候，我就做好了两手准备，我想到了琴帝号可能无法置你于死地。一旦你达到神级，你就会成为神一样的人物，你几乎就是不死的存在。

“你不知道的是，在神龙王将灵魂之力注入你我体内的时候，菲尔杰克逊大师的灵魂就被唤醒了。

“当神龙王大人发现你不对劲的时候，神龙王大人就将更多的灵魂之力传给了我。你最多只吸收了神龙王三分之一的灵魂之力，另外的三分之二则都注入了我的灵魂之中。

“所以，尽管我的肉体还没有像你那样达到神级，可是，我的灵魂已经达到了神级。”

听到叶音竹的话，母妖王眼中的绝望渐渐消失，取而代之的是淡淡的苦涩。

“没想到，你隐藏得这么深。”

叶音竹继续道：“我和菲尔杰克逊大师讨论过，究竟要怎么消灭你。如果琴帝号无法成功杀死你，那么，就只有一个办法能毁掉你了。那个办法就是用神级的灵魂，摧毁你的灵魂。

“我的灵魂达到了神级，你的灵魂也达到了神级。在灵魂达到神级之后，我的精神之海中就多了一颗魂珠，也就是神魂珠，只不过，我的肉体没有达到神级，除非我的肉体也达到神级，不然神魂珠就没办法与我原来的魂珠融合在一起。”

母妖王惨笑道：“所以，你刚刚是自己强行破开神魂珠，让神级的灵魂冲进我体内，摧毁我的灵魂，是吗？”

叶音竹道：“你的肉体无懈可击，我根本没办法从外部杀死你。要想彻底消灭你，我只能让自己的神级灵魂攻入你体内，这是唯一的办法。”

“音竹，你知道吗？我很快乐。我的感觉没错，成为一个真正的女人，是这样的快乐。如果我不是深渊女王该多好？只可惜，你的神魂珠破碎了，你永远也不可能成为神了。”

叶音竹轻吻了一下母妖王的额头。

“或许，这一切都是命中注定的。我能感受到你对我的爱，但你是母妖王，我是龙的传人，结局早已注定，我们不可能在一起。

“你动手吧，我的肉体没有达到神级，在你的灵魂彻底破碎之前，你完全可以杀了我。

“或许，到了地下，抛开了一切烦恼和限制，我们真的能够在一起也说不定。对不起，我要杀了你。”

听完叶音竹的话，母妖王脸上的笑容突然变得真挚起来。

“不要说对不起，这一切我都明白，我也突然明白了什么才是真正的爱。你告诉我，爱的真谛是奉献，对不对？”

叶音竹愣了一下，他没想到母妖王会说出这样的话。

母妖王颤抖着声音道：“为了救自己的妻子、伙伴和孩子，你宁可舍弃自己的生命。这就是你爱他们的表现，你愿意为他们奉献自己的生命。

“只要我死了，你就能够和你的妻子还有孩子快乐地生活下去，你们可以过上幸福美满的生活。音竹，这是我对你的奉献。我爱你。”

母妖王抬起头，最后一次搂紧叶音竹的脖子，努力地将自己的唇印上叶音竹的唇。

虽然母妖王和叶音竹的灵魂都破碎了，但他们的情况不一样。叶音竹拥有两颗魂珠，神魂珠破碎对他的影响是很大，但不会导致他死亡，因为他还有一颗魂珠，他并不会死，最多只是精神修为大幅度下降。

母妖王只有一颗魂珠，因此必死无疑。

叶音竹的心颤抖着，他回吻着母妖王。

他感觉得到，母妖王的灵魂正在飞速消散。

这一吻没有敷衍，他是自愿吻上母妖王的，泪水顺着他的脸庞流下。

“你真的懂得了爱。”叶音竹对母妖王说。

母妖王的双眼缓缓闭合，到了最后一刻，她没有攻击叶音竹，她用尽最后的力量，对叶音竹说了一句话：“如果，有来生……”

泪水不断从叶音竹眼中滑落，他轻吻着母妖王的额头，道：“如果有来生，如果我不是神龙后裔，你也不是母妖王，我一定会成为你的爱人。”

母妖王那充满死灵能量的灵魂飘然散去。

这个曾经统治深渊位面的神，就这么死在了自己深爱的男人的怀中。最后那一刻，她并不后悔，心中只有眷恋。

叶音竹感受着怀中之人的呼吸渐渐停止，久久不愿移动。周围的七彩光芒并没有消失，仿佛在为母妖王的离去唱最后的赞歌。

爱没有错，只可惜，他们是两个世界的人。

大仇已报，此时此刻，叶音竹心中只剩悲伤。

这一战的代价实在太大了。

叶音竹小心翼翼地从须弥神戒中取出那颗粉红色的宝石，粉红色光芒一闪，金色项链落入叶音竹手中。

他一只手搂着小龙女，一只手将项链戴在了她的脖子上。

叶音竹开始充满感情地念咒语。

项链上的宝石发出了柔和的金光，香鸾的灵魂在生命能量的引导下，缓缓进入小龙女体内。

“嗯……”

叶音竹怀中的人嘤咛一声，重新睁开双眼，此时这双眼已经和先前那双眼完全不一样了。

“这、这是哪里……”香鸾看着那七彩光芒，呢喃着问道，“是天堂，还是地狱？”

“既不是天堂，也不是地狱，这是我的怀抱。”叶音竹温柔地说道。

她这才发现，自己在叶音竹怀中。

“音竹，我、我……”

“不要说，什么都不要说。我会告诉你发生了什么事情。”

叶音竹低下头，用额头抵上她的额头，灵魂的印记悄然烙印在她的额头上，他正通过灵魂告诉她，她想要知道的一切。

……

随着七彩光芒渐渐散去，苏拉、海洋、安雅，以及两位塔主的心情变得越来越沉重，孩子们更是不敢说话。

他们越来越绝望，心中充斥着无尽的痛苦与悲伤。

“嗷——”

突然，苏拉身下的银龙——银币长吟了一声，接下来，在场的人发现，自己竟然恢复了行动能力。他们感觉万分慌乱，最终还是立马调整好自己的状态，随时准备跟母妖王决一死战。

他们感觉十分奇怪，这是怎么回事？为什么母妖王的神界封印消失了？

随着七彩光芒的散去，那个茧子也消失了。

两个人缓缓从茧子里面走出来。

众人看着那两个人，心情变得更加沉重。

那两个人都穿着魔法长袍，手挽着手，面带喜色，看上去很是亲密。

“音竹，你……”

苏拉的声音哽住了，她不知道该怎么说下去。

香鸾松开叶音竹的手，飞到了苏拉面前。

苏拉下意识地抱紧怀中的孩子，怒道：“你要干什么？”

香鸾扑哧一笑，道：“不干什么，我还没好好看过你的两个宝贝孩子呢。”

海洋骑着雪龙豹，快速挡在苏拉面前，看着站在远处，脸上带着淡淡微笑，却没有任何行动的叶音竹，心沉入了谷底：难道音竹已经被母妖王彻底蛊惑了吗？难道现在音竹真的认为自己最爱的是母妖王？

海洋怒喝道：“离苏拉远一点！”

香鸾噘起嘴道：“干什么这么凶？看我怎么惩罚你。”

说着，她快速飞到海洋面前，没等海洋反应过来，就用力在海洋脸上亲了一下。

“好舒服啊，难怪音竹那么喜欢你。你个傻妞，姐姐换个身体，你就不认识了吗？”

海洋感觉“小龙女”说话的语气很熟悉，她吃惊地看着眼前的“小龙女”，实在不敢相信“小龙女”是那个人。

“你，你是……”

香鸾故意板着脸，认真地道：“我记得，你五岁那年好像还尿过床，没错吧？念琴，你可千万不要学你妈妈。”

“香鸾姐？”

即便过去的糗事被大家知晓了，海洋也丝毫不觉得难堪，因为她太开心了。她五岁的事，就连西多夫都不知道，她只对那最好的姐妹说过。

香鸾张开双臂，抱住海洋和叶念琴，眼眸中尽是幸福的泪水。

“是我，是我。我没死，我竟然没有死。”

光明塔塔主奥布莱恩和魂塔塔主麦克米兰已经来到了叶音竹身边，他们看到两个女人抱头痛哭，感到难以理解，便问道："这究竟是怎么回事？"

闻言，叶音竹想起了母妖王，他似乎有一些伤感。

"母妖王被我杀死了。我利用亡灵系魔法，将香鸾的灵魂注入了小龙女体内。神龙一族的血脉得以继承，香鸾也复活了。"

"天啊！"奥布莱恩和麦克米兰对视一眼，难以置信，"你的意思是，我们胜利了？"

叶音竹笑了笑，轻描淡写地道："我想是的。"

就在这时，突然，一股死亡气息从深渊底部传来，带着无数凄厉的叫声升起。

骤然出现的异变吓了众人一跳，叶音竹第一时间反应过来，释放出一股生命能量，将众人包裹在内，飞快地闪开。

只见死神龙狼骑兵从深渊底部飞了出来，叶鸿雁浑厚的声音响起："母妖王，纳命来！"

叶音竹吓了一跳，赶忙挡在香鸾面前。

"鸿雁，先别动手！她不是母妖王。"

叶鸿雁带着死神龙狼骑士在空中转了个弯，落在深渊一旁已经被削平的山顶上。

叶鸿雁疑惑地看着叶音竹，问道："怎么回事？"

叶音竹苦笑着将之前发生的一切跟叶鸿雁解释了一遍。

叶鸿雁看看叶音竹，再看看附身在小龙女身上的香鸾，惊讶地道："这样也行？这么说，我们终于胜利了？"

叶音竹点了点头，看到众人的笑脸，他心中的悲伤也渐渐淡去。

奥布莱恩苦笑道："可惜，琴帝号上的魔导炮都被毁了，要想摧毁深渊的话，我们还要另想办法。"

叶音竹叹息一声，道："琴帝号的杀伤力实在太大了，或许，它本就不应该存在于这个世界上，也算是天意。”

叶鸿雁道：“不用再想办法了。这所谓的深渊，就是一个吸收死灵能量，孕育出深渊生物的母体。死神龙狼骑士团的裁决神力刚好是它的克星，刚才我们被母妖王打下去，正好把深渊下面的母体干掉了，不然，我们也不会被死亡气息冲上来。恐怕只有我们死神龙狼骑士团，才可以免疫这死亡气息。”

惊喜一个接一个出现，叶音竹和两位塔主面面相觑，这一次，他们真的没什么好担心的了。

四大魔王早已毙命，母妖王也已死去，深渊已破，战争终于结束了，他们可以回家了。

这时，一个小孩子问道：“请问，我该叫你姐姐，还是妈妈呢？”

说话的是叶睿琴，他看着香鸾，大眼睛眨呀眨的，看上去十分可爱。他脸上带着几分困惑，还有激动。

香鸾一把抱住叶睿琴，哽咽着道：“睿琴，睿琴，我的孩子，你可以原谅妈妈吗？妈妈一直瞒着你，是妈妈对不起你。”

睿琴一脸严肃地道：“我能理解你，毕竟你是米兰帝国的公主，不能被世人知道你未婚生子。”

就在所有人看着叶睿琴，吃惊于一个孩子竟会如此冷静的时候，叶睿琴猛地抱住香鸾的脖子，放声大哭。

“妈妈，妈妈……”

无论如何，他终究只是一个孩子。

“安雅姐姐，你要去哪里？”

不知道什么时候，苏拉已经骑着银币拦在了准备悄然离去的安雅面前。

安雅勉强一笑，道：“既然现在一切问题都解决了，你们一家也团聚了，我就该指挥大军撤回要塞了。”

说完，安雅就要走。

苏拉两只手都抱着孩子，腾不出手拉她，顿时着急不已。

就在这时，安雅被包围了。

香鸾抱着叶睿琴，劝道："安雅姐姐，难道你准备像我这样痛苦吗？就算你愿意自己过一生，你也应该为你肚子里的孩子想想。"

叶音竹将一切都告诉了香鸾，她自然知道叶音竹与安雅之间发生过什么。

海洋看着安雅，恳切地道："安雅姐姐，留下吧。我们在一起不是很好吗？"

安雅低下头，道："可我是精灵女王。"

叶音竹终于行动了，他用行动表明了自己的决心。

叶音竹搂着安雅，高声道："可我也是外籍精灵王。我想，不论是在龙崎努斯大陆上，还是在深渊位面，都没有人能够阻止我做想做的事了。"

安雅抬起头，看向叶音竹，眼中满是泪水。

一切都不必再多说了。

……

"音竹，现在睿琴是米兰帝国的太子，思琴是蓝迪亚斯帝国的太子，以后怎么办？难道我们真的要让他们去做帝王吗？"

叶音竹开心地道："孩子的事，就让孩子们自己决定吧。他们已经足够聪明了，不是吗？

"香鸾，母妖王说过，如果我和她发生关系，就一定会有孩子。现在，你主宰了小龙女的身体，你应该会有一个孩子，我们的第二个孩子，你准备让他做什么呢？"

"他将拥有最纯正的东龙血脉，让他加入东龙八宗吧。"

安雅道："音竹，我们的孩子以后就留在精灵族，帮助精灵族好不好？身为精灵女王，我还没有传承者。"

"只要孩子愿意，我没意见。我的几个小机灵鬼，你们以后愿意做什么？"

叶音竹蹲下来看着几个孩子。

叶恋琴道："爸爸，我要留在法蓝，成为最强大的魔法师。"

叶念琴道："爸爸，他们都有地方去了，那我就在琴城帮你吧。"

叶思琴接着道："爸爸，我觉得做蓝迪亚斯帝国的帝王好像也是不错的选择。"

叶睿琴沉稳地道："爸爸，我要带领我们叶家，统一龙崎努斯大陆和深渊位面。"

……

（全书完）